황홀하게 눕다

은빈 장편소설

단글

악랄하게 품다 1

초판 1쇄 인쇄 2017년 2월 24일
초판 1쇄 발행 2017년 3월 3일

지은이 은빈
발행인 오영배
기획 박성인
책임편집 김보나
표지 · 본문 디자인 권지연
제작 조하늬

펴낸 곳 (주)삼양출판사 · 단글
주소 서울시 강북구 도봉로 173
대표 전화 02-980-2112 **팩스** / 02-983-0660
출판등록 1999년 3월 11일 제9-00046호

ISBN 979-11-283-9100-2 (04810) / 979-11-283-9099-9 (세트)

+ 이 도서의 국립중앙도서관 출판시도서목록(CIP)은 서지정보유통지원시스템홈페이지(http://seoji.nl.go.kr)와 국가자료공동목록시스템(http://www.nl.go.kr/kolisnet)에서 이용하실 수 있습니다. (CIP제어번호: 2017004811)

악랄하게 품다

은빈 장편소설
vol.1

단글

발랄하게 늙다

| 차 례 |

1장

"늦겠다."

서두르지 않으면 늦을 지도 모른다.

버스에서 내리자마자, 수현은 손목시계를 확인하며 온힘을 다해 뛰었다.

추운 겨울, 숨 가쁘게 달리는 그녀에게서 연신 입김이 새어 나왔다.

약속 시간인 저녁 6시까진 15분 남짓. 중요한 약속이니 만큼, 늦을 수는 없었다.

최대한 빨리 달린 덕분에 5분을 남겨 두고, 약속 장소인 쉘튼 호텔에 도착했다.

호텔 로비로 들어선 수현은 가쁜 숨을 몰아쉬며 엘리베이터를 찾아 두리번거렸다. 이윽고 엘리베이터를 발견하자, 가방을 고쳐들고 다시 달리기 시작했다.

그때, 가까스로 도착한 엘리베이터의 문이 닫히고 있었다.

"잠시만요!"

수현은 재빨리 열림 버튼을 연거푸 눌러 댔다.

거의 닫히려던 엘리베이터의 문이 서서히 열렸다.

엘리베이터 안에는 슈트를 차려입은 남자 한 명이 타고 있었다.

그와, 그녀가 의도치 않게 마주섰다.

그 순간.

"넌……."

수현과 마주한 낯선 남자의 시선이 거세게 흔들렸다.

"죄송합니다."

그의 목소리를 듣지 못한 듯, 수현은 안도의 한숨을 쉬며 엘리베이터에 올랐다. 그녀는 곧이어 30층 버튼을 누르려 손을 뻗었다.

'아. 눌려 있네.'

같이 탄 남자도 30층을 가는지, 버튼은 이미 눌려 있었다.

그녀는 어정쩡하게 다시 손을 거두었다.

다시 시계를 보니 다행히 딱 6시에 도착할 것 같았다.

엘리베이터는 아주 빠른 속도로 30층을 향해 올라갔다.

"……?"

그런데, 아까부터 어딘가에서 강렬한 시선이 느껴졌다.
수현은 옆에 서 있던 남자를 힐끗 보았다.
그러다 눈이 마주쳤다.
예상대로 그가 이쪽을 바라보고 있었다.
자신을 뚫어져라 응시하고 있는 그의 눈빛에 등줄기가 서늘해진 건 착각이었을까?
'뭐지?'
수현은 당황해, 다시 앞으로 시선을 돌려 버렸다.
혹시 엘리베이터를 멈췄다고 그러는 건가?
기분이 이상했지만, 어느덧 엘리베이터는 30층에 도착했다.
그녀는 다시 시계를 확인한 후, 바쁘게 몸을 움직였다.

엘리베이터에 홀로 선 하균은 멀어지는 수현의 뒷모습을 눈으로 좇으며, 서둘러 휴대폰을 꺼내 들었다.
그리고 어디론가 전화를 걸었다.
"나야."
휴대폰을 귀에 댄 채, 그는 엘리베이터에서 내려 그녀의 뒤를 서서히 밟았다.
"그 여자, 찾은 것 같다."

* * *

"저, 이래 봬도 꽤 괜찮은 남자예요. 전처가 워낙 유별나서 얼마 못 살고 헤어진 것뿐이죠."

눈앞의 남자가 거만하게 꺼낸 첫마디였다.

그는 호텔 라운지에 마주 앉은 후로부터 계속해서 음흉한 눈길로 수현을 바라보며 만족스러운 표정을 짓고 있었다.

"아. 네."

수현은 억지로 미소를 띤 입가에 힘을 주었다.

남자는 수현의 표정엔 관심이 없는 듯, 여전히 거만한 얼굴로 자신의 이력을 대수롭지 않게 떠들어 댔다.

그러던 그는 갑자기 수현을 힐끗 보며 물었다.

"아, 잠깐 화장실 좀 다녀와도 되죠?"

"그러세요."

수현이 고개를 끄덕이자, 남자는 잠시 자리를 비웠다.

그를 기다리며, 수현은 창밖의 도시 야경을 바라보았다.

아마도 벼랑 끝에 서 있는 기분이란 이런 거겠지.

난생처음으로 30층 높이의 스카이라운지에서, 그것도 창가자리에 앉아 있었지만 아무것도 눈에 들어오지 않았다.

"재산이 좀 많긴 하지만, 애 딸린 이혼남이야. 나이는 너보다 9살 많대. 정말 괜찮겠어……?"

친구 혜정이 걱정을 가득 담은 채 남편을 통해 소개시켜 준 남자였다.

일전에 했던 부탁 때문이었다.

수현은 작게 떨리는 손으로 물을 한 모금 넘겼다.

이 결혼을 통해 지긋지긋한 사채 빚더미 속에서 벗어날 수 있다면…….

애 딸린 이혼남이면 어때. 지금의 상황에서, 사람을 봐가며 결혼상대를 따질 순 없었다.

'그래. 어떻게든 이 남자와 결혼하자.'

타들어 가는 마음을 굳게 다잡았다.

"수현 씨."

이윽고 남자가 돌아와 다시 자리에 앉았다.

수현은 쥐고 있던 컵을 놓고, 다시 허벅지 위에 두 손을 올려놓았다.

"그래서 말인데."

남자는 잠시 뜸을 들이더니, 이 자리에 나온 제 본론을 곧바로 드러냈다.

"난 하루 빨리 아이의 엄마가 필요해요. 수현 씨만 괜찮다면 서둘러서 날 잡고 싶은데."

첫 만남에 바로 결혼 얘기를 꺼낼 줄은 몰랐는데, 오히려 남자 쪽에서 더 급하게 본론을 꺼냈다. 이래도 되나 싶을 정도로.

하지만 수현 역시 하루 빨리 이 결혼이 필요했고, 망설이지 않았다.

"저도 좋아요."

그녀의 대답에 남자가 반색을 표하며 씨익 입꼬리를 올렸다.

"됐네, 그럼. 게다가 난 수현 씨 마음에 들어요. 딱 내 이상형이라서."

노골적인 시선이 수현을 훑었다. 그의 눈빛을 본 순간, 왠지 모를 소름이 끼쳐왔다.

수현은 어색하게 입꼬리를 올리며 입술 안쪽을 부러 그득 깨물었다.

머릿속에는 오로지 하나의 목적, 하루 빨리 빚을 갚아야한다는 생각만을 되뇌었다.

"그럼 양가 부모님부터 만나 뵙고, 날짜를 정해 보도록 하죠. 언제쯤이 적당하려나?"

그는 다시금 음흉한 눈빛으로 의자에 몸을 기대며 물어 왔다.

수현은 최대한 미소를 지어 보이려 노력하며 대답했다.

"전 상관없어요."

"그래요?"

남자가 한쪽 눈썹을 치켜 올렸다.

"네."

미세하게 떨고 있는 손등에 힘이 들어갔다.

이 결혼으로 인해 적어도 매일 불안에 떨어야했던 삶에서 벗어날 수 있다면, 아무래도 괜찮았다.

마음을 다잡으며 두 눈을 질끈 감은 순간.

"내가 아주 중요한 사실을 하나 알려 줄까 하는데."

어둠 속으로, 낮은 음성이 수현의 귓가를 서늘하게 파고들었다.

"이 여자, 아주 위험한 여자야."

목소리 끝에는 비릿함이 묻어 있었다. 굳이 감추고자하는 의지가 없는.

"뭡니까?"

낯선 이의 등장에, 남자가 인상을 찌푸리며 물었다.

동시에 하나둘 눈을 뜬 수현이 목소리의 주인을 확인했다.

그녀의 눈동자가 이내 크게 흔들렸다.

'엘리베이터에서 봤던…… 그 남자?'

"당신—"

"못 들었어? 다시 말해 줄까."

그가 여유로운 미소를 지으며 입을 뗐다.

미묘하게 입술 끝을 올린 그의 시선은 수현에게 고정되어 있었다.

"이봐요. 지금 뭐하는 거예요?"

수현이 놀란 얼굴로 그를 뚫어져라 쳐다보았다.

분명 모르는 남자였다. 그런데 이 남자는 자신을 아주 잘 알고 있는 사람처럼 말하고 있다.

수현은 이 정체불명의 남자를 빤히 바라보며 대답을 요구했다. 그러나 그는 아랑곳하지 않는 듯, 여전히 그녀를 응시하며 덧붙였다.

"제대로 알지도 못하면서 껄떡 대다간, 댁 목숨이 위험해질 수도 있다고."

"이봐요, 대체 이게……!"

더 이상의 무례를 참지 못한 수현이 몸을 일으키며 그를 향해 소리쳤다.

"그럼에도 불구하고―"

"앗……! 어? 어!!"

"내가 이 여자와 볼일이 좀 있어서."

하균이 순식간에 눈빛을 바꾸며 수현의 손목을 낚아챘다.

멍한 표정의 맞선 상대를 뒤로한 채, 수현은 의문의 남자에게 끌려가고 있었다.

"이봐요! 이거 안 놔요? 이거 놓으라고요!"

그에게 벗어나려 있는 힘을 다했지만, 수현의 외침 따윈 들리지 않는다는 듯, 그는 성큼 성큼 라운지를 빠져나갔다.

라운지 입구를 벗어나자 하균은 엘리베이터 버튼을 눌렀다. 곧바로 엘리베이터 문이 열리고, 그는 수현을 이끌고 그 안으로 들어갔다.

"놔요!"

수현이 그에게 집힌 손을 뿌리쳤다.

엘리베이터 문이 닫히며, 다시 그와 그녀가 마주섰다.

"이게 대체 무슨 짓이에요? 지금 사람을 착각하셨나 본데……."

"착각?"

싸늘한 미소를 머금은 그의 입꼬리가 여유롭게 올라갔다.

그는 수현의 목에 걸려 있던 목걸이를 응시했다.

"그렇게 도망치면 내가 못 찾을 줄 알았어?"

그의 물음에, 일순 호흡이 멈췄다.

"뭐라고요……?"

떨리던 그녀의 시선이 그에게 고정되었다.

"내가 그동안 생각을 해봤는데 말이야."

차오르는 분노를 억지로 참아 내는 듯한 그의 표정이 어둡게 일그러졌다.

"애초에 '그 일'이 당신과 상관이 있었든 없었든."

그의 동공이 흔들리며, 엘리베이터라는 이 폐쇄된 공간에 견딜 수 없는 냉기가 흘렀다.

"저기요. 지금 무슨 소리를……."

"내 형이 당신 목숨을 구해 줬으면, 최소한 감사하다는 말은 했어야지. 최소한! 내 형이 그렇게 된 것에 대해 조금이라도 죄책감을 보였어야지."

"……!"

눈앞에 성큼 다가온 그의 얼굴.

"안 그래……?"

기름한 눈매 속 새카만 눈동자가 시야를 꽉 채웠다.

그 눈빛에, 숨을 쉬기조차 어려웠다.

순간—

과녁에 화살이 꽂히듯 무언가 심장의 중심부를 강타했다.

빛바랜 필름처럼 스쳐 지나간 인영 속 드러난.

언젠가 본 적이 있는 듯한…… 눈빛……?

지끈—

그녀의 머리에 짧은 통증이 스쳤다.

"당신은 대체 왜…… 그런 얼굴이야?"

낯선 목소리가 섬광처럼 번쩍였다.

목소리가 사라지자마자, 이 알 수 없는 남자가 두 눈에 들어왔다.

"왜 아무런 말도 못 하는 거지? 아, 할 말이 없는 건가?"

또렷하게 각인된 그의 눈동자를 보고 있을수록, 서서히 오한이 들기 시작했다.

가슴이 답답해지고 숨이 막힐 듯한 기분이 몸을 감쌌다.

"대체 왜 그렇게 보고만 서 있는 거냐고!"

또다시 들려온 목소리.

이유 없이 발끝부터 귀 뒤까지 소름이 돋았다. 입술이 가늘게 떨리며 호흡이 가빠졌다.

'나 왜 이러지……?'

동시에 눈앞이 캄캄해졌다.

순간, 수현이 그대로 중심을 잃었다.

비틀 거리는 여체가 그에게로 넘어지듯 쓰러졌다.

"……!"

그런 그녀를, 하균이 자신도 모르게 받아 안았다.

'뭐야, 이 여자……?'

하균은 갑자기 정신을 잃은 수현을 안은 채 무릎을 굽혔다.

"한수현!"

서둘러 흔들어 깨웠지만 창백한 얼굴은 미동조차 없었다.

가득 차 있던 분노 속에 당혹감이 교차했다.

엘리베이터가 1층에 다다르고 있었다.

이윽고 그는 하는 수없이 그녀를 업었다.

띠링—

곧 엘리베이터 문이 열리고, 그는 그녀를 업은 채 빠르게 주차장으로 향했다.

그는 병원으로 가려다 멈칫했다. 응급실에 가면 제가 데려온 여자가 누군지 관심을 가질 테고, 아직은 이 여자를 찾았다는 걸 집안에 알리고 싶지 않았다.

그는 하는 수 없이, 다른 곳으로 차를 움직였다.

*　*　*

하균은 그녀의 옆에 우두커니 서서 수현을 내려다보았다.

처음엔 당장 형에게 데려가려고 했다.

형 앞에서, 어떻게든 그날의 진실을 물어보려고 했다.

그랬는데…….

이 여자가 불현듯 쓰러져 버렸다. 더 이상 화를 낼 수도, 어서 그날 일을 실토해 내라고 다그칠 수도 없다.

방금 전 다녀간 최 박사의 말이 떠올랐다.

심한 충격을 받아서 그런 거라고?

한수현 너에겐, 그날 일을 되새기는 게 그렇게도 충격적인가?

숨을 쉴 수조차 없도록 악랄하게 괴롭히기엔 너무도 나약해 보이는 창백한 얼굴이 미치도록 싫다.

누가 봐도 뻔한 다윗과 골리앗의 싸움은 재미없으니까.

"……왜 그랬지?"

원망이 담긴 목소리가 그녀의 머릿속을 흔들어 깨웠다.

"왜, 널 구하려다 대신 치인 형을 그런 눈으로 바라봤어……?"

묻고 싶었다.

알고 싶었다.

내게 둘도 없던 형을 앗아가 놓고, 어떻게 넌 이렇게 멀쩡히 살 수 있는지.

그런데도 흔적도 없이 사라져 버려서, 더욱 미칠 것만 같았다.

아는 건 이름과 얼굴뿐이었던 여자.

하지만 이젠 손만 뻗으면 닿을 거리에 있다.

깨어나면, 모든 걸 알 수 있겠지.

뒤를 돌아서 무미건조한 발걸음을 한 발 내디디려 할 즈음,

꽈악—

여리게 떨리는 손길이 그의 손목을 움켜쥐었다.

"……!"

저절로 발길이 멈춰졌다.

하균은 그 자리에 서서 뒤를 돌아보았다.

"……가지 마세요."

가쁜 숨을 내쉬며 흘러나온 목소리.

감긴 두 눈 옆으로 주르륵 눈물이 새어 나왔다.

"제발, 제발 도와주세요……."

꺼져 가는 불씨처럼 헐떡이는 숨결 속엔 두려움이 서려 있었다.

"……."

갑작스러운 수현의 손길에 그는 한동안 움직일 수가 없었다.

제 손목을 붙든 그녀의 손은 떨고 있었다.

꿈을 꾸는 듯 여전히 두 눈을 감은 채 흐느끼는 목소리.

그 애원에 가까운 절박함이 불현듯, 움직이지 않던 촛불을 흔들었다.

……냉정하게 뿌리치면 그만일 뿐인데.

그는 붙잡힌 손목을 물끄러미 바라보았다.

그러다 결국.

침대 옆에 놓여 있던 의자에 앉아 버렸다.

그녀에게서 손목을 빼낼까싶었지만 곧 그만두었다. 꽉 쥔 손목은 밥은 제대로 먹고 다니나 싶을 정도로 형편없이 가늘었다.

별 뜻 없이 바라본 얼굴을 가만히 살펴보았다. 한껏 꾸민 것 같지만 어딘가 그늘이 진 얼굴이 영 마음에 들지 않았다.

'무슨 쓸데없는 생각을.'

그는 곧 고개를 돌리며 스스로 합리화를 했다.

또다시 말없이 사라질까 봐, 지켜보는 것뿐이라고.

하지만 그것도 얼마가지 못했다. 그동안 찾으려고 한참을 애썼던 사람이 눈앞에 있으니 자꾸 확인하고 싶은 심리일지도 모른다.

"……뭐가 그렇게 무서워서."

잠들었으니 들릴 리가 없겠지만, 묻고 싶었다.

뭐가 그렇게 두려운 거냐고.

원망이 담긴 눈빛이 오랫동안 그녀를 향했다.

아프고, 쓴웃음이 배어 나왔다.

"너는……."

너를 살리려다 죽어 가던 형을 보고 비웃었고,

그런 형을 두고 가버리려 했고,

그렇게 그 이후로 종적을 감췄던.

"……더 무서운 여자였잖아."

얼마나 지났을까.

띵동—

누군가 벨을 누르는 소리에, 하균은 벌떡 자리에서 일어났다.

"그 여자, 찾았다며."

문을 열어 주자, 유한이 하균의 집 안으로 들어오며 다급한 얼굴로 물었다.

유한은 유능한 그의 수행비서이기도, 친구이기도 했다.

"그래. 지금 내 방에 있어."

하균이 피곤한 눈으로 대답했다.

"뭐? 그 여자가 네 방에 있다고?"

유한의 눈이 커졌다.

"나도 몰라. 갑자기 쓰러졌어."

유한은 하균의 말을 믿지 못하겠다는 듯 벌떡 일어나 그의 방으로 향했다. 제 눈으로 확인하는 게 빠를 것 같아서였다.

침대 위에 누워 있는 수현을 발견한 그는 우뚝 멈춰 섰다.

하균도 유한을 따라 걸어 들어왔다.

"어떻게 된 거야? 설마 너 때문이야?"

유한이 수현을 빤히 바라보며 물었다.

너 때문이냐는 물음에, 하균은 잠시 입술을 닫았다.

그러다 곧 무심한 대답이 들려왔다.

"우연히 쉘튼 호텔에서 마주쳤고, 내가 찾던 그 여자가 맞다는 확신이 서서 일 년 전 그날 얘기를 꺼냈어. 그런데 갑자기 정신을 잃더군. 그래서 일단 데려온 것뿐이야."

유한은 가만히 한쪽 눈썹을 치켜 올렸다.

"병원은? 아, 지금의 상황이라면 좀 곤란할 수도 있었겠네."

모든 이의 눈이 하균을 주시하고 있었다. 아픈 형을 대신해 장차 가온그룹을 이어받게 된 새 후계자, 정하균은 현재 가장 핫한 관심거리였다.

줄곧 조용히 지내다 이제 막 재계에 모습을 드러낸 그가 의문의 여성을 병원에 입원 시킨다면, 그 또한 귀추가 주목될 만한 일이었다. 사실 호텔에서도 행동을 조심했어야했지만 어쩔 수 없었다. 모든 걸 포기하고서라도 찾아냈어야 할 사람이었으니까.

"최 박사님 불렀어. 심한 충격을 받은 일이 있냐고 묻던데…… 안정을 취하면 괜찮아진다고 하더군."

"심한 충격?"

"내가 그날 일에 대해 물어본 게 그렇게도 충격 받을 만한 일이었나. 아니면, 나를 다시 만난 게 무척이나 충격적인 일이었던 건가."

하균의 입가에 비릿한 미소가 스쳤다.

"어쨌든, 이제 이 번호면 되겠지."

그는 곧 제 핸드폰에 저장해 둔 번호를 유한의 앞에 내밀었다.

"이 여자에 대해서, 샅샅이 알아내서 보고해. 집안에는 우선 알리지 말고."

수현의 휴대폰 번호였다.

"……예, 알겠습니다. 이사님."

유한은 화면 속 번호를 외우곤, 제 것을 꺼내 말없이 저장했다.

*　　*　　*

햇살이 뺨을 적시는 느낌이 들었다.

수현은 천천히 부신 두 눈을 떴다.

눈을 뜨자마자 보이는 낯선 공간. 그녀는 눈을 끔벅이며 주위를 둘러보았다.

여긴 어디지?

넓은 방. 넓은 침대. 블랙 앤틱을 중심으로 한 인테리어는 고급스러우면서도 깔끔한 인상을 주었다. 아침이라 크게 눈에 띄지는 않지만, 침대 옆 미니 장식장 위에는 은은한 빛을 내는 스탠드가 켜져 있었다.

그 옆 널찍이 떨어진 공간에는 밖을 보며 차나 와인을 마실 법한 둥근 테이블이 놓여 있었고, 배경처럼 유리창이 넓게 펼쳐져 있었다. 아마도 햇살은 저기로부터 들어온 것 같았다.

어찌 되었든 이렇게 좋은 공간에서 자신이 깨어날 리가 없다.

겉옷과 가방은 침대 옆에 놓여 있었다. 서둘러 침대에서 내려온 수현은 곧바로 옷과 가방을 챙겨 이 낯선 방을 나섰다.

고개를 갸웃하면서도 빠르게 이 거대한 집을 빠져나가려, 발걸음을 옮겼다.

"뭐가 어떻게 된 거야."

어제 쉘튼 호텔 엘리베이터에서 쓰러진 것까지는 어렴풋이 기억이 난다. 하지만 그다음엔 어떻게 된 건지 알 수가 없다.

깨질 듯한 머리 위에 손을 얹고 거실로 나온 순간, 수현은 그대로 얼어붙어 멈춰 설 수밖에 없었다.

누군가 우두커니 서 있었다.

그것도 가슴팍이 반쯤 드러난 샤워 가운을 입은 채.

한껏 적신 머리카락에서 넓은 어깨 위로 물이 똑똑 떨어졌다.

하필이면 샤워를 하고 나오자마자 마주치는 바람에 그 역시 약간 당황했지만, 곧 특유의 차가운 눈빛으로 그녀를 응대했다.

"그쪽은……."

그와 마주 선 수현은 자신도 모르게 그의 앞에 멈춰 서고 말았다.

"깨어났으면 앉지."

그가 무뚝뚝하게 입을 열었다.

그는 젖은 머리카락에서 물을 떨어뜨리며 소파에 앉았다. 여자가 깨어나면 어제 하지 못했던 대화를 마저 할 생각이었다.

"이봐……요."

순간 눈을 어디다 두어야 할지 모르겠어서, 그를 제대로 바라보지 못했다.

하지만 곧, 침착하게 물었다.

"제가 왜 여기 있는 건지, 설명 좀 해 주실래요?"

"어제 엘리베이터에서 갑자기 쓰러졌고. 난 쓰러진 그쪽을 내 집으로 데려오면서 의사를 불렀고."

"그러니까 왜, 나를 당신 집으로 데려오냐고요."

"난 아무 여자나 업고 병원에 들락날락 거릴 수 없는 사람일뿐만 아니라."

그의 시선이 수현에게 머물렀다.

"또다시 네가 그날처럼 사라질지 어떻게 알아."

표정 변화 하나 없는 태도에 수현은 기가 막혔다.

이 남자 때문에 갑자기 쓰러졌고, 그의 집인 것처럼 보이는 곳에서 눈을 떴다.

덕분에 덤으로 지푸라기라도 잡아 보려고 선택했던 선까지 망쳐 버렸다.

그런 사람이 어떻게 이렇게 나오는 거지?

수현의 눈이 날카로워졌다.

"정말 몰라서 묻는 건데,"

그녀가 굳게 다물고 있던 입을 뗐다.

이내 수현은 소파에 앉아 있던 하균의 바로 앞으로 다가갔다.

"사람 잘못 보셨다고 제가 분명히 밝히지 않았나요? 전 당신을 어제 처음 봤고, 당신이 무슨 얘기를 하는지도 모르겠다고 했고요!"

"이젠 나까지 모른 척하려고?"

그의 표정이 한층 더 싸늘하게 식었다.

"뭐, 지금도 여전히 죄책감 같은 건 전혀 없는 얼굴이긴 하네."

죄책감이라니. 살면서 누군가에게 이런 강한 증오심을 불러일으킬만한, 죄책감을 가져야할 만한 나쁜 짓은 하지 않았다.

"전 누구한테 잘못하고 산 적 없어요."

수현의 눈가에 힘이 들어갔다.

그는 그런 그녀의 반응이 재미있다는 듯, 비릿하게 웃었다.

"그래. 그래서 형이 누워 있는 병원에 털끝 하나 비추지 않았겠지."

수현을 빤히 응시하던 그가 불현듯 수현의 팔을 확 이끌었다.

"……!"

그리고 코끝 가까이, 숨결을 내뱉었다.

아찔한 비누향이 스며들었다.

"누구 때문에 내 형이 숨만 쉬는 시체로 누워 있는데. 모른 척 그대로 도망쳐 버린 널, 내가 편히 살게 둘 것 같아?"

"……!"

심장이 쿵— 내려앉았다.

섬뜩한 그의 한마디가 칼날처럼 다가왔다.

"형하고 무슨 관계였는지, 왜 널 구해 준 형을 두고 사라진 건지, 하나도 빠짐없이 다 말해."

깊은 동굴과도 같은 목소리가 두려움을 파고들었다.

"말이 안 통하는 사람이네."

수현은 다시 침착히 그를 밀쳐내며 말했다.

"못 들었어요? 전 지금 그쪽이 하는 말이 하나도 이해가 되지 않는다고요. 지금 내 기억 속엔! 그쪽이든 그쪽이 말하는 형이든 아무도 없다고! 남의 선 자리 망쳐 놓고 지금 이게 무슨 짓이에요?"

"거짓말도 정도껏 해."

서늘한 음성과 눈동자가 그녀의 시선을 옭아맸다.

온몸을 감싸온 싸늘함에 등줄기가 저릿해졌다.

"그 뻔뻔한 얼굴, 더 이상 참아줄 생각 없다고."

그의 눈동자엔 살의만큼의 증오와 분노가 비쳐져 있었다.

알 수 없는 원한과 원망, 그리고 저주가 얽힌 채 드러나 있었다.

피해망상증 환자인가?

아무래도 미친 사람이 분명하다.

"비켜요."

수현은 가방을 어깨에 멘 후, 그를 지나쳐 걸어갔다.

"나 당신 때문에 쓰러졌어요. 중요한 일도 망쳤고요. 사과부터 해야 하는 게 먼저 아닌가요?"

현관문을 열고 밖으로 나가려던 그녀는 다시 그를 돌아보며 싸늘하게 말했다.

“저도 더 이상 참아줄 생각 없어요. 자꾸 이런 식으로 나오면 신고할 거라고요. 다신 볼일 없었으면 좋겠네요.”

* * *

막상 그 집을 나서고 보니, 아침이 밝아 있었다.

쌀쌀한 느낌에 겉옷을 걸친 후 뒤를 돌아보았다. 호화스러운 오피스텔이 우뚝 서 있었다.

‘이런 데 사는 남자와 알고 지냈을 리도 없고, 없는 기억을 마음대로 꺼낼 수도 없는 일이고.’

“힘들다, 힘들다 하니까 이젠 별일을 다 겪네.”

수현은 다시 돌아서서, 발걸음을 뗐다.

하지만 이상하게도, 가슴 한구석에 찜찜한 느낌이 남아 있다.

어제 불현듯 느꼈던 그 숨 막힘은 뭐였을까. 그리고 왜 갑자기 쓰러졌던 걸까.

혹시라도.

정말 혹시라도, 내가 모르는 기억 속에 그 남자와, 그 남자가 말했던 그 형이라는 사람이 있기라도 한 거라면…….

그러나 곧 수현은 단호하게 고개를 저었다.

갑자기 왜 그런 경험을 했던 것인지는 모르겠지만, 처음부터, 그런 사고자체를 겪은 적이 없었다.

긴장감을 내려놓듯 눈을 감았다 뜨고 보니. 그 기억이 뭐든 당장 중요한 건 그게 아니었다.

"어제 선은 어떡하지."

사채 빚도 모자라, 이젠 세 식구 겨우 살던 집도 빼앗기게 생겨버렸다. 밀린 이자를 내려면 얼마 안 되는 집 보증금까지 동원해야 했다.

그래서 이 악물고 그 결혼을 선택했던 건데…….

"이럴 게 아니지."

수현은 우선 그 남자에게 전화를 걸었다.

계속해서 받지 않아 재차 걸어보았지만 신호음은 가면서도 여전히 묵묵부답이었다.

깊은 한숨이 흘러나왔다.

'일단은…… 이따 다시 해 보자.'

수현은 복잡해진 머릿속을 정리하며 집으로 향했다.

옷을 갈아입고 아르바이트중인 카페에 나가야 했다.

아빠는 자고 있었고, 새엄마는 아침부터 어딜 갔는지 집에 없었다.

배터리가 다 돼 꺼져 있던 휴대폰을 충전하자 혜정에게서 문자가 와 있었다.

어제 선에 대해 궁금한 모양이었다.

수현은 옷을 갈아입길 잠시 미루고 혜정에게 문자를 남겼다.

[통화 가능할 때 연락 줘.]

아직 자고 있을지도 모르는데, 깨우고 싶지는 않아서였다.

그러나 곧바로 휴대폰이 울렸다.

혜정이었다.

["한수현!"]

수현은 조금 놀란 눈으로 전화를 받았다.

"너 안 잤어?"

["일찍 일어났지. 어제 선은 잘 본 거야? 궁금해서 전화해 봤더니 휴대폰도 꺼져 있고."]

"미안해. 그 선 말이야……."

얼마 전이었다.

혜정과 전화 통화를 하며 잠시나마 수다를 떨던 중, 그녀 남편의 지인이 재혼 상대를 찾고 있다며 무심히 말한 적이 있었다.

그 남자는 재산이 많다고 했고, 그저 아이의 엄마가 되어 줄 참한 여자를 바란다고 했었다.

그래서 생각한 결혼이었다.

삑삑삑삑—

수현이 전화 통화를 하고 있던 사이, 누군가 현관 비밀번호를 누르고 들어왔다.

새엄마인 미선이었다.

새벽 장을 보고 온 미선은 수현이 집에 들어온 것을 알고, 수현에게로 향하다 살짝 열린 방문 앞에 멈칫했다.

"후……."

한편, 수현은 한숨과 함께 말을 이었다.

"중간에 문제가 생겼었어."

["뭐? 무슨 문제?"]

"……그러니까, 갑자기 웬 이상한 남자가 나타나서 내가 위험하다느니, 나한테 볼일이 있다느니 하면서 날 끌고 갔어."

["이상한 남자?"]

"나 때문에 자기 형이 다쳤대. 그 사람 형이 의식 없이 병원에 누워 있다는 것 같아. 그런데 어떻게 그 일을 기억 못하냐면서 날 죽일 것 같은 눈으로 보더라."

'……!'

미선은 순간 다리에 힘이 풀려 그 자리에 주저앉을 뻔했다.

'어떻게 그걸…….'

찬거리가 가득 든 장바구니가 바들바들 떨렸다.

수현인 그날 이후로, 그날에 대한 모든 기억을 잃었다.

'……대체 어떻게 그 남자에 대해 수현이가 알게 된 거지……?'

미선은 마른침을 꿀꺽 삼켰다.

아니, 그날 사고 난 그 남자에 대한 모든 기억을 잃었다고 했는데…….

그날에 대해서, 절대로 기억해내선 안 되는데.

'대체 누가 그 기억을 들쑤신 거야?'

미선은 쿵쾅거리는 심장을 안은 채 뒤돌아섰다.

["뭐야. 진짜 이상한 사람 아니야? 그래서 어떻게 됐어?"]

"그게……."

혜정에게 자초지종을 설명하려던 수현은 자세한 얘기는 뒤로 미뤄두었다.

"나는 그쪽이 말하는 사람이 아니다, 사람 잘못 봤다고 했는데도 안 믿더라고. 아무튼…… 결론은 그 남자 때문에 선은 중간에 파투났다는 거야. 미안해. 내가 부탁해서 주선해 준 건데."

괜히 자신 때문에 혜정의 입장이 곤란해질 수도 있었다.

["괜찮아. 나는 걱정 안 해도 되는데, 정말 별 미친놈이 다 있다. 그래도 난 한편으로는 다행이라는 생각도 들어, 사실."]

"혜정아."

["내가 괜히 그 남자 얘길 꺼내서 네가 그런 맘먹은 것 같아서."]

"또 그 소리. 내가 원해서 한 결정이야."

수현은 단호하게 대답했다.

["후, 그래 알겠다. 그나저나 맞선 본 남자는 어땠어?"]

혜정의 물음에 수현은 잠시 뜸을 들였다.

"어? 뭐…… 괜찮았어."

["목소리는 그런 것 같지가 않은데?"]

"아냐, 정말 괜찮았어. 날 잡자는 얘기까지 나왔는걸."

사실은 너무도 우울한 이 결혼 얘기를 더 하다가는 정말로 우울해질 것 같아서, 그녀는 시계를 확인하곤 통화를 갈무리했다.

"나 이제 카페 나가 봐야 되겠다. 다음에 또 통화하자."

혜정은 어쩐지 힘이 빠진 것 같은 수현의 목소리에 고개를 갸웃했지만 곧 고개를 끄덕였다.

["그래, 또 연락해."]

혜정과 통화를 끊고, 수현은 서둘러 옷을 갈아입었다.

옷을 갈아입고 나와 보니 새엄마가 아침을 하고 있었다.

"언제 오셨어요?"

"방금 전에~ 집에 반찬거리가 다 떨어져서 장 좀 봐왔지. 어젠 새벽까지 카페보고 있던 거야?"

엄마가 돌아가신 뒤로, 지금의 새엄마는 갓 중학교에 입학했을 때 처음 만났다.

어쩌다 생기게 된 자매의 나이는 우연찮게도 동갑이었다. 1년 전 집을 나간 후로 어디서 뭘 하는지, 어떻게 사는 지, 제대로 얼굴을 보기도 힘들지만.

새엄마는 가끔 아이같이 느껴질 때가 있어도 나쁜 사람은 아니었다. 지금은 집안 살림에 보탬이 되고자 이집 저집 다니며 이따금씩 남의 집 살림을 대신해 주고 있었다.

"아, 네."

24시 카페에서 일하고 있었기 때문에, 때때로 시간대를 바꿔 새벽타임에도 일하는 경우가 있어서 새엄마는 그걸 묻고 있는 듯했다.

아직 새엄마와 아빠는 선에 대해 몰랐다. 뭔가 확실해지면 말할 생각이었다. 외박의 이유는 선 때문이 아니었지만.

"그런데 일이 있어서 다시 나가 봐야 돼요."

"아침 먹고 가아~"

미선이 국자를 들며 입술을 살짝 내밀었다.

그러나 수현은 살짝 웃으며 현관문을 밀었다.

"저도 먹고 싶은데, 빨리 가 봐야 해서요. 저 나가 볼게요!"

* * *

"오셨습니까."

거대한 회사 건물의 로비로 들어서는 하균을 향해 사람들이 일제히 고개를 숙였다.

그의 옆을 유한이 따랐다.

엘리베이터로 향하며, 하균이 입을 뗐다.

"그 여자에 대해서 알아봤어?"

"물론이지."

곧 하균과 유한은 엘리베이터에 몸을 실었다.

이내 유한은 태블릿 PC를 꺼냈다.

"여기. 알아봤고, 알아냈지."

그가 태블릿 화면을 톡톡 건드리며 눈웃음을 지었다.

"사는 곳은 ○○동. 대한대학교를 졸업했지만 직장은 없고, 이곳저곳 아르바이트를 하는 모양이야. 현재는 대한대 앞 카페에서 주로 일하고 있고. 가족 사항은 부모님 두 분, 자매 한 명. 근데, 집안 형편이 많이 어려운 것 같더라."

유한은 하균을 슥 보고는 이어서 부연 설명을 했다.

"빚이 많아. 그것도 사채 빚. 알아보니, 사채업자들한테 꽤나 시달렸더라고. 지금도 시달리는 중이고."

그렇게 도망쳐서 얼마나 행복하게 잘 살고 있나 했더니, 겨우 그렇게 살고 있었어?

하균은 낮은 비웃음을 흘렸다.

그러다 대한대학교라는 말에, 그가 되물었다.

"대한대학교라면 우리 그룹이 재단 인수한 대학이잖아."

"맞아. 공부는 꽤 잘했나보네."

문득 유한이 잊고 있었다는 듯 물었다.

"그러고 보니, 그 여자하곤 어떻게 됐어. 깨어나서 대화는 해본 거야?"

대화? 하균의 눈빛이 어둡게 변했다.

"지금 내 기억 속엔! 그쪽이든 그쪽이 말하는 형이든 아무도 없다고!"

뻔뻔할 정도로 앙칼진 목소리가 그의 심기를 적잖게 건드렸다. 그녀가 아니라고 발악할수록 그 가면 속 감춰진 얼굴을 낱낱이 밝혀내고 싶은 충동마저 들게 했다.

"기억에 없대."

"뭐라고?"

"나도, 형도."

가벼이 조소를 지은 입가가 응하지 않을 수 없는 게임을 마주한 것처럼 말려 올라갔다.

"정말 기억하지 못하는 걸까. 기억 못 하는 척하는 걸까."

오로지 한 여자만을 생각하며 깊은 증오를 담아왔던 새카만 눈동자가 조용히 빛났다.

'내 앞에서 연기할 생각하지 마. 한수현.'

그 일을, 기억하지 못할 리가 없다.

"난 그 여자가 어떤 여잔지 알아. 형을 그렇게 만들어 놓고도, 죄책감은커녕 아무 일도 없었다는 듯이 살고 있어."

그의 빈 눈동자가 유한을 차갑게 응시했다.

"너라면 그럴 것 같아? 너라면 네 목숨을 구해 준 생명의 은인을 버리고 도망치려고 했을 것 같냐고."

비틀거리며 사고 현장을 떠나려던 그 여자를 붙잡아, 형과 함께 응급차에 태운 게 자신이었다.

여자는 집에 가겠다고 했지만, 타박상을 입어 피를 흘리고 있었다.

"누누이 말했지만 아무 이유 없이 그러진 않았을 거 아냐."

"그 이유를 듣기도 전에, 사라졌잖아."

하균의 눈빛이 날카로워졌다.

"뭔가 다른 누군가가 알아선 안 되는 찔리는 구석이 있는 거겠지."

빠른 속도로 올라가는 엘리베이터가 대표이사 집무실이 있는 30층에 멈춰 섰다.

두 사람은 지나치리만큼 넓은 복도를 지나, 커다란 문이 있는 곳으로 발걸음을 옮겼다.

"오셨습니까, 이사님."

한쪽에 마련된 곳에 앉아 있던 여비서가 자리에서 일어나 공손히 그를 맞이했다.

"저어…… 회장님께서 와 계십니다."

하균이 문 앞에서 발길을 멈췄다.

유한은 조용히 한 걸음 물러섰다.

하균은 억지로 긴장감을 누른 채, 문의 손잡이를 잡았다.

이윽고 가온전자의 대표이사실답게 웅장함 속 세심하게 꾸며진 공간의 문이 열렸다.

하균은 윤 회장이 앉아 있는 소파의 앞으로 뚜벅뚜벅 다가갔다.

"어제 예정됐던 저녁 식사. 대체 어떻게 된 거냐?"

윤 회장이 그를 노려보듯 바라보며 물었다.

전날 그가 쉘튼 호텔에 간 건, 한성 그룹의 딸과의 저녁 식사 자리 때문이었다.

"중요한 일이 있었습니다."

하균이 짤막하게 대답했다.

"중요한 일? 그룹을 위한 일보다 중요한 일이 어디 있다고!"

"전 형의 자리를 대신하고 있는 것일 뿐. 제가 그룹을 위해서 결혼까지 해야 할 의무는 없다고 생각합니다만. 게다가 형을 위해서 억지로 맡은 후계자 노릇, 지금도 충분히 잘하고 있지 않습니까."

"네 이놈……."

말문이 막혀 버렸다. 윤 회장은 입술대신 손을 부들부들 떨었다.

"다시 날 잡을 테니까, 그리 알아."

윤 회장은 자리를 박차듯 일어나, 성큼성큼 이사실을 걸어 나가며 말했다.

"싫습니다."

하균의 감정 없는 두 눈이 윤 회장과 마주쳤다.

"뭐라고?"

"회장님 체면을 봐서 나가드리려 했습니다만, 앞으로 이런 식으로 다른 집안 여자들과 친히 밥을 먹어야하는 일 같은 건 만들지 마시죠. 제가 후계자로 나선 건, 그룹을 위해서가 아니라 어디까지나 형을 위해서라는 것. 다시 말씀드려야 합니까?"

"……."

윤 회장은 부들거리는 손을 꽉 쥐었다.

그녀는 분을 삭이며 주름진 입술을 움직였다.

"네 형 아니었으면, 영국에나 처박혀 있었을 놈이……."

책상으로 향하던 하균이 우뚝, 발길을 멈췄다.

태어났을 때부터 후계자였던 하성과 그는 엄연히 그 위치가 달랐다.

하균에게는 그런 형이 늘 빛나 보였고, 후계자에 걸맞은 자격을 갖추기 위해 열심히 노력하는 모습이 존경스러웠을 뿐. 처음부터 후계자 자리 따위엔 관심이 없었다.

그렇게 늘 그룹은 형인 하성이 물려받아야 한다고 생각해 오면서 그것을 단 한 번도 의심한 적이 없었다.

그걸 증명이라도 하듯 스무 살이 되자마자 지긋지긋한 한국을 떠나 줄곧 영국에서 지냈다.

그리고 칠 년 만이었다. 하성의 생일 전날, 놀라게 해 줄 생각으로 찾았던 한국.

그날, 세상에서 둘도 없던 형이 혼수상태에 빠져 버렸다.

'한수현.'

그 여자 때문이었다.

도로에 뛰어든 그 여자를 구하려다, 형이 대신…….

그는 차갑게 입술을 말아 올렸다.

"그래서 다시 영국으로 돌아가길 바라십니까?"

"……."

또다시 윤 회장의 입이 꾹 다물어졌다.

당장 하성의 빈자리를 채워야 할 사람이 필요했고, 그 자리에 하균을 앉힌 그녀였다.

기대조차 하지 않았지만, 기대 이상이었다.

회사를 위해 누구보다도 열심히 일했던 하성의 능력보다, 그를 대신해 회사를 맡게 된 하균의 능력이.

인정하고 싶지 않지만, 인정할 수밖에 없었다.

하지만 하균은 그 차가운 머릿속을 종잡을 수 없을 뿐만 아니라, 늘 모든 것이 제멋대로인 녀석이었다.

윤 회장은 그런 그가 마음에 들지 않았다.

"……제가 보기 싫으시면."

하균은 쓴웃음을 지으며 덧붙였다.

"하루빨리 형이 깨어나길 기도하시죠. 저 또한 가장 바라는 게 그거니까."

* * *

대한대학교 앞, 커피헤븐.

"주문하신 따뜻한 아메리카노 한 잔 나왔습니다."

수현은 트레이 위에 커피를 내려놓으며 말했다.

이곳은 장사가 무척 잘되는 카페라 그런지, 의외로 다른 곳들

보다 시급이 괜찮았다.

수현은 카페 한쪽 창가에 앉아 수다를 떠는 여대생들을 가만히 바라보았다.

'학교 다닐 때가 좋았지.'

대한대학교. 정말 열심히 공부해서 들어간 학교였다. 나름 꿈도 꾸고, 즐거운 대학 생활을 했었는데.

졸업 후 어떻게든 직장을 구해 보려 이곳저곳 이력서를 넣어 보았지만 역시나 취업은 어려웠다.

남들 다 목멘다는 스펙이란 것을 쌓으려 해 봐도, 당장 돈이 급하다 보니 이렇게 아르바이트 연속인 삶을 숨 가쁘게 이어갈 수밖에 없었다.

"여기요. 카페라테 하나 주세요."

더 이상 생각에 잠길 시간도 없이, 손님이 왔다.

수현은 미소 지으며 늘 되풀이하는 질문을 건넸다.

"아, 네. 뭐 다른 거 필요하신 건 없으세요?"

저녁 시간 즈음.

카페를 퇴근한 수현은 집이 있는 언덕을 천천히 걸어 올라갔다.

가면서, 어제 맞선을 본 남자에게 다시 한 번 전화를 걸었다.

["여보세요."]

이번엔 다행히도 그가 전화를 받았다.

수현은 그에게 자초지종을 말하고 사과를 할 생각으로 말문을 열었다.

"성철 씨! 저예요. 어제 그 일은 만나서 제가 다 설명할게요. 우리, 다시 만나요."

하지만 남자는 더 이상 만남을 이어갈 생각이 없어 보였다.

["됐어요. 그렇게 가버리시곤 연락 한 통도 없고. 결혼이 애들 장난입니까? 다른 사람 알아보세요. 이 말하려고 전화 받은 겁니다. 이만 끊겠습니다."]

뚝—

잔뜩 화가 난 듯한 남자는 그대로 전화를 끊어 버렸다.

"저기……."

수현은 휴대폰을 귀에 댄 채 한동안 그 자리에 서 있었다.

낮은 한숨과 함께 휴대폰이 아래로 떨궈졌다.

정말이지, 수십, 수백 번 고민했던 결혼이었는데.

어렵게 결정했던 선택마저 이렇게 무색해져 버리니, 여린 웃음이 나왔다.

아빠가 야심차게 시작해 보려던 사업이 망하고 떠안게 된 빚. 닥치는 대로 일을 하고 있는 아빠까지 해서, 온가족이 힘을 합쳐 사채 이자를 내가며 먹고 살고 있지만, 그것마저 점점 벅찼다.

이자를 못 내면 유일하게 숨통을 트여 주던 이 집의 보증금마저 빼야 할 상황에 처한 것이다.

"이러다 정말 길거리에 나앉겠네……."

수현은 가방끈을 쥐며 다시 집을 향해 걷기 시작했다.

"어라, 한수현 씨 아니야."

집 대문 앞에 막 다다랐을 때. 다소 험악한 인상을 가진 남자가 옆에 다른 남자 한 명과 함께 다가왔다.

"집에 아무도 없어서 그새 다른 데로 튀었나 했잖아."

그를 본 수현의 얼굴이 뻣뻣하게 굳었다.

집에 아무도 없어 빈집을 기웃거리던 모양이었다.

스르르—

검은색의 고급차가 언덕길을 올라오다 수현의 집에서 조금 떨어진 곳에서 조용히 멈췄다.

차창 너머로 수현을 지켜본 유한이 룸미러를 보며 말했다.

"분위기가 딱 사채업자인 것 같은데."

"그래서."

차 시트에 기대어 앉은 채 하균이 감정 없는 얼굴로 대답했다.

"흐음."

자못 진지한 표정을 짓고 있던 유한은 팔짱을 끼며 입을 열었다.

"네가 그렇게 미워하고 원망하면서 찾던 여자는…… 네 바람대로 그리, 행복해 보이진 않네."

나지막한 유한의 말에, 그녀를 바라보고 있던 시선이 미세하게 흔들렸다.

그러나 이내 입술에 굳은 의지를 담듯, 하균은 냉소적으로 대답했다.

"저 여자가 잘 살고 있었다면 그건 너무 불공평하지."

그의 대답에 유한이 두 눈을 감으며 물었다.

"그래서, 이젠 어떻게 하겠다고."

"저번 달 이자, 언제까지 안 주고 버틸 생각일까?"

수현의 앞에 선 남자는 목에 걸린 금목걸이를 반짝이며 앞머리를 한 번 쓸어 넘겼다.

"돈을 제때제때 안 갚으니까 내가 친히 여기까지 온 거 아니야. 그깟 몇 푼 받아내려고 내가 이 그지 같은 언덕길을 올라와야 되겠어?"

그는 꾸준히 집으로 빚 독촉을 하러오는 사채업자였다.

수현은 경멸의 눈빛으로 그를 바라보며 대답했다.

"어떻게든 줄 테니까 기다려요."

"오~ 무슨 수로 없던 돈이 떡하니 생길지 궁금한데?"

남자는 고개를 비스듬히 기울이며 실실 웃었다.

"내가 무슨 수로 돈을 갖다 바치든, 당신은 받기만 하면 되는 거잖아."

수현은 그를 무시한 채, 다시 발길을 뗐다.

그러나 남자는 그녀를 곱게 보내 줄 생각이 없다는 듯,

"어허— 어딜 가시나."

두툼한 손으로 수현을 붙잡았다.

"이거 놔!"

당황한 수현이 그를 홱 돌아보며 손을 확 빼냈다.

"윽!"

불현듯 남자에게서 비명이 터져 나왔다.

남자의 뺨에는 수현의 손톱에 긁혀, 생채기가 나있었다.

"피? 이년이 진짜!"

한쪽 뺨에서 쓰라림을 느낀 남자가 눈을 부릅떴다.

그리고 수현을 향해 거칠게 팔을 들어 올린 순간.

탁—

둔탁한 소리와 함께, 팔의 움직임이 멈췄다.

이윽고 여유로움 뒤에 감춰진 위협적인 목소리가, 시간을 정지시켰다.

"그만두는 게 좋을 거야. 이 팔, 영영 못쓰고 싶지 않으면."

그의 얼굴을 알아본 수현의 눈동자가 거세게 요동쳤다.

"뭐야 넌?! 이거 안 놔?"

남자가 팔에 힘을 주며 하균을 노려보았다.

"어라. 곱게 생기신 분이 갑자기 남에 일엔 왜 끼어들지? 뭐, 갑자기 흑기사라도 되고 싶은 마음이 생기셨나? 그럼 이왕 흑기사 되는 거, 그쪽이 저 여자 대신 빚이라도 갚아 주지그래? 이건 좀 놓고!"

그러나 아무리 힘을 줘도, 하균은 미동조차 하지 않았다.

"이거 놓으라고 이 새끼야. 내가 이 여잘 때리든 말든 네가 무슨 상관이야!!!"

"경고, 못 들었나 보네."

그의 팔을 붙잡은 하균의 손에 힘이 들어갔다.

무표정했던 눈빛이 싸늘하게 바뀌었다.

이윽고 남자의 팔이, 숨 쉴 틈도 없이 잔인하게 비틀어졌다.

"으아악!!!"

"이 새끼가!"

남자가 고통을 호소하자, 옆에 서 있던 다른 남자가 주먹을 쥐고 달려들었다.

그러나 하균은 고개를 옆으로 틀어 가뿐히 피했다.

그가 가볍게 웃으며, 입술을 뗐다.

"더 이상 시간 낭비해야 되나?"

그의 눈빛을 본 남자가 흠칫 놀라 주춤, 몸을 떨었다.

본능적으로 몸이 먼저 반응했다.

이놈은 건드려선 안 된다고.

"됐다, 윤식아."

금 목걸이를 한 남자가 팔을 움켜쥐며 이를 악물었다.

부러지기 직전까지만 꺾었는지, 다행히 특별한 이상은 없는 듯했다.

수현에게 손을 올렸던 남자는 매섭게 그녀를 노려보았다.

"며칠 안 남은 이번 달 이자에 저번 달 이자까지. 어떻게든 갚는다고? 좋아, 기꺼이 기다려줄게. 두고 보자고, 한수현 씨."

이내 남자는 어금니를 문 채 얼얼한 팔을 감싸 쥐며 수현을 지나쳐 갔다.

수현은 멀어져 가는 남자의 뒷모습을 불안한 눈빛으로 응시했다.

"한수현."

그런 그녀의 시야를, 하균이 가린 채 우두커니 섰다.

"뭐예요, 당신?"

이름도 알고 있고, 이젠 집까지 찾아오다니.

황당하다못해 기가 찼다.

수현이 입술을 문 채 그를 올려다보았다.

"다시 볼일 없었으면 좋겠다고 분명히 말한 것 같은데, 여기까지 찾아와서 뭐 하는 거냐고요!"

"고맙다고 하는 게 순서일 것 같은데."

"여긴 어떻게 알고 온 거냐고 물었잖아요!"

하균은 수현을 응시하며 입가에 잔악한 미소를 퍼트렸다.

"말했잖아. 이젠 도망칠 수 없을 거라고."

그가 들여다본 투명한 눈동자에 두려움이 스쳤다.

그를 보고 있자니 또다시 손끝에서부터 오한이 들기 시작한다.

수현은 불현듯 느낀 그 두려움의 원인이 무엇인지 알 수 없어 흠칫 놀랐다.

그러나 흔들리던 눈동자는 곧 차갑게 식었다. 더 이상 참아줄 생각은 없었다.

"아, 그래요?"

수현은 그를 노려보며 휴대폰을 꺼내 들었다.

그리고 112버튼을 눌렀다.

"뭐하는 거야, 지금?"

"나도 신고한다고 말했어요. 네, 경찰서죠? 여기 이상한 사람이 자꾸 절……."

하균이 수현의 손에서 휴대폰을 확 빼 들었다.

"뭐예요!?"

툭―.

이내 처참하게 통화 종료버튼이 눌린 수현의 휴대폰이 바닥으로 떨어졌다.

하균이 거칠게 그녀의 어깨를 붙잡았다.

"나는 네가 한수현이라는 것도 알고, 그 한수현이 내 형과 관련된 사람이란 것도 확신해. 왜냐하면, 그날 내가 내 두 눈으로 똑똑히 널 봤으니까."

날 봤다고……?

수현이 그를 뚫어져라 바라보았다.

어디서, 언제, 어떻게?

갑자기 많은 의문들이 밀려들었지만, 더 이상 신경 쓰고 싶지 않았다.

수현은 차갑게 대답했다.
“난 당신 형을 모른다고 했어요.”
“대체 왜……?”
그의 투명한 눈동자가 파르르 떨렸다.
“그날, 너 때문에 사고가 났잖아.”
그는 터져 나오려는 무언가를 억지로 억누르는 듯 힘을 준 채, 가까스로 입술을 열었다.
“내 형이 널 구하려다가…… 그렇게 됐잖아.”
그의 이런 눈빛. 불현듯 낯설게 느껴진다.
수현이 그와 눈을 마주치곤 낮게 읊조렸다.
“당신 형이 날 구하려다 그렇게 됐다고요.”
그리고 이내 그녀에게서 흘러나온 한마디에,
“미안하지만, 난 사고가 난 적이 없어요.”
하균의 손이 그녀의 여린 어깨에서 떨어졌다.
수현은 그대로 대문을 열고, 매몰차게 집 안으로 들어갔다.
쾅?
문을 닫고 선 그녀는, 그 자리에 서서 말했다.
“날 편히 살게 두지 않겠다고요?”
“…….”
“다 봤잖아요. 그쪽이 그렇게 괴롭히지 않아도, 난 충분히…… 힘들어.”

* * *

형뿐만 아니라, 사고에 관한 것조차 모른다.

하균은 홀로 고급 바에 앉아, 얼음 잔에 양주를 따라 벌컥 벌컥 마셨다.

"정하균 씨?"

그런 그의 곁으로 누군가 다가와 물었다.

"누구시죠."

하균이 고개를 들어 상대를 바라봤다.

어느 곳 하나 흠잡을 곳 없는 외모가 여자의 시선을 강탈했다. 여자는 숨이 멎는 듯한 아찔함을 느꼈다.

정하균. 대한민국 기업의 중심, 가온그룹 둘째아들.

세간에 극히 모습을 드러내길 꺼려하다, 얼마 전 불의의 사고로 혼수상태에 빠진 형을 대신해 차기 후계자로 혜성처럼 나타난 남자.

가온그룹의 뼈대인 가온전자의 새 대표이사로서, 그가 사업에 손을 대자마자 가온그룹 주가가 최고치를 기록하는 등, 가온의 숨겨진 히든카드라 불릴 만큼 재계에서 유명한 남자였다.

그가 형과 달리 엄청난 외모의 소유자인 것도 한몫했다.

그래서 제대로 얼굴을 드러내자마자 연예인 못지않은 주목을 받으며, 한마디로 요새 아주 핫한 젊은 기업가를 대표하고 있었다.

그런 그가 바로 눈앞에 있다는 것이 여자는 믿기질 않았다.

"맞구나. 아, 저 기억 안 나세요? 류세경이에요. 전에 유림건설 창립 기념일 파티 때 인사 나누었던."

류세경?

하균의 눈매가 가늘게 여며졌다. 유림건설 창립 파티라면 얼마 전에 있었던 파티를 말하는 건가.

의무적으로 참석해서, 얼굴을 비추고 온 자리였다. 그때 하도 많은 사람들이 다가와 인사를 하는 바람에, 일일이 얼굴을 기억할 수는 없었다.

"그러시군요."

"혼자 오셨나 봐요. 저도 혼자 왔는데, 괜찮으시면……."

"정하균!"

그를 알아보고, 또 다른 누군가가 다가왔다.

하균의 시선이 목소리의 주인에게로 향했다.

"차현우."

다가온 남자는 동갑내기 사촌이자, 정신과 의사인 현우였다.

현우를 본 하균은 여자를 향해 말했다.

"제가 선약이 있어서요."

선약?

현우가 무슨 뜻이냐는 듯 하균을 바라보았다.

그러나 하균은 눈짓으로 앞의 여자를 가리켰고, 눈치가 빠른 현우는 그제야 상황을 이해한 듯 어색하게 웃어 보였다.

현우를 응시하던 여자의 눈에 아쉽다는 기색이 역력했다.

"아쉽지만 어쩔 수 없겠네요. 그럼."

이내 여자는 입술을 씰룩이곤 구두를 또각거리며 사라졌다.

"방금 그거 나 이용한 거 맞지."

현우가 고개를 비스듬히 기울이며 그제야 말문을 열었다.

"맞아."

"와, 뻔뻔한 거 보게."

현우는 정하균답다는 듯, 고개를 저으며 그의 옆자리에 앉았다.

"아무튼, 전에 너 한국 들어오고 가족식사 자리 이후론 오랜만이네. 회사일은 할 만해? 잔 하나 주세요."

"회사일이, 할 만하냐고."

하균이 피식 웃으며 잔을 들었다.

"아, 내 질문이 잘못된 건가. 네가 회사 맡고 나서부터 그룹이 어떻게 돌아가고 있는지는 나도 들었으니까."

현우가 술을 한 모금 마시며 대답했다.

그는 하균 만큼이나 경영에 관심이 없었고, 일찍이 의사의 길을 택했다.

어쩌면 가온그룹 내에서 유일하게 하균과 닮은 구석이 있는 사람이 그이기도 했다.

"뭐야. 천하의 정하균이 뭐 때문에 이렇게 혼자서 술을 마시고 있는 건데."

현우의 물음에, 하균은 굳게 다문 입술을 천천히 뗐다.

"……형 사고 때."

술잔을 넘기던 현우가 멈칫했다.

"형이 구해 준 그 여자 말이야."

"이튿날 한마디 말도 없이 바로 퇴원해 버린…… 그 어마어마한 여자는 갑자기 왜."

"찾았어."

"뭐라고? 언제? 어디서? 회장님께 알려야 하는 거 아니야?"

현우가 눈을 크게 떴다.

그러나 하균이 그를 제지했다.

"내가 먼저 알아봐야 할 게 있어. 당분간 이 사실은 아무에게도 입 밖에 꺼내지 마."

"뭐…… 네 뜻이 그렇다면."

현우는 전적으로 하균을 믿는 쪽이었다.

"그런데 말이야."

하균이 술잔을 꽉 쥐며 낮게 혼잣말을 했다.

"분명, 그 여자가 맞는데. 아무것도 기억을 못 해."

"기억을…… 못 한다고?"

하균은 현우에게 그간 있었던 일에 대해, 조용히 말했다.

"분명 네가 본 여자가 맞는데, 정작 그 여자는 아무것도 기억하지 못한다고……."

하균의 말을 들은 현우가 팔짱을 끼며 소파에 몸을 기댔다.

뭔가를 골똘히 생각해 보던 그는, 곧 한 가지 의심되는 가능성에 대해 입을 열었다.

"이런 경우가 있어."

하균의 시선이 그에게 고정되었다.

"극심한 정신적 충격을 받았을 때, 본인 스스로가 기억을 삭제하는 경우. 그 충격이 너무 커서 그 기억이 회상되는 걸 억제하는 거야."

현우는 나직이 말을 이었다.

"고통스러운 기억으로부터 자기를 보호하기 위해서라고 볼 수 있어. 일종의…… 방어기재지."

"뭐라고……?"

하균의 눈동자에 강한 혼란이 담겼다.

"예를 들어 그날 사고에 대한 기억은 머릿속에 남아 있는데, 본인이 그것을 무의식적으로 기억하려 하지 않는 거야. 정신건강의학용어로는, 그걸 해리성 기억상실이라고 해."

이내 현우는 하균을 바라보며 의문을 품었다.

"혹시 그날 하성이 형이 자기 대신 사고를 당한 것에 너무 큰 충격을 받은 건 아닐까."

"……!"

"그래서 어쩌면 그 여자 스스로가 네 형, 그리고 형과 연관된 모든 기억들을 지워 버렸을 수도 있다는 거지. 그래서 그날 사고에 대해서도 기억하지 못하는 거고.”

쿠웅—

커다란 돌덩이가 바닥에 꽂혔다.

극심한 정신적 충격이라고……?

“내가 왜, 고마워해야하는 거죠? 죽고 싶었던 건 나였는데.”

자기 대신 누군가 사고를 당한 사실에 큰 충격을 받은 사람이, 그런 말을 할 리가 없잖아.

하균이 두 눈을 굳게 감았다.

그의 주먹이 가만히 쥐어졌을 때, 현우는 잠시 뜸을 들인 후 말을 이었다.

“정확한 검사와 진료를 해 보지 않는 이상, 어디까지나 내 추측일 뿐이지만. 아, 그리고 한 가지 더. 네가 그날에 대해 얘기하던 중에 불현듯 쓰러졌다고 했지. 그것 또한 갑자기 떠오르려고 하는 기억에 대한 또 하나의 방어기재일 수도 있어.”

“혹시 갑자기 심한 충격이나 스트레스를 받은 일이 있나요?”

현우의 말과 함께, 최 박사가 했던 말이 떠올랐다.

*　*　*

"네, 주문 도와 드리겠습니다."

바쁜 오후. 여느 때와 다름없이 오늘도 열심히 아르바이트 중이었다.

퇴근 시간이 다 되어 거의 마지막 주문을 받으려 했을 때, 낯익은 얼굴과 마주쳐 버렸다.

"어? 수현아!"

"희주……?"

"한수현!"

"혜수?"

대학 동기인 희주와 혜수였다.

"너 여기서 일해?"

희주가 고개를 갸웃 움직였다.

"어? 어. 아르바이트."

수현은 애써 침착하게 웃으며 대답했다.

"아르바이트? 네가?"

혜수는 이해가 가질 않는다는 듯 반문했다.

"너 학교 다닐 때 성적 엄청 좋았잖아. 난 당연히 다른 사람은 몰라도, 너라면 지금쯤 벌써 좋은데 입사했을 줄 알았지."

그러면서 혜수는 중얼거리듯 덧붙였다.

"네가 돌연 휴학하는 바람에 네 소식을 못 듣기는 했지만."

어떻게든 졸업은 하려고, 등록금 때문에 휴학을 한 적이 있었다.

겨우 겨우 졸업을 했어도, 지금은 이 모양 이 꼴이지만……

갑자기 가슴이 꽉 막힌 듯, 답답해졌다.

"저기, 손님들 오셨는데 빨리 주문해 줄래?"

수현은 암묵적 물음에 대한 대답을, 다른 말로 대신했다.

그리고 얼마 뒤, 그녀는 터벅터벅 퇴근한 카페를 걸어 나왔다. 버스정류장으로 향하는 발걸음이 가볍지만은 않았다.

'다시 직장…… 구해 볼까.'

아르바이트를 몇 개씩 해가며 돈을 모아오곤 했었지만, 생각해 보니 정말 언제까지 이렇게 살 수 있을까하는 걱정이 밀려들어서였다.

"날짜가 얼마 안 남았는데."

휴대폰 속 날짜가 원망스러웠다.

점점 더 이자를 내야할 날이 다가오는데, 아직 돈은 모이지 않았다.

역시 집 보증금을…….

머릿속에는 불안한 생각만이 맴돌았다.

고급 승용차 한대가 대한대학교의 정문을 빠져나오고 있었다. 새롭게 설립한 경영대학원 완공 기념식에 참여 후 돌아오는 길이었다.

"어떻게 할 생각이야? 정말 기억을 잃은 게 맞기라도 하면…….”

자초지종을 들은 유한이 심각한 표정을 지었다.

“만약 정말 그런 거라면, 한수현 씨가 기억을 하지 못하는 이유가 설명이 돼. 네가 찾은 그 여자가 진짜 한수현과 아주 똑같이 생긴 사람이 아니라면.”

“닮은 사람일 리 없어. 그 여자가 그날 하고 있던 목걸이. 똑같은 걸 하고 있었어.”

하균은 엘리베이터에서 보았던 목걸이를 상기했다.

“만약 그렇다면. 네가 묻고자 했던 것들, 우리가 알아내고자 했던 것들. 한수현 씨가 스스로 기억을 해내지 않는 이상, 네가 아무리 다그쳐도 알 수 없다고.”

“…….”

하균이 이마에 손을 짚었다.

‘어떻게 해야 되는 걸까. 어떻게 해야…… 내가 그날의 진실에 대해, 알아낼 수 있는 걸까.’

가득 문 입술에 고통이 느껴졌다.

하균은 목을 죄는 듯한 넥타이를 조금 느슨하게 만들며 창밖을 바라보았다.

“……?”

홀로 길을 걷고 있는 수현의 모습이 보였다.

여기서 마주칠 리가…….

그러고 보니 여기 대한대였지.

대한대 앞 카페에서 아르바이트를 하고 있다는 말이 생각났다.

"빚이 많아. 그것도 사채 빚. 알아보니, 사채업자들한테 꽤나 시달렸더라고. 지금도 시달리는 중이고."

문득 유한의 말이 스쳐 지나갔다.

"그쪽이 저 여자 대신 빚이라도 갚아 줄래?"

그녀의 집 앞에서 봤던 덩치 큰 남자, 그리고 그녀가 스카이라운지에서 마주 앉아 맞선을 보던 남자까지.

연이어 머릿속을 스쳤다.

맞선을 보던 남자하고는 나이 차이가 많이 나 보였다.

설마. 그 나이 많아 보이던 남자하고 결혼이라도 하려던 건가.

"다 봤잖아요. 그쪽이 그렇게 괴롭히지 않아도, 난 충분히…… 힘들어."

그의 눈이 가늘게 여며졌다.

"그 여자, 빚이 얼마랬지."

"갑자기 그건 왜?"

유한이 눈을 깜박였다.

"그거, 우리 쪽에서 갚아."

"뭐?"

유한의 표정이 그에게 무슨 뜻이냐고 묻고 있었다.

이내 하균은 유리창에서 시선을 떼며, 입을 열었다.

"……확실히 묶어 두고."

그는 다시 차 시트에 몸을 기대고 눈을 감았다.

"지켜봐야겠어."

그렇게 하균의 차는 그대로 수현을 지나쳐 갔다.

* * *

며칠 후.

돈을 갚아야하는 왜 이렇게 빨리 돌아오는 지, 벌써부터 사채업자가 찾아왔을까 작은 소리에조차 움찔하고 있었다.

언제 울릴지 모르는 휴대폰을 쥐는 것마저 두려웠다.

수현은 긴장과 두려움을 애써 누르며 방을 나왔다.

아빠 성수도 마침 안방을 나오고 있었다.

"수현아."

수현은 시계를 잠깐 보더니, 성수에게 다가갔다.

성수는 수현이 무슨 말을 하려는지 알고 있었다.

"그놈들한테 조금만. 조금만 기다려 달라고 해 봐. 아빠가 낚시 잘했잖아. 아빠 거래처 사람이었던 황 사장이, 자기 장인어른 바다낚시 가이드 해 주면 섭섭지 않게 주겠대."

"아빠. 그거 말이 가이드지 장시간 운전부터 낚시채비, 그 밖의 모든 짐들과 온갖 뒤치다꺼리가 다 아빠 몫이잖아. 그게 낚시 잘하는 하인 데려가는 거지 뭐야? 전에 다른 사람 가이드 해 주다가 일주일동안 몸살로 앓았으면서……."

"그래도…… 내가 할 수 있는 게 이런 것밖에는 없잖니."

성수가 힘겹게 미소 지으며 거친 손을 매만졌다.

집안이 어려워졌다고 해서 몸이 힘든 것보다, 아빠의 작아진 모습이 가장 가슴이 아팠다.

눈물이 터져 나오려고 했지만, 수현은 꾹 참았다.

"아빠. 내 아르바이트 비랑 합친다 해도 저번 달 이자에 이번 달 것까지 갚으려면…… 아무래도 우리, 집 보증금 빼야할 것 같아."

"하……."

예상했던 일이 닥쳐오자, 성수가 눈을 감으며 입술을 물었다.

"내가 어떻게든 막으려고 해봤는데, 안 될 것 같아."

"그건 안 돼!"

부엌에서 아침을 준비하고 있던 미선이 물 묻은 손을 앞치마에 닦아 내며 다가왔다.

"이 집에서 나가면 우린 어디에서 살아? 당장 갈 곳도 없잖아. 난 싫어. 여기서도 겨우 발 뻗고 자는데, 길거리에서 자자고?"

"엄마. 우린 지금……."

지이이잉—

지이이이잉—

수현이 짐짓 단호한 얼굴로 미선을 향해 설명을 하려던 순간, 휴대폰이 울렸다.

가슴이 철렁 내려앉았다.

예상대로, 사채업자였다.

피하면 받을 때까지 전화를 하고, 전화를 받지 않으면 집까지 찾아오는 사람이었다.

하지만 수현은 성수와 미선을 안심시키기 위해 고개를 저었다.

"친구예요. 잠깐 통화 좀 하고 올게요."

자리를 피하듯 방으로 들어간 수현은 입술을 깨물며, 통화버튼을 눌렀다.

"네."

["한수현 씨."]

무거운 음성이 들려왔다.

"갚을게요. 갚을 테니까 조금만……."

["이제 날 다시 볼일 없어서 좋겠네."]

"네?"

수현이 멈칫했다.

["차용증 다른 사람한테로 넘어갔어. 이제 그 사람하고 빚 해

걸 보라고. 난 이자에 원금까지 싹 다 받았으니까."]

"그게 무슨…… 아니, 누가 제 빚을 갚아줬다는 거예요?"

["모르는 사람이었어? 한수현 씨와 잘 아는 사람이라던데. 아주 인연이 깊은 사람이라고. 그 사람 비서란 사람이 와서 그러더라고."]

'뭐라고……?'

대체 누구지?

그동안 알고 지낸 모든 사람들의 얼굴을 동원해봤지만, 아무리 기억을 되짚어 봐도 그런 사람은 없었다. 아주 깊은 인연이라고 해서 그 큰 빚을 대신 갚아 줄 만한 사람.

'설마…….'

정작 그녀는 아니었지만, 마치 깊은 인연이 있는 것처럼 말했던 남자가 있었다.

"나는 네가 한수현이라는 것도 알고, 그 한수현이 내 형과 관련된 사람이란 것도 확신해. 왜냐하면, 그날 내가 내 두 눈으로 똑똑히 널 봤으니까."

수현의 동공이 얼어붙었다.

이름도 알고 있고, 사는 곳까지 알고 있던 사람이었다.

"뭐, 갑자기 흑기사라도 되고 싶은 마음이 생기셨나? 그럼 이

왕 흑기사 되는 거, 그쪽이 저 여자 대신 빚이라도 갚아 줄래?"

사채업자가 찾아왔던 날, 집에 감당하기 힘든 빚이 있는 것까지 알게 되었을 것이다.

수현은 곧바로 휴대폰에 대고 말했다.

"아니 누구마음대로 그걸 넘겨요?"

["내 마음대로지. 난 돈만 받으면 되니까. 아무튼 이제 서로 빠이빠이 하는 거야. 물론 다시 돈 빌리고 싶으면 연락해. 그럼 수고."]

이내 통화는 끊겼다.

"……."

수현은 한동안 말이 없었다.

너무 당황하면 진공 상태에 있는 것처럼 멍해지듯, 아무런 생각도 들지 않았다.

수현이 굳은 얼굴로 자리에서 벌떡 일어났다.

방에서 나온 그녀는 현관문을 열며, 성수와 미선을 향해 말했다.

"저 카페 출근하기 전에 잠깐 들를 데가 있어서 일찍 나가 봐야할 것 같아요. 그리고……."

수현은 잠시 고민하다, 일단 정확한 상황을 파악하기 전까지는 다른 사람에게 빚이 넘어간 사실을 함구하기로 결정했다.

"사채업자한테는 제가 어떻게든 시간을 달라고 해볼게요. 그러니까 너무 걱정하지 말고 계세요."

*　　*　　*

쏴아아아—

쏟아지는 물줄기 속에 하균이 몸을 적셨다.

탄탄한 그의 몸 위로 물줄기가 흘러내렸다.

이내 하균은 샤워를 마치고 허리에 타월을 두른 채 밖으로 나왔다.

"어머나."

거실 소파에 앉아 있던 중년의 남자가, 눈을 가늘게 뜨며 입술을 내밀었다.

"언제 봐도 멋진 몸매야, 조카."

남자는 꽤 여성스러운 말투와 손짓으로 감탄사를 보냈다. 그는 손가락을 벌린 채 두 눈을 가리고 있었는데, 손가락 사이로 보이는 두 눈은 반짝 거렸다.

"뭐야?"

하균이 허리에 두른 수건을 꽉 움켜쥐며 미간을 좁혔다.

"뭐긴, 네 삼촌이지."

춘식이 흰 이를 드러내며 씩 웃었다.

본명을 싫어하기 때문에 대외적으로는 다니엘 박으로 불렸다.

"누가 삼촌인지 몰라서 물어?"

"네가 뭐야, 라고 방금 물었잖아. 그래서 삼촌이라고 대답한 것뿐인데."

하균은 그를 보며 눈썹에 힘을 주었다.

"누가 마음대로 들어오래."

"알림 사항이 있거든."

"뭔데."

하균은 소파 맞은편에 앉으며 춘식을 노려보았다.

"나, 다음 시즌은 피에르 뒤랑과 콜라보하기로 했어. 그래서 당분간 파리에 가 있을 거야."

"얼마나."

"세 달 정도."

춘식이 미소와 함께 눈을 깜박였다.

"그동안 우리 하균이, 네가 봐줘."

"싫어."

"그럴 줄 알았어."

춘식은 후, 한숨을 내쉬더니 팔짱을 끼곤 말을 이었다.

"그래서 그동안 내 집도 봐주고, 우리 하균이 돌봐줄 사람 구할 거야."

"걔한테 내 이름 붙이지 말라고 한 거 잊었어?"

"다른 이름으로 부르면 안 오는 걸 어떡해?"

하균이 눈썹을 구긴 채 춘식을 노려보았다.

하지만 곧 입씨름하기도 귀찮다는 듯 대답했다.

"그까짓 개를 돌봐줄 사람을 뭐하러 구해. 데리고 가."

"알잖아. 우리 하균이, 비행기 못 타는 거."

"내 앞에선 이름 부르지 마."

"하균이를 하균이라 부르지 그럼 뭐라 부르냐?"

"안 나가?"

"아무튼, 우리 귀한 하균이를 잘 돌봐 줄 사람이 필요해. 워낙 까다로운 아이라 쉽게 찾긴 힘들겠지만."

"난 관심 없으니까, 알아서 찾아서 떠나. 아주 안 돌아오면 더 좋고."

"그럴 리가 없지. 우리 하균이가 날 오매불망 기다리고 있을 텐데."

하균이 조용히 옆에 놓여 있던 화병을 응시했다.

그러자 화들짝 놀란 춘식이 허허 웃으며 말을 돌렸다.

"오늘 같이 점심 먹을까?"

"용건 끝났으면 나가."

하균은 출근 준비를 하기 위해 드레스룸으로 향했다.

혼자 남겨진 춘식은 다시 팔짱을 낀 채 중얼거렸다.

"삼촌한테 말버릇 하고는. 영국에 있을 때보다 더 까칠해졌어."

이내 그는 입술을 씰룩이며 자리에서 일어나, 현관을 나섰다.

"그나저나, 우리 하균이를 감당할 위인을 어디서 구하지."

춘식이 나가고, 하균이 드레스 룸에서 옷을 집어 들려고 할 때였다.

띵동— 띵동—

누군가 벨을 연신 눌러 댔다.

하균은 옷을 내려놓고 거실로 걸어 나갔다.

비밀번호도 알면서 벨은 왜 또 눌러대는 건데?

그가 미간을 좁힌 채, 문을 벌컥 열었다.

"또 뭐야?"

그때.

"……!"

건장한 남자의 반 나신을 마주한 수현이, 그대로 얼어붙었다.

저번과 똑같은 상황이다.

이번에도 새카만 머리는 젖어 있었고,

아직 덜 마른 듯, 갈라진 배의 굴곡을 따라 물방울이 흐르고 있었다.

한 가지 다른 게 있다면 저번에는 샤워가운이라도 입었지, 지금은…….

불현듯 수현을 마주한 하균도 가만히 눈을 깜박였다.

그러다, 다시 미간을 좁힌 채로 물었다.

"뭐지?"

"……그러니까."

침착해야 돼. 수현은 두 눈을 굳게 감았다 뜨고, 입술도 한 번 적셨다.

그리고 말했다.

"당신이죠?"

"뭐가."

"우리 집 빚 갚아준 사람. 당신 맞죠?"

전에 오피스텔의 이름을 외웠고, 위치가 어디쯤이라는 건 근처 정류장에서 버스를 탔기 때문에 검색을 해 보니 찾아오는 건 어렵지 않았다.

연락처를 모르니, 직접 찾아올 수밖에.

"그래서."

그녀의 말에, 하균은 그제야 팔짱을 낀 채 고개를 비스듬히 기울였다.

"그래서라뇨. 당신이 뭔데 내 집 빚을 갚아요?"

"돈을 갚아야할 상대가 바뀐 게 그렇게 열을 낼 일인가?"

"뭐라고요?"

"중요한 건. 이제 네 빚은 나한테 넘어왔다는 사실이고."

수현이 도무지 이해할 수 없다는 얼굴로 그를 올려다보았다.

하균은 그런 그녀를 내려다보며 말했다.

"이제 싫든 좋든 무조건 나한테 갚아."

그의 차가운 눈동자가 숨통을 거머쥐는 것만 같았다. 그러나 수현은 그의 눈을 피할 생각이 없었다.

그는 덫에 걸린 생쥐를 보는 것처럼, 그녀의 눈동자를 응시했다.

"돈 나올 곳이라곤 집 보증금뿐이더군. 내 덕에 당장은 길거리에 나앉지 않게 되었다는 것도 사실이겠지."

"그건……."

그는 잔인하도록 빤히 속을 들여다보고 있는 것처럼 말하고 있었다. 속마음이 벗겨진 것 같아 얼굴에 열기가 일었다.

"나는 네 빚 따위엔 관심 없어."

"대체 당신이 나한테 원하는 게 뭐죠?"

"기억해내."

또 기억에 관한 얘기다.

분명히 기억에 없다고 말했는데도, 자꾸만 기억을 요구한다.

"형에 관한 건 모두 다. 사고가 났던 날 이후로 사라져 버린 이유에 대해서도, 하나도 빠짐없이."

그는 표정 변화 하나 없는 얼굴로 이쪽을 바라보고 있었다.

"기억이 안 나도 해내. 무조건."

"이봐요, 난!"

"그러면, 빚을 갚은 걸로 해 주지."

순간 알 수 없는 정적이 흘렀다. 수현은 말없이 느릿하게 침을 넘겼다.

고작 기억을 읊는 걸로 빚을 청산해 주겠다고?

빚을 갚는 방법도, 그런 방법을 아무렇지 않게 제안하는 그의 말 한마디도 참 쉬웠다.

기억을 해내기만 하면, 지겹고 지독했던 빚을 갚은 걸로 해 주겠다. 너무나도 달콤한 제안이었다. 그가 말하는 기억이 뭔지는 몰라도, 정말 머릿속 안에 존재하기만 한다면 뇌 구석구석을 뒤져 꺼내고 싶었다.

하지만, 그런 기억 따위가 존재할 리가.

수현은 쓰게 웃으며 작게 한숨을 내쉬었다.

"그럴 수만 있다면 빚도 한 번에 갚고 저한텐 더할 나위 없는 행운이죠. 근데요."

근데?

마치 그의 제안을 비웃듯 쌀쌀맞게 대답하는 그녀를 마주한 그의 미간에 힘이 들어갔다.

"없는 기억을 지어서라도 꺼낼까요? 미안하지만 난 그런 재주도 없어요. 난 여태까지 빚을 갚아왔고, 앞으로도 갚을 거니까 걱정 말아요."

"돈을 갚겠다. 언제 다 갚을지도 모르면서, 지금 자존심 내세울 처지인가?"

"자존심이 아니에요. 당신이! 말도 안 되는 걸 나한테 요구하고 있잖아."

"못 하겠다. 그럼 며칠 시간을 줄 테니까 그 안에 돈을 갚든지."

수현의 눈동자에 미세한 떨림이 번졌다 사라졌다.

두 가지의 선택지 모두가, 너무도 잔혹하다.

"……."

더 이상 아무런 말도 입 밖에 나오질 않았다.

수현은 그길로 그에게서 세차게 돌아섰다. 성큼 성큼 걷는 발걸음에 진득한 분노가 묻어났다.

사채업자의 전화를 받았을 때, 갑자기 이 남자의 서늘한 얼굴이 떠올랐다.

불안한 예감은 늘 틀리지 않았다. 그가 또다시 제 인생에 끼어들었다. 도대체 왜? 라고 묻는 것도 이젠 지쳤다.

수현은 가방끈을 꽉 움켜 쥔 채 나간 뒤 곧장 엘리베이터 버튼을 눌렀다.

문이 열리고, 그녀는 안으로 들어갔다.

그 사이, 하균의 맞은편 집의 인터폰 불이 조용히 꺼졌다.

"정하균, 저 녀석은 또 무슨 심보야."

춘식은 산책을 나갈 준비를 마친 제 강아지를 바라보며 중얼거렸다.

한국에 들어온 지 얼마 되지 않은 그는 하성의 사고에 대해선 알고 있었지만, 거기에 수현이 관련되어 있다는 사실은 모르고 있었다.

15층 넓은 복도에 있는 집이라곤 두 집뿐이었다. 이 집이 아니면, 반대편 집에 사는 하균의 손님일 텐데 분위기가 심상치 않았다.

마침 밖으로 나가려 현관 앞에 서 있다가 무슨 일인가하고, 인터폰을 통해 숨을 죽이며 몰래 상황을 지켜본 그였다.

춘식은 두 사람이 각기 제 갈 길을 가고 나서야 문을 열었다.

"분위기 살벌해서 우리 하균이 산책 못 나갈 뻔했네. 그치?"

엘리베이터가 1층에 멈춰 섰다.

"말도 안 돼. 뭐 이런 상황이 다 있어? 거기다 뭐? 없는 기억을 해내라고?"

다시 성큼성큼 엘리베이터를 빠져나오며 수현은 좀처럼 가시지 않는 열을 식혔다.

갑자기 나타나서는 아슬아슬하게 버티고 있던 삶을 왜 가만히 두지 못해서 안달일까. 분명이 본인이 말하는 그 여잔, 이쪽이 아니라고 열댓 번은 더 말한 것 같은데.

불현듯 돈을 갚아야 할 상대가 바뀌었다는 사실이 어이없었지만, 또다시 일정 기간 내에 돈을 구하러 뛰어다녀야한다는 사실은 변하지 않는다.

이전 사채업자가 워낙 악독했으니, 어쩌다 바뀐 상대가 그보다 인간적이길 바란다면 그건 어불성설이었다.

다른 면에서 더 악독할지도 모른다.

'기억'이란 선택지는 애초에 선택이 불가능했다. 일단은 며칠 시간이 생겼고, 그 안에 돈을 갚는 수밖에 없다.

어쩌지?

밖으로 나오면서, 하늘을 올려다봤다.

그러던 중, 갑자기 뭔가 다리 뒤쪽에 닿은 느낌이 들어 수현은 아래를 내려다보았다.

"……?"

털이 뽀송뽀송한 흰색 포메라니안 강아지가 귀엽게 눈을 반짝이고 있었다.

눈을 동그랗게 뜬 수현은 무릎을 굽히고 앉아 강아지의 앞발을 들어 올리며 물었다.

"넌 어디서 왔어?"

무척 귀여운 강아지였다. 주인이 누구인지는 몰라도 엄청 예뻐해 주나 보다. 강아지한테서 귀티가 흘렀다.

"네가 나보다 낫다."

역시 좋은 곳에 사는 강아지는 다르네. 라고 중얼거릴 즈음.

"헉. 하균아!"

뒤에서 누군가 놀라서 달려왔다.

"아, 저기. 이 강아지가 저한테……."

괜한 조바심에 수현은 제 쪽으로 다가온 남자에게 서둘러 설명했다.

"우리 하균이가 아가씨한테? 어머나. 얘가, 그럴 리가 없는데?"

하균…… 강아지 이름인가 보다.

그나저나 분명 눈앞에 서 있는 사람은 남자인데, 말투는 여자처럼 느껴졌다.

수현은 어색하게 웃고는 강아지를 가리키며 말했다.

"강아지가 엄청 예뻐요. 순한 것 같고."

"순하다고요? 얘가? 그러고 보니 아가씬……."

남자는 천천히 고개를 저으면서도, 수현 앞에서 꼬리를 살랑살랑 흔들고 있는 강아지를 놀란 눈으로 바라보았다.

"안녕. 그럼 전 이만 가 볼게요."

수현은 강아지에게 짧은 인사를 하고는 쪼그려 앉았던 무릎을 폈다.

"저기 아가씨!"

문득 그가 수현을 불러 세웠다.

"네?"

수현이 뒤를 돌아보았다.

"아가씨. 물론 직장도 있을 테고, 아니면 지금 하는 다른 일이 있을 수도 있겠지만 말이야."

잠시 뜸을 들이던 남자는 강아지를 안은 채, 눈을 반짝이며 물었다.

"혹시 고액 아르바이트 해볼 생각 없을까? 꼭 아가씨여야만 해!"

"저요?"

수현이 주위를 둘러보다, 자신을 가리켰다.

"아니다. 사실 대로 말하는 게 낫겠어."

춘식은 조금 미안한 얼굴로 머뭇거리던 입을 뗐다.

"사실 내가 하균이 녀석 삼촌이야. 맞은편 집에 사는. 미안하게도 방금 전의 대화, 다 들어버렸어."

"네……?"

하균? 하균이라면 이 강아지 이름 아닌가?

그런데 삼촌……? 무슨 말이지?

수현이 의아한 얼굴로 춘식을 바라보자, 춘식은 서둘러 설명해 주었다.

"참, 우리 강아지 이름하고, 아가씨가 방금 만난 그 녀석하고 이름이 같아."

"아."

그 남자 이름이 하균이었구나.

수현이 그제야 이해가 되었다는 듯 입술을 살짝 뗐다.

춘식은 다시금 수현의 기색을 살피더니, 조심스럽게 본론을 꺼냈다.

"아가씨 사정이 어떻게, 정하균 그 녀석하고 안 좋게 엮인 것 같은데. 괜찮다면 내가 아르바이트 비, 엄청 후하게 쳐 줄게. 분명 빚 갚는데 도움이 될 거야. 대신 우리 강아지 좀 딱 세 달만 봐주면 안 될까?"

"네……?"

수현의 두 눈이 커졌다.

"아니에요. 전 괜찮아요."

수현은 살짝 미소 지으며 다시 발길을 떼려했다.

하지만, 춘식이 절대로 보낼 수 없다는 듯 그녀를 애타게 붙잡았다.

"아가씨. 부탁이야. 얘가 원체 심하게 까다로워서 다른 사람 구하기가 쉽지 않아. 돈은 신경 쓰지 않아도 돼."

"하지만……."

"혹시 내가 이상한 사람일 것 같아서 그런 거야? 아냐. 지금 내가 명함이 없네. 아, 인터넷에 다니엘 박이라고 검색해 봐. 그러면 내가 누군지 확실히 알 수 있을 거야. 하균이하고 삼촌 조카 사이라는 것도 나와."

*　　*　　*

카페에서 일을 하면서, 아침에 만났던 다니엘 박이라는 사람의 제안이 종일 머릿속에서 떠나질 않았다.

그가 말한 액수를 듣고 깜짝 놀랐다.

세 달 동안 강아지를 봐 주는 데 그 돈이라면…….

눈이 질끈 감겼다.

정말 두 눈 딱 감고, 그 일을 하면 그 남자에게 넘어간 빚을 조금이라도 갚을 수 있었다.

역시 안 되겠다고 말하긴 했지만, 계속되는 설득에 결국 일단은 생각을 해 보겠다고는 했다.

"언니, 아까부터 뭘 그렇게 고민하고 있어요?"

손님에게 커피를 내주며, 함께 아르바이트 중이던 수진이 물었다.

"수진아. 만약…… 너한테 세 달 동안 강아지를 봐주는데, 우리가 여기서 일하는 알바 비하곤 비교도 안 되는 돈을 준다고 하면 할 거야?"

"무슨 그런 알바가 있어요. 사기 아니에요?"

"선불이야. 내가 돈을 받고 시작하는 거라고."

"정말요? 그럼 고민할 이유가 뭐가 있어요? 계속 고민 중이면 나한테 소개시켜 줘요. 난 강아지도 좋아하고 잘 돌볼 자신 있거든요."

그게, 아무한테나 넘길 수는 없는 일 같았다.

강아지가 까다로우시단다…….

"역시 그런 거겠지."

수현은 가만히 아랫입술을 물었다.

"나 잠깐 화장실 좀 다녀올게."

이내 그녀는 결심했다는 듯, 화장실로 향하며 휴대폰을 꺼냈다.

없는 기억을 찾아낼 수는 없으니 강아지를 봐주는 게 훨씬 낫겠지.

또 어떻게든 빨리 돈을 갚아서 그 남자하고도, 더 이상 엮일 일이 없도록 만들고 싶었다.

이윽고 수현은 건네받았던 번호로, 전화를 걸었다.

"안녕하세요. 저…… 오늘 아침에 아르바이트 건으로 제안 받았던 사람인데요."

그녀의 입술에 굳은 결의가 담겼다.

"그 일, 할게요."

*　　*　　*

"수현아, 어떻게 된 거냐? 아직 집으로는 그놈들한테서 전화도 안 왔고, 찾아오지도 않았어. 너도 연락이 없고……."

카페를 퇴근하고 집으로 돌아오자마자, 성수가 달려 나와 물었다. 미선도 그의 옆에 나란히 서 있었다.

수현은 성수를 바라보며 어떻게 대답해야 할지 생각했다. 빚이 넘어간 사람에 대해 제대로 설명할 수가 없었다.

하지만 대상이 달라졌어도 어차피 빚을 갚아야 하는 건 똑같다.

상황을 복잡하게 키우고 싶지 않아서, 그녀는 적당한 말로 둘러 대답했다.

"일단 모인 돈이라도 보내서 며칠만 더 주면 나머지도 갚겠다고 했더니…… 딱 며칠만 더 주겠대."

"후……."

성수의 입가에서 한숨이 쏟아졌다.

당장은 시간을 벌었을지 몰라도 곧 더 큰 산이 남아있었다.

"당장 돈을 어디서 구해야할지……."

그러자 수현은 오늘 내린 결정에 대해서 입을 열었다.

"나, 장기 아르바이트 하기로 했어. 아르바이트 비를 선불로 받기로 해서, 그걸로 당장 필요한 돈은 갚을 수 있을 것 같아."

"장기 아르바이트?"

미선이 눈을 깜박였다.

"네. 세 달간 그곳에서 머물면서 일해야 돼요."

"무슨 일인데?"

"그곳에서 지내면서, 강아지를 봐주기로 했어요."

"뭐어? 강아지?"

성수가 자세히 말해 보라는 듯 귀를 기울였다.

"주인이 세 달간 집을 비워야하는 데, 급하게 강아지를 봐 줄 사람이 필요하다고 해서. 고민 많이 해봤는데, 조건이 좋아서…… 결국 하기로 했어."

"믿을 만한 일인 거냐?"

성수는 걱정 가득한 얼굴로 물었다.

"응. 강아지 주인이 유명하신 분이야."

강아지를 돌봐주는 일을 수락하기에 앞서 '다니엘 박'이라는 이름은 이미 검색해 보았다.

패션계에 대해선 자세히 아는 것이 없어서 잘 몰랐지만, 검색하자마자 줄줄이 그에 관한 내용들이 쏟아졌다. 그는 국내뿐만 아니라 해외에서도 알아주는 패션디자이너였다.

"그 사람이 누군데?"

미선이 궁금하다는 듯 수현을 바라봤지만, 성수가 수현을 향해 다시금 물어 왔다.

"언제부터인 거니?"

"곧 출국이라서 집은 바로 비워 주실 거라, 연락만 달라고 하셨어. 나도 우선 그전에 아르바이트 하던 곳은 정리할 생각이야."

"당장 급한 돈은 해결할 수 있게 돼서 정말 다행이다만……."

성수는 한편으로는 안도하면서도 딸의 선택에 고개를 떨구고 말았다.

"네가 못난 아빠 만나서 고생이지. 미안하다. 수현아."

성수의 얕은 흐느낌이 느껴졌다.

"아빠."

세게 다문 입술이 저릿해졌다.

하지만 이내 그녀는, 메어오는 목을 삼키고 성수를 한껏 끌어안았다.

"내 걱정 말고, 아빠는 아빠 나름대로 열심히 살고 있어. 기죽지 말고. 알았지?"

*　*　*

그동안 하던 아르바이트들은 모두 정리한 후였다.

수현은 캐리어를 끌고, 원하든 원치 않든 이젠 눈에 익어버린 오피스텔 앞에 섰다.

강아지를 봐주는 데는 조건이 있었다.

강아지에게 최상의 환경을 제공해 줄 수 있는 유일한 안락한 공간은, 바로 그 다니엘 박이라는 사람 집이라서 그곳에서 세달간 강아지와 함께 살아야 한다는 것이었다.

약간 긴장된 가슴을 안고 안으로 들어가, 엘리베이터 버튼을 눌렀다.

1501호.

수현은 집 호수를 외우며, 빠르게 올라가는 엘리베이터에서 입술을 달싹였다.

띠링—

이윽고 엘리베이터가 15층에 멈춰 섰다.

그녀는 다시 사뭇 긴장된 얼굴로 1501호라 쓰여 있는 문 앞으로 다가갔다.

그때.

삐리릭—

뒤에서 현관문이 열리는 소리가 귓가를 자극했다.

수현은 무의식적으로 뒤를 돌아보았다.

"……한수현?"

낮은 목소리가 호흡을 앗아 갔다.

잊고 있었다.

세달 간 살기로 한 이 집은,

정하균.

이 남자의 앞집이라는 것을.

2장

장신의 남자가 세련된 슈트를 입은 채 열린 문 사이로 서 있었다. 그는 수현을 위아래로 훑어 내리며 삐딱하게 물어 왔다.

"기억이 없다면서, 벌써 돈이라도 구한 건가? 아. 혹시 좋은 남자 만나 결혼이라도 하기로 했나보지?"

"그건……!"

사채 빚이 힘겨워 결혼을 선택하려고 했던 적이 있었다. 하지만 그걸 이 남자가 어떻게……

수현은 멍하니 그를 보고 있다가 곧 떠올려냈다. 쉘튼 호텔에서 그가 선을 보고 있던 중 손목을 낚아챘었다는 걸.

만약, 그날 선을 지켜보면서 어느 정도 무슨 상황인지 파악했다면. 그리고 집에 갚아야할 빚이 있다는 것도 알게 되었다면 추측 불가능한 것도 아니겠지만…….

"그런 거 아니에요."

그의 비아냥거림이 무심하게 가슴에 박혀 들어갔다.

오죽하면 그런 선택을 했을까, 하는 그런 생각은 그의 사고에 존재할 리가 없겠지 하면서도 무심코 던진 돌에 맞은 개구리가 된 기분이었다.

그의 입매가 가볍게 비틀어졌다.

"그게 아니면, 역시 기억을 하지 못한다는 건 거짓말이었나?"

"그것도 아니에요."

"……."

수수께끼는 그가 가장 싫어하는 것이었다. 그는 마치 스무고개를 하는 것처럼 계속해서 질문을 요구하는 그녀의 대답에 미간을 좁혔다.

"그럼 뭐지?"

"짐 정리가 끝나면 연락할 생각이었는데 잘됐네요."

짐 정리라는 말에, 그가 힐끗 그녀의 옆에 놓여 있던 캐리어를 바라보았다.

갑자기 캐리어는 왜.

그가 캐리어에 대해 의문을 품던 사이, 수현은 그동안 나름대로 심각하게 고민했던 것에 대한 결론을 말하기로 결심했다.

"우선은 이거라도 받아줘요."

이내 그녀는 잊고 있었다는 듯, 가방에서 뭔가를 꺼냈다. 얼마 전까지만 해도 강아지 주인인 다니엘 씨에게 그의 연락처를 받아두고, 짐 정리가 끝나면 그와 만나려 했었다. 그 후 그가 앞집에 살고 있다는 사실은 까마득히 잊고 있다가 오늘에서야 다시 깨달았지만.

"이게 뭔데."

그가 봉투를 받아 들고 기름한 눈을 가늘게 여몄다.

"돈이요."

돈? 그는 봉투를 열어보았다. 얼핏 보아도 액수가 적지 않았다. 다는 아니지만 정말 돈을 구해 왔다. 그는 그녀의 예상치 못한 행동에 돈 봉투를 뚫어져라 보고만 있을 뿐이었다.

우선 이렇게 큰돈을 어디서, 어떻게 구해 온 건지 물으려 했다. 그러나 수현은 아직 할 말이 남았다는 듯, 다시 입을 열었다.

"아무리 생각해 봐도, 난 없는 기억을 해낼 수는 없어요. 하지만."

수현은 잠시 머뭇거리더니, 두 눈을 굳게 감았다 뜨곤 말을 이었다.

"당장 돈을 갚는 것 대신 매달 나누어 갚는 걸로 해 준다면…… 그동안 당신이 말하는 그 기억, 어떻게든 떠올려보려고 노력할게요."

어차피 갑은 그고, 을은 이쪽이었다. 아무리 그가 얼토당토않은 기억 같은 걸 해내라고 우기고 있다 해도, 조금 굽히고 들어갈 수밖에 없었다.

그 이유가 뭔지 도무지 알 수는 없지만 그가 원하는 건 제 머릿속 알 수 없는 '기억'인 것 같으니, 그리고 그 기억이 분명히 있다고 확신하고 있으니.

나머지 돈을 갚는 동안 기억해내려 노력이라도 해 보겠다고 말하면 어떨까, 하는 생각이었다. 그가 이런 제안에 응해 줄 지는 의문이었다.

"……."

그는 그녀에게 시선을 고정하고 있을 뿐 어떠한 대답도 하지 않았다.

그의 깊은 눈이 수현을 한없이 응시했다.

정말 기억이 없어서, 기억을 해내려는 노력이라도 해 보겠다. 이젠 코웃음이 나왔다. 억지로 잊은 척을 하고 있던 것도 아니고, 아예 머릿속에서 지워 버렸다…… 그녀를 위해 목숨을 걸고 몸을 던진 형이 점점 더 비참해지는 순간이었다.

현우의 말이 일리가 있든 없든 돈을 한 번에 갚아내라는 극심한 상황에 몰아붙이면 뭐라도 얘기할까 싶었더니. 그의 표정이 싸늘하게 식었다.

"정말…… 기억을 잃었다 쳐."

그가 한 걸음, 한 걸음 밟아나가며 그녀와의 거리를 좁혔다.

"어떤 충격으로 인해서, 기억을 하지 않으려 하는지는 모르겠지만."

주춤, 수현은 본능적으로 저도 모르게 그의 발걸음에 따라 물러났다.

“그렇다고 해서 형을 버리고 잠적했던 사실까지 잊으려 해선 안 되지.”

코앞에 바짝 선 그로 인해 그녀의 등이 1501호 현관에 닿았을 때,

쾅—

하균이 그녀를 감싸듯 한쪽 팔을 현관에 박으며 경고했다.

“좋아. 나한테 돈을 갚으면서, 그날에 대해 잘 떠올려 봐야 할 거야. 돈을 다 갚을 때까진 그날처럼 또다시 사라질 생각도 하지 마.”

빚에 허덕이면서 그게 인생을 묶은 사슬인 것처럼 살아왔으니, 처음부터 자신이 그 사슬을 쥐고 기억을 하든 못하든 이 여자의 나날들을 지켜볼 생각이었다.

기억을 못 하겠다면, 스스로 해내도록 해 주지.

서늘한 눈빛이 그녀를 엘리베이터 이후로 또 한 번 옭아맸다. 수현은 그에게서 벗어날 수 없는 덫에 갇힌 것처럼 옴짝달싹할 수 없었다.

수현은 차분한 눈동자로 그를 바라보며 말했다.

“당신이 믿든 믿지 않든. 나, 당분간 이 집에서 살게 됐어요. 이 집에서 강아지를 봐주는 대가로 그 돈을 받은 거고요.”

그가 멈칫했다. 그는 문에서 팔을 떼어 내고, 그녀와 마주서며 턱짓으로 반문했다.

"이 집이라는 게, 네 등 뒤에 있는 집을 말하는 건 아니겠지."

"내 등 뒤에 있는 집, 맞아요."

캐리어와 한수현 사이의 연관성을 찾던 그의 머리가 순식간에 얼얼해졌다. 설마 앞집에 들어와 살 생각이란 건 의심해 보지도, 상상해 보지도 않았다.

앞집은 삼촌의 집이었다. 이 집에 살면서 강아지를 봐주는 대가로 돈을 받았다면……

그는 그제야 삼촌인 다니엘이 했던 말을 떠올렸다.

"나, 다음 시즌은 피에르 뒤랑과 콜라보하기로 했어. 그래서 당분간 파리에 가 있을 거야."

당분간 파리에 간다고 들었던 것 같긴 한데 관심조차 두지 않아서 잊어버리고 있었다. 파리에 가기 전에 뭘 할 거라고 말했던 건 더더욱 관심이 없었다.

"그래서 그동안 내 집도 봐주고, 우리 하균이 돌봐줄 사람 구할 거야."

강아지를 누가 돌보든 제 일은 아니었으니 신경 쓰지 않았다. 신경 쓸 필요도 없었다.

강아지는 손이 많이 가서 성가셨고, 애초에 내 몸 하나도 건사

하기 귀찮은 데 군식구까지 두는 걸 이해하지 못하던 그였다.

어찌 되었든 죽고 못 사는 그 강아지를 돌봐줄 사람을 구한다더니 그 사람이…….

'한수현이었어?'

갑자기 목 주위가 꽉 막힌 것처럼 답답해졌다.

그는 적당히 조여 놓았던 넥타이를 잡아 끄르며 물었다.

"그러니까, 앞으로 내 앞집에 살 생각이라는 거야?"

"네. 세 달 동안."

"그 일, 그만 둬."

"이미 돈 받았고, 하기로 한 일이에요. 무를 수 없어요."

하균의 시선이 손에 쥐고 있던 흰 봉투로 옮겨졌다.

비로소 이 돈의 출처가 어디였는지 알게 됐다. 이 큰돈이 어디서 났나 했더니, 삼촌한테 받았던 거였다니.

젠장.

그가 낮은 욕설을 뱉으며, 수현을 또렷이 노려보았다.

"사라지지 말라고 했지, 내 앞집에 붙어 있으란 소린 안 했어. 나보고 매일 한수현 네 얼굴을 보라는 소리야? 이 돈 필요 없으니까, 돌아가."

그의 얼굴은 한없이 어두워져 있었다. 마치 경계심 가득한 맹수처럼 이 구역에서 꺼지라는 듯 날카로운 이를 드러내는 것만 같았다.

그러나 수현은 물러서지 않았다.

"돈이 필요 없다뇨. 방금까지 돈을 갚으면서 기억을 아주 잘 떠올려 보라고 한 사람이 누군데. 나도 빨리 돈 갚고 그쪽 얼굴 안 보고 싶어요."

이내 그녀는 짐짓 차가운 얼굴로 그를 지나쳐 캐리어를 쥐었다.

"비켜 줘요."

캐리어를 문 앞으로 바짝 끌고 온 그녀는 다니엘이 알려 준 번호를 누르기 시작했다.

삐리릭—

문이 열리고, 수현은 그를 둔 채 캐리어와 함께 안으로 들어갔다.

현관에 홀로 선 그녀는 그제야 안도의 한숨을 내쉬었다.

처음 만났을 때부터 제멋대로에다가, 융통성이라고는 눈을 씻고 찾아봐도 없을 것 같은 그가 어림없다며 당장 모든 돈을 갚으라고 했었다면…… 사실 정말 까마득했다.

불현듯 나타나 남의 빚을 쥐고서 마음대로 흔들려하는 이유를 아직도 이해할 수 없지만, 그땐 모든 걸 내던지고 바짓가랑이라도 잡고 늘어져서 허락을 받아 낼 수만 있다면 그럴 생각이었다.

스스로 선택했지만 실은 괜찮지가 않았던 결혼보다는 덜 비참했을 테니까.

어쨌든 그가 제안을 받아들였으니 이제 한 시름 놓을 수 있었다.

뭐…… 사채업자만큼 악독하다는 건…… 취소다.

어깨에 가득했던 긴장이 풀어지자, 약간의 피로가 몰려들었다. 어쨌든 고액 아르바이트를 하기로 한 집에 입성을 하긴 했다.

집 구조는 앞집인 그의 집과 비슷했다. 예술가의 집답게 웬만한 감각이 없다면 조화롭게 꾸미기 힘든 인테리어로 이루어진 공간은, 탁 트인 거실을 중심으로 독특한 형태의 가구들을 비롯해 이곳저곳 갖가지 개성 넘치는 소품들로 가득했다.

수현이 한동안 그 자리에 서서 넋을 놓고 집 내부를 바라보고 있을 때, 뭔가가 달려오는 소리가 부산스럽게 났다.

뽀얀 흰색 털을 가진 생명체가 분홍빛 혀를 내밀며 꼬리를 흔들고 있었다.

"잘 있었어?"

수현은 눈꽃송이처럼 새하얀 하균을 부드럽게 쓰다듬었다. 주인이 없어서 시무룩해 있을 줄 알았더니, 의외로 활기가 넘쳐 보였다.

영롱한 보석 같은 새카만 눈동자가 너무 예쁘다. 그러다 문득, 수현은 이 앙증맞은 강아지의 이름에 꽤 문제가 있다는 사실을 알아차렸다.

이제 보니 같은 이름이라 이름을 부를 때마다 그 남자가 떠올라, 부르기가 무척이나 불편할 것 같았다.

일전에 이 귀여운 강아지는 '하균'이라고 부르지 않으면 절대 따르지 않는다는…… 조금 이상한 충고가 있었기 때문에 다른 이름으로 부를 수는 없었다.

잠시 고민하던 그녀는 새치름한 얼굴로 중얼거렸다.

그의 이름을 부를 일은 딱히 없을 것 같기도.

* * *

"대체 왜 전화를 안 받아."

집무실에 들어가 앉자마자, 하균은 춘식에게 전화를 걸고 또 걸었다.

거듭되는 '전화기가 꺼져 있어…….'라는 목소리가 그렇게 열이 뻗칠 수가 없었다.

평소엔 귀찮을 정도로 전화를 해대거나, 집에 불쑥불쑥 찾아오더니 하필 이럴 때 연락이 되질 않았다.

그는 휴대폰을 책상 위에 신경질적으로 던졌다.

어떻게 한마디 상의도 없이 그 여자를 제 앞집에 들여놓을 생각을 하지?

이미 상의를 하러 왔었고, 분명히 관심 없음을 강력히 표명했던 그였지만 하균은 그런 것 따윈 중요하지 않았다.

중요한 건, 앞으로 무려 세 달간 그 여자와 얼굴을 맞대고 살아야한다는 사실이었다.

그 여자를 보면, 속이 뒤틀리고 부글거렸다. 최대한 평정심을 유지하려 다분히 노력하고 있지만, 그 얼굴만 보면 시체처럼 누워 있는 형의 모습이 떠올라 울화가 치밀고 멱살을 쥐며 흔들고 싶은 충동마저 들었다.

일 년 전. 모든 것을 잃은 것처럼 절망하던 자신에게 했던 말이 그 여자를 볼 때마다 녹음기처럼 들려오는 것만 같았다.

"나더러 어쩌라고요. 고맙다고, 엎드려 절이라도 해야 할까요? 아니, 눈물을 펑펑 흘려야하나?"

그날 보았던 그 감정 없는 눈빛을 잊을 수가 없다.

그러나 일 년 후인 지금 겨우 찾아낸 그 여자는, 아무것도 모른다는 순진한 눈동자 속에 숨은 채 혼자 미친 말처럼 날뛰는 자신을 조롱하는 것만 같았다.

'나는 아직도 너만 보면 증오가 치밀어 오르는데…….'

어째서 넌 그렇게 순진한 얼굴을 하고서 아무렇지도 않게 살아가고, 아무렇지도 않게…… 누구보다도 널 원망했던 사람과 마주 살 생각을 하는 거지?

괴로움과 고통이 갈마들었다. 그는 입안을 바득 물며 주먹을 쥐었다.

하지만 곧 웃음이 나왔다.

웃고 있으면서도 가슴 한구석이 욱신거렸다.

홀로 고독한 어둠 속에서 방황하고 있을 형의 모습이 그의 가슴을 짓찧었다.

형은…… 자길 버리고 떠난 그 여자가 동생의 앞집에 머물게 됐다는 것을 알면, 어떤 표정을 지을까.

어떤 말을 가장 먼저 했을까.

* * *

"수현 씨만을 위한 방을 준비했으니, 그 방을 쓰면 됩니다. 호호."

여전히 익숙하진 않지만 여성스러움이 가득한 말투로 그가 미리 언질을 주었던 방을 찾아 문을 열었다.

화이트와 인디안 핑크의 조합이 너무도 화사한 방이었다. 여자들이 좋아할 만한 아기자기한 소품들이 거실과는 또 다른 분위기로 가득 채워져 있었다. 세 명이 자도 편안할 것만 같은 침대는 너무도 푹신해 보였고, 고풍스러운 헤드마저 마음에 꼭 들었다.

엄밀히 따지면 이 집엔 일을 하러 온 것인데, 이렇게 좋은 방을 자신이 써도 될까 싶었다.

다니엘 박은 배려심이 아주 많은 사람이었다. 처음에 이상한 사람은 아닐까, 의심했던 것이 미안할 정도로.

그는 강아지를 봐주는 것 때문에 하던 일들을 그만둬야 했을 테니, 세 달이 지나면 다른 일자리를 알아봐 주겠다는 제안도 했었다.

그리고 온종일 집에서 강아지와 24시간 붙어 있을 수는 없으니 강아지와 필요한 시간을 함께해 주는 것 외엔 자유롭게 다른 일을 해도 된다고 했다.

그녀도 강아지를 키웠던 적이 있었다. 엄마의 빈자리를 대신해 공허함과 적적함을 달래는 친구로 어릴 때 아빠가 데려온 강아지였다. 하지만 나이가 들어 세상을 떠나보낸 뒤로는 강아지는 더 이상 키우지 않았다.

하균은 귀한 보살핌을 받아 온 강아지이기 때문에 아무래도 손이 많이 갈 거라고 생각했었지만, 생각보다 할 일은 까다롭지 않았다.

이미 완벽하게 준비되어 있는 사료, 간식을 잘 챙겨 주고, 목욕과 미용도 늘 가는 애견샵으로 예약이 되어 있는 날짜에 맞춰 데려가기만 하면 된다.

강아지 목욕을 시켜주는 걸 좋아해서 직접 해도 되냐고 물었더니, 다니엘 씨는 '힘들 텐데…….' 라고 살짝 중얼거리긴 했지만 애견용품도 모두 비치되어 있으니 상관은 없다고 했다.

놀라운 건 강아지 하균이만을 위한 방도 있다는 것이었다.

짐을 대충 풀어놓고, 집 구경을 해 보고 싶어서 거실로 나온 수현은 한쪽에 활짝 열려 있던 강아지 방을 보고 한동안 멍하니 서 있었다.

그녀가 살던 집의 방보다 큰 것은 물론 강아지 방이 맞나 싶을 정도로 호화스러웠다.

열린 옷장에는 각양각색의 강아지 옷들이 좌르륵 걸려 있었고, 푹신한 애견소파와, 화이트 미니 침대도 있었다.

침대 위에는 깜찍한 캐노피도 달려 있었다. 심지어 좀 더 안쪽에 위치한 화장실에는 스파를 위한 욕조도 있다.

"와……."

나직한 감탄사를 내보내면서, 수현은 가만히 눈을 끔벅였다. 마치 귀한 집 외동아들의 방을 보는 것 같은 착각이 들 정도다.

방을 나오면서 그녀는, 다니엘 박에게 있어 하균의 존재감이 새삼 대단하다고 느꼈다.

이렇게 소중하게 생각하는 반려동물을 홀로 두고 세 달이나 해외에 가야 했으니, 급할 만도 했으리라. 아무에게나 맡길 수만 있다면 좋으련만, 이 까다로운 강아지님을 돌볼 위인은 그와 앞집 그 남자뿐이라고 했다.

일단은 이 앙증맞은 녀석이 다니엘 씨와 그 까칠 결정체인 남자만을 유일하게 따른단다.

방 이곳저곳을 구경하고 그제야 거실을 찬찬히 둘러보는데, 장식장 위에 놓여 있던 액자가 눈에 들어왔다.

다른 액자들과 그림도 많았지만, 유독 눈에 띄는 액자였다.

수현은 몸을 살짝 숙여 액자를 자세히 들여다보았다.

런던 아이를 배경으로 다니엘과 도무지 그 의중을 알 수 없는 앞집 남자가 나란히 찍혀 있었다.

다니엘 박은 해맑게 웃으며 그의 어깨에 팔을 두르고 있었지만, 정작 그는 주머니에 손을 넣은 채 특유의 까칠하고 서늘한 얼굴로 불만 가득히 카메라를 응시하고 있었다.

'대체 이 남자는…… 나한테 무슨 사연이 있길래.'

사진 속을 빤히 응시하던 수현은 여전히 이해할 수 없는 그의 말과 행동을 상기했다.

처음 보자마자 다짜고짜 끌고 가선, 전혀 알지 못하는 형에 관한 이야기를 했다.

그의 말을 듣고 갑자기 왜 쓰러졌는지는 아직도 의문이었다.

어쨌든 기억을 해 보려 노력이라도 하기로 했으니 상관없다고 넘겨버리기엔 찝찝한 경험이긴 했다.

만약 정말 연관이 있다면 그가 말했던 것들이 아예 거짓은 아니라는 것도…… 수현이 가만히 입술을 물었다.

그녀는 사진에서 시선을 떼고 돌아섰다.

아냐, 그럴 리가 없다.

그런 사고도 없었거니와. 그의 말대로라면 자신은, 저를 구하려다 죽어 가는 사람을 그냥 두고 가 버리려 했고, 그 사람이 혼수상태에 빠져 있는데 한 번도 찾아가지 않은 파렴치한 여자라는 건데.

그것도 모자라 찾을 수 없도록 자취마저 감춘 잔인한 여자라는 건데…….

'내가……?'

사채업자들 때문에 집을 옮겨 다닌 건 사실이었지만, 그것만 가지고 찾기 힘들었다고 말하는 건 말이 되지 않는다. 그것 외엔 달리 겹칠만한 거리가 없었다. 분명히.

"나는 정말……."

이윽고 수현은 제 발밑을 졸졸 쫓아다니는 강아지 앞에 쪼그리고 앉으며 중얼거렸다.

"정말 모르겠다. 너와 이름이 같은 사람이 왜 자꾸…… 내가 그 여자라고 말하는 건지."

* * *

끝내야할 업무를 모두 마무리한 후, 밤이 깊어서야 하균과 함께 회사 로비를 걸어 나오던 유한은 고개를 갸웃했다.

하균이 오늘 내내 입술을 꾹 닫은 채, 틈을 주지 않았다. 원래 딱히 틈을 내주는 친절함이 없긴 했지만 지금 그의 눈빛은 "누구라도 말 걸면 죽는다."를 내포하고 있었다.

극도로 화가 난 것과는 달랐다. 그의 기분이 이렇게 저기압인 건, 뭔가 심히 거슬리는 게 생겼거나, 그에 준한 일이 생겼다는 것인데.

유한은 하균이 어떤 살벌한 반응을 보일지 알 수 없었지만 침을 꿀꺽 삼키고 물었다.

"무슨 일…… 있는 거야?"

"……."

때로는 침묵이 긍정일 때가 있었고, 유한의 감은 그의 대답이 긍정을 뜻한다고 말하고 있었다.

"무슨 일인……."

유한이 다시 입을 열 때쯤, 하균이 고개를 반쯤 돌리며 물었다.

"삼촌 아직도 연락 안 돼?"

"뭐? 아. 그쪽 비서한테 연락해봤는데, 콜라보 작업 준비 때문에 정신없으시다고 메시지 남겨달라던데."

"후……."

그러고 보니, 오전부터 삼촌인 다니엘과 무조건 연락을 닿게 만들라고 지시했었다. 이유는 모르겠지만, 그는 꽤 다급해 보였다.

"근데 삼촌께는 왜 연락하라고 한 거야?"

"한수현. 그 여자가 당분간 삼촌 집에 살게 됐어."

"뭐?!"

그의 집에서 그녀가 잠들어 있는 것을 목격한 이후로 또 한 번의 놀랄만한 사건이었다.

유한 역시 하균의 삼촌인 다니엘의 집이 어디인지 알고 있었다. 복도를 사이로 집이라곤 서로 마주 본 두 채 뿐. 그렇다는 건…….

"한수현 씨와 네가 이웃사촌……."

날이 선 눈매가 유한의 호흡을 막았다. 유한은 그대로 입을 꾹 다물었다.

어쨌든 서로 엄청난 간극이 존재하는 남녀가, 비록 당분간만이라도 얼굴을 맞대며 살아가야한다는 뜻이 아닌가. 벌써부터 엄청난 폭풍을 예고하는 일이었다.

하균은 그동안 그녀에 대해 극도의 원망과 증오심을 키워왔고, 여태껏 지켜보아 왔던 것에 비해 그것을 무섭도록 자제하고 있었다.

지금도 충분히 날이 서 보이는 그의 차가움은, 가슴속에서 활활 타오르고 있는 것들의 반도 보여 주지 않은 것이었다.

깊은 어둠처럼 감춰 둔 아픔이 언제 곪아터져 밖으로 나올지 아무도 몰랐다.

이 사태를 어찌해야 하지.

영국에서부터 하균과의 인연을 이어온 유한은 런던정경대를 수석으로 졸업한 인재답게 일 처리를 잘했다.

그는 언제나 허를 찌르는 조언을 가감 없이 했으며, 어떤 일에 대한 제 생각을 여과 없이 말해 주는 조력자였다.

어떻게 보면 하균과 유한은 상하관계였지만, 사적으로는 여전히 친구로서 반말을 주고받고 허물없이 지냈다. 그러면서도 하균이 시키는 일은 무엇이든지 묵묵히 해 왔고, 그가 바라는 일이라면 언제든 뛰어들 준비가 되어 있었다.

그래서 그가 그렇게도 찾던 여자, 한수현을 찾기 위해 열심히 뛰어다녔고 그녀를 찾고 나서도 그녀에 대한 조사와 보고에 충실했다. 지금도 그녀에 관련한 일이라면 더더욱 심혈을 기울이고 있는 중이었다.

하지만 지금의 사태에 대해선 그도 머릿속이 캄캄해졌다.

그때, 유한은 재빨리 이것저것 나름의 돌파구를 건넸다.

"생각보다 자주 마주칠 일은 없을 지도 몰라. 너도 생활패턴이 그리 규칙적이진 않고, 그 여자도 나름대로 하는 일이 있을 텐데 아무리 앞뒷집 마주 보고 살아도 딱 마주칠 확률은……."

그렇게 크지 않아, 라고 말했던 것 같은데.

급하게 살 것이 있어 근처 편의점에 갔다가 돌아오던 수현과 그가 1층 엘리베이터에서 딱 마주쳤다.

늦은 밤이라 아무도 없는 넓은 로비는 고요했다.

먼저 엘리베이터 앞에서 기다리고 있던 하균은 그녀를 차갑게 노려보았다.

결국 그 강아지를 봐주겠다, 이거지.

그는 끓어오르는 열을 애써 내리누르며, 그녀에게 시선을 거뒀다.

수현 역시 그에게 아는 척하고 싶은 마음은 없었다. 그러다 들고 있던 흰색 불투명 비닐봉지를 내려다본 그녀는, 봉지를 감추듯 뒤로 가져간 후 조용히 엘리베이터를 기다렸다.

얼마 지나지 않아 먼저 침묵을 깬 건 그였다.

"그만 두라고 했잖아."

불쑥 들려온 음성에 살짝 놀랐지만, 수현은 작아져 가는 층수의 숫자를 바라보며 대답했다.

"난 이미 이 일을 하기로 했고, 미리 보수도 받았다고 했잖아요. 그러니까 날 자를 수 있는 건 다니엘 박 씨 뿐이에요. 이 부분에 대해서 당신이 이래라 저래라 할 권리는 없죠."

하균이 차가운 눈으로 그녀를 돌아보았다. 그러나 수현은 끝끝내 그의 시선을 무시했다.

조목조목 따진 말의 앞뒤 틀린 말은 없었다. 그래서 더욱 심기가 불편해졌다.

그의 짙은 눈빛이 그녀를 향해 있을 때,

띠링—

엘리베이터가 1층에 멈춰 섰다. 엘리베이터는 두 대였지만, 하균이 서 있던 곳의 엘리베이터가 먼저 왔다.

그가 그녀를 보고 있던 사이 수현은 열린 문 사이로 들어갔다.

그녀가 먼저 엘리베이터에 오르고 그가 이어 탔다.

문이 닫히자 수현은 깜박했다는 듯, 15층에 손을 뻗었다. 그녀가 버튼을 누르려던 찰나, 커다란 손이 그녀의 것과 닿았다.

놀라 버튼에서 손을 떼고 옆을 바라보니, 동시에 그도 손을 뻗고 있었다.

알 수 없는 침묵이 감돌았다.

그는 곧 그녀의 시선을 피하더니, 손을 내렸다.

수현도 한동안 공중에 어색하게 떠 있던 손을 다시 뻗어 15층을 눌렀다. 그의 손이 닿았던 부분이 이상하게도 화끈거렸다.

엘리베이터가 움직이며 1층, 2층…… 위를 향해 올라갔다.

10층쯤 올라갔을 때였다.

아무런 말없이 엘리베이터가 15층에 도착하기만을 기다리고 있는데,

쿠쿵—

갑자기 엘리베이터가 굉음을 내며 어딘가에 걸리듯 멈췄다.

지지직—

얼마 안 있다, 흰색 등마저 꺼지려하고 있었다.

하균도 갑자기 엘리베이터자 멈추자 흠칫 놀랐다. 그는 돌연 닥친 상황에 저도 모르게 수현을 확인했다.

그때, 빛을 다한 형광등이 꺼지며 주위가 어두컴컴해졌다. 그러던 와중 엘리베이터가 다시 움직였다.

그러나,

콰광—

"꺄악!"

엘리베이터가 또다시 걸리듯 멈추며 한 번 더 거세게 흔들리

면서, 불안하게 서 있던 수현이 중심을 잃고 넘어질 뻔한 순간이었다.

그가 그녀의 팔을 붙잡아 확 당겼다. 봉지를 놓치자 파열음과 함께 물건들이 바닥에 떨어져 나뒹굴었다. 이내 그의 단단한 가슴에 수현의 작은 몸이 안기며, 엘리베이터 벽에 부딪쳤다.

"……?"

부딪쳤는데…… 아프지 않다.

수현은 질끈 감았던 눈을 하나둘 떴다. 뺨이 넓고 푹신한 곳에 닿아 있었다. 좋은 향이 코끝에 감겼다. 고개를 들어 위를 올려다보았다. 어둠 속이라 그의 얼굴이 잘 보이지는 않았지만, 정신을 차려보니 그의 품 안에 안기듯 기대있다.

"몸에 이상 없으면 그만 떨어지는 게 어때."

그의 낮은 음성이 수현의 주의를 끌었다.

수현은 화들짝 놀라 그의 가슴에서 뺨을 뗐다. 몸을 일으켜, 어색한 자세로 주춤 물러나 그에게서 떨어져 섰다. 손에 이어 이번엔 얼굴이 화끈거렸다.

시야가 어두웠음에도 그와 눈이 마주칠까 다른 곳으로 시선을 돌렸다. 그러다 문득, 수현은 그가 한 말을 곱씹어보았다.

'몸에 이상 없으면……?'

괜찮냐는 말을 돌려 말한 건…… 곧 그녀는 속으로 고개를 저었다. 이 남자가 그런 친절한 걱정을 해 줄 리 없다.

엘리베이터는 다시 움직이지 않았다.

하균은 안주머니를 뒤져 휴대폰을 꺼냈다. 배터리가 1퍼센트밖에 남아 있지 않았다.

'하필이면 이런 때.'

그가 입술 안쪽을 깨물며 눈을 세게 감았다. 일단 어디에다 전화를 걸어야 하지? 유한에게? 아니, 이 아파트 관리인에게…… 그러나 그의 번호 따윈 몰랐다.

그가 갈등하며 휴대폰 화면을 보고 있을 때, 인내심이 없는 배터리는 금세 통신사 로고를 띄우며 꺼져 버렸다.

그는 휴대폰을 던져 버리고 싶은 충동을 누르곤 수현을 돌아보았다.

"휴대폰."

"네?"

"휴대폰 꺼내서 당장 112든 119든 연락해."

"없어요."

"뭐?"

"충전시키느라 두고 왔어요. 설마 당신 휴대폰도 안 되는 건 아니겠죠."

"안 돼. 방금 꺼졌거든."

그는 이를 꽉 문 것처럼 또박또박 대답했다.

같은 오피스텔에서 잊을 만하면 마주치게 된 것도 모자라, 한 엘리베이터에 갇혀 버렸다.

'어떻게 이런 일이.'

그녀의 눈동자 또한 절망한 기색이 역력했다.

그러나 이러고만 있을 게 아니라, 누군가에게 도움을 요청하는 게 우선이었다.

곧바로 수현은 어둠에 익숙해진 눈을 깜박여 엘리베이터의 버튼이 있는 쪽으로 다가갔다.

비상벨이 어딘가 있을 것이다. 계속해서 눈을 깜빡여 보통 꼭대기 층 위에 표시되어 있는 비상벨 버튼을 찾아보았다.

어둠에 익숙해져도 정확한 표시가 보이지 않았다. 결국 위쪽 부근에 있는 버튼이라면 아무거나 다 눌러보았다.

[“네. 관리실입니다.”]

그러자, 잠시 후 피곤에 절은 듯한 갈라진 음성이 들려왔다.

“여기요! 사람이 갇혀 있어요!”

[“예?”]

“엘리베이터에 사람이 갇혔다고요! 빨리 와 주세요!”

좁고 어두운 공간에 영락없이 갇혔다는 생각이 든 순간부터 손끝에 땀이 맺히면서 두려움이 몰려들었다. 수현은 엘리베이터 한쪽에 기대어 미끄러지듯 주저앉았다.

“아앗.”

손바닥이 따끔했다. 편의점에서 샀던 물품 중 하나인 유리 음료수병 조각이 깨지면서 바닥에 흩어져 있었던 것이다. 정신이 없어서 봉지를 떨어뜨렸다는 것도 잊고 있었다.

손바닥이 제법 깊게 베였는지 피가 흘러나오는 게 느껴졌다. 따가우면서도 얼얼한 느낌이 점점 강해졌지만, 수현은 내색하지 않았다.

"괜찮으십니까?"

이윽고 잠시 바깥에서 소란스러운 소리가 들리더니, 누군가 억지로 엘리베이터 문을 열기 시작했다. 열린 문 사이로 환한 빛이 들어왔다. 앞에는 오피스텔 관리인과 엘리베이터 관리업체 직원인 것처럼 보이는 남자가 서 있었다.

"오피스텔 관리를 어떻게 하는 겁니까."

고급 오피스텔에서 이딴 식으로 시설 관리를 하다니. 하균이 그들을 바라보며 차갑게 쏘아붙였다.

당장 항의해서 관리인의 모가지를 날려 버리고 싶었지만, 그가 그런 수고를 귀찮게 여기는 것을 관리는 다행으로 생각해야 할 것이었다.

군턱이 진 관리인은 고개를 숙이며 연신 죄송하다는 말만을 반복했다.

채 가시지 않은 두려움과 불안감이 가슴을 쿵쿵 뛰게 만들고 있었다. 수현은 다른 한 손으로 베인 손을 감싼 채 엘리베이터 밖으로 서둘러 걸어 나갔다.

하균도 엘리베이터에서 내리려다, 바닥에 나뒹군 음료수 병의 유리조각들과 한쪽 구석의 붉은 핏자국, 그리고 뭔가가 든 흰 봉지를 발견했다. 그는 가만히 봉지를 주워 들었다.

"어, 손이……! 괜찮으세요?!"

그때, 관리인이 수현을 보고 놀란 얼굴로 물었다. 그의 말에 하균의 눈이 그녀를 향했다.

"괜찮습니다."

수현은 손을 쥔 채, 계단을 찾았다. 옆에 있는 멀쩡한 엘리베이터를 타도 됐지만 휴우증 때문인지 지금은 타고 싶지 않았다.

빠른 걸음으로 15층에 올라온 그녀는 1501호 앞으로 다가왔다.

수현은 잠시 걸음을 멈추었다.

이런 일이 있었음에도 불구하고 다른 엘리베이터를 타고 왔는지, 먼저 온 그가 1501호 문에 팔짱을 낀 채 기대 서 있었다.

그의 손엔 그녀가 버려두다시피 한 흰 봉지가 들려 있었다. 음료수가 묻어 약간은 엉망이 된 형태 그대로였다.

그 봉지 안에 무엇이 들어 있는 지 아는 그녀는 성큼 성큼 그에게 다가가, 재빨리 그의 손에 들려 있던 것을 가져가려 손을 뻗었다.

그러나 그녀의 손이 허공에서 돌았다.

수현이 황당한 얼굴로 그를 노려보았을 때, 하균은 핏물이 엉긴 수현의 손목을 잡아들어 올렸다.

"……!"

수현의 큰 눈이 흔들리며, 그와 마주쳤다. 그는 베인 손바닥을 바라보더니 그녀를 맞은편인 제집으로 확 이끌어 빠르게 비밀번호를 눌렀다.

"이봐요!"

수현이 무슨 짓이냐는 듯 미간을 찌푸렸다.

소용없었다. 그는 늘 그랬듯 제멋대로에다가, 남의 말은 조금도 듣지 않는 고집불통이었다.

문을 벌컥 연 하균은 그녀를 소파에 데려다가 던지듯 앉혀놓았다. 그리고 집 안 어딘가 있던 구급상자를 찾아들고 왔다.

얼떨결에 그의 집 소파에 앉게 된 수현은 멍한 얼굴로 그를 올려다보았다.

그는 소파 앞 테이블 위에 구급상자를 올려놓고 그녀의 옆에 앉았다.

"이 정도는 나 혼자서도 치료 할 수 있어요."

그녀는 베인 손을 말아 쥔 채, 가겠다는 듯 자리에서 일어나려 했지만 그가 허락하지 않았다.

그의 힘에 이끌려 다시 자리에 앉게 된 그녀는 이런 그의 행동을 이해할 수 없다는 듯 덧붙였다.

"나 혼자 할 수 있다고요. 깊은 상처도 아닌 데 왜 이래요?"

그는 그녀의 손을 제 앞으로 당겨 확인했다. 그녀의 말대로 조금 깊게 베였을 뿐 꿰매야 할 정도로 찢어지진 않았다.

"잠자코 있어."

그는 구급상자를 뒤져서 필요한 물품들을 이용해 간단한 소독과 치료를 마치고 붕대를 감았다.

수현은 물끄러미 흰 천이 감긴 손바닥을 내려다보았다.

작은 손에 필요 이상으로 감긴 붕대가 조금 이상했지만 그런 대로 치료가 되긴 했다.

"다쳤으면 말을 하든가. 바보처럼 가만히 있으면 누가 알아주기라도 하나?"

그의 서늘한 눈동자가 그녀를 마뜩잖게 바라보고 있었다.

"말하면, 당신이 알아줄 생각이었어요?"

수현이 대뜸 물으며 다시 몸을 일으켰다. 치료를 해 준 건 고맙지만 오래 있고 싶은 생각은 없었다.

그때, 앉아 있던 하균의 몸이 미동 없이 굳었다.

돌이켜보니 그녀가 다친 것을 보자 왜 화가 난 건지, 왜 상처를 치료해야 한다는 생각만이 든 건지 알 수 없었다.

마른침을 넘기는 그의 목울대가 느릿하게 움직였다.

그는 곧 스스로 결론을 내렸다.

"내 앞에서 누가 다치는 건 질색이야."

불규칙한 호흡을 내뱉으며 의식을 잃어가는 형을 안고 오열하던 그의 심정은 그 누구도 알 리 없었다.

생명의 불꽃이 꺼져가고 있으나 아무것도 하지 못했다는 죄책감. 누군가 제 품 안에서 죽어 간다는 공포. 그것이 트라우마처럼 남아 그의 심장을 좀먹고 있었다.

그건 그만이 느꼈어야 할 감정이 아니었다. 정상적이라면 현장에 있던 그녀 또한, 함께 느끼고 오열했어야 했다.

그와 그의 형, 두 사람을 두고 떠나려던 그녀 또한.

하균은 구급상자를 덮으며 일어났다.

"네 상처를 알아줄 생각 따윈 더더욱 없었고."

그렇게 그는 그녀를 혼자 둔 채, 어디론가 걸어가 버렸다.

그럼 그렇지. 수현은 열을 삭히듯 깊게 숨을 들이 마신 후 현관문이 있는 쪽으로 황새걸음을 했다.

이왕 치료해 줄 거면 좋은 마음으로 해 줬다고 말하면 덧나나.

반대편 집으로 들어가면서, 그녀는 굳게 닫힌 앞집문을 노려보았다.

문을 열고 집으로 들어왔는데, 정작 이 밤에 밖에 나갔다 들어온 목적을 새카맣게 잊고 있었다.

생리대.

비상용으로 챙겨 둔 세 개 외엔 수중엔 없어서 급히 사러 다녀온 것이었다. 오늘 밤까지 사용하면, 내일 아침에 쓸 것이 없었다.

하지만 피곤이 몰려오기도 하고 지금은 어디에도 나가고 싶지 않았다. 모르겠다. 마지막 것을 사용한 뒤, 내일 아침에 일어나자마자 사러 나가야지.

수현은 그녀만을 기다렸다는 듯 자신을 반기는 강아지 하균을 품에 안고 방으로 들어갔다.

* * *

아침 일찍 출근할 준비를 하던 하균의 눈에 뭔가가 띄었다. 집 현관으로 들어오자마자 아일랜드 식탁 위에 아무렇게나 던져 놓은…… 수현의 물건이었다.

밤새 안심! 울트라 날개형 생리대.

어젠 대충 봤기 때문인지 별 생각이 없었지만, 지금 보니 남자인 자신이 갖고 있기엔 영 껄끄러운 물품이다.

게다가 급하게 필요했으니까 그 밤에 사러나갔던 것일 텐데.

그는 한쪽 눈썹을 치켜 올리더니, 귀찮다는 듯 고개를 저었다. 그렇게 그녀에게 소중했던 물품은 버려지는가 싶었다.

띵동— 띵동. 띵동. 띵동, 띵동!

누군가 아침부터 시끄럽게 연신 벨을 눌러대고 있었다. 빨리 나오라는 듯 참을성 없는 불청객은 그녀를 괴롭게 했다.

간만에 깊은 잠에 빠져들었던 수현은, 베개에 얼굴을 진하게 묻었다가 일어났다.

벨소리에 한쪽에서 잠을 자고 있던 강아지도 귀를 쫑긋 세우고 고개를 들었다.

슬리퍼를 신고 현관에 다다른 그녀가 문을 열었다.

"누구……."

문을 살짝 열었던 수현은 흠칫 놀랐다.

문틈 사이로, 놀라운 기럭지의 남자가 와이셔츠 차림으로 서 있는 것이 보였다.

수현은 아침부터 그와 대화를 섞어 기분을 상하게 만들고 싶지 않았다.

"아침부터 무슨 일인지는 모르겠지만 당신과 할 말이 없어서요."

그녀는 차분히 문을 다시 닫으려고 했으나 그가 턱— 문을 잡았다.

"나에겐 전혀 쓸모없는 일이지만, 한수현 씨한테는 중요한 일이겠지."

"그게 무슨—"

수현이 아침부터 찾아와선 무슨 소리냐고 그를 매섭게 응시할 즈음, 그가 문 사이로 무언가를 보였다.

봉지는 버려버렸다. 그는 네모 모양으로 포장된 '그것'을 손에 쥐고 있었다.

문고리를 쥐고 있던 손에 힘이 확 빠졌다. 그의 손에 있어서는 안 될 물건이 그의 손에 있다는 사실에 볼이 발갛게 익는 것이 느껴졌다.

"필요 없나?"

그가 고개를 비스듬히 기울이며 물어 왔다.

필요한 건 솔직하게 말하고 빨리 이 대화를 끝내는 게 좋을 것 같았다.

"필요해요. 주시면 고맙겠네요."

뭔가를 생각하는 듯 빤히 그녀를 응시하던 그는 생리대를 떨어뜨리듯 건네주면서 말했다.

"빨리 준비하고 나와. 갈 데가 있어."

목적은 이런 걸 친히 전해 주는 시답잖은 일이 아니었다.

"뭐라고요? 내가 당신과 함께 갈 데가 어디 있다고……."

"그날에 대해. 기억해내 보겠다는 말, 잊었어?"

"그건……."

그러겠다고는 했지만, 이렇게 뜬금없이?

수현은 어떻게든 그를 피해 보고자 했지만, 쉽지 않았다.

그의 차를 타고 가면서, 견디기 힘든 침묵이 감돌았다. 어딜 가는지 말은 해 줘야 예상이라도 하고 있지. 불친절한 건 처음부터 알고 있었지만 그는 어딜, 왜 가는지 가타부타 말이 없었다.

문제는 오늘은 강아지의 미용을 위해 외출을 해야 하는 날이었다. 지금은 오전이었지만, 이따 오후에 예약된 시간에 맞춰가야 했다.

"기억을 해 보려 노력하겠다고 했지만, 오늘 난 해야 할 일이 있어요."

"그깟 강아지보다 중요한 일이야."

그는 차를 세우며, 싸늘하게 대꾸했다.

그가 차를 세운 곳은 거대한 대학병원이었다.

"이거 써."

차에서 내리기 전, 그가 뭔가를 꺼내 그녀의 무릎 위에 툭 던지듯 건넸다.

"이건 왜요?"

"웬만하면 널 알아보는 사람이 없었으면 하니까."

수현은 인상을 쓰곤 억지로 선글라스를 끼며 그를 쫓아가듯 함께 병원 안으로 들어섰다.

끊임없이 걸어 어느 한 지점에서 엘리베이터를 타고 올라간 곳은 VIP병동의 VVIP용 병실이었다.

하균은 문 앞에 우뚝 멈춰 섰다. 병실 옆의 환자 명에는 '정하성'이라고 쓰여 있었다.

그는 문을 열고 안으로 들어갔다.

넓고 고요한 병실 안에는 거대한 침대가 있었고, 그 위에는 창백한 얼굴의 남자가 누워 있었다.

병실 앞에서 머뭇거리던 수현은 그가 있는 곳으로 한 걸음씩 다가갔다. 정확히 어떤 사람의 병실인지는 모르겠지만 그와 관련된 사람이라는 건 알 수 있었다.

"내 형이야."

수현이 침대가 있는 쪽에서 발걸음을 멈췄을 때, 하균이 누워 있는 남자를 내려다보며 말했다.

'아. 저 사람이…….'

수현은 그제야 형이 사고가 나서 혼수상태에 있다던 그의 말을 상기했다. 그녀는 아직 그의 얼굴을 제대로 보지 못했다.

그녀는 쓰고 있던 선글라스를 벗어 손에 쥐었다.

대체 그의 형이 누구이기에, 이렇게도 자신을 괴롭히는 것인지 수현은 그의 형에게 조금 더 가까이 다가섰다.

눈을 감은 채 조용히 옅은 숨만을 내쉬고 있는 남자의 얼굴을 확인한 순간.

그녀의 몸이 빳빳하게 굳어버렸다.

그 원인은 알 수 없었다. 분명 처음 보는 얼굴임에도 몸이 본능적으로 굳어버리고, 손끝이 덜덜 떨리기 시작했다.

그녀의 표정을 유심히 살피던 하균의 시선이 미세하게 흔들렸다.

'이제야 알아보겠어?'

그의 입술이 바싹 마르고, 몸 안의 피가 뜨겁게 솟구쳤다.

수현은 주춤, 주춤 물러나며 속절없이 풀리려는 다리에 억지로 힘을 주어 버텨 섰다.

"이젠 모르는 사람이라고 못 하겠지."

하균이 서늘한 미소를 얹은 입술을 뗐다.

모르는 사람이었다. 오늘 처음 봤고, 자신이 알 리가 없는 사람이었다.

"……난 모르는 사람이에요."

수현은 세차게 고개를 저으며 가까스로 대답했다.

"난 정말로……."

다시 숨이 콱 막혀오면서 누군가 심장을 비트는 것처럼 답답해지고 호흡이 가빠졌다. 그녀의 눈앞이 점멸을 반복했다.

"정말로……."

목 뒤부터 등 아래까지 식은땀이 배어났다.

가슴에 손을 얹고 호흡을 조절하려 했지만 전에 엘리베이터에서 그를 처음 만났을 때처럼, 점점 의식이 흐릿해지기 시작했다.

"몰라……요."

마지막 말을 끝으로, 수현은 애써 정신을 가다듬으며 도망치듯 병실 밖으로 나섰다. 바보처럼 지난번과 똑같이 쓰러질 수는 없었다.

하균이 형 하성을 돌아보곤, 바로 수현을 쫓아나갔다.

"하아…… 하아……."

수현은 당장 이 공간을 뛰쳐나가고 싶었다.

그녀는 본능적으로 병실 옆에 있던 비상구 문을 열어 서늘한 냉기가 올라오는 계단에 주저앉듯 난간을 붙잡았다.

그리고 가슴에 손을 얹어 호흡을 골랐다.

대체 왜 이러는 것인지 이유를 알 수 없어 그녀조차도 답답해 미쳐버릴 지경이었다.

그를 만난순간부터 지금까지 이상한 일들이 벌어지고 있었다.

"한수현."

수현이 비상구 쪽으로 들어간 것을 본 하균이 문을 열고 들어와 그녀의 뒤에 섰다.

문이 닫히며 둘 만 남은 공간에 지독한 정적이 흘렀다.

그가 그녀에게 다가가려던 찰나.

"이제 됐어요?"

수현이 그를 홱 돌아보며 소리쳤다.

"당신이 말하는 사람을 직접 봐도, 여전히 난 모르는 사람이라고요! 이러다 내가 죽으면 그땐…… 누굴 원망할 건가요?"

그의 심장이 단번에 굳으며 그대로 고정된 것 같았다.

하성을 직접 보면, 뭐라도 기억해낼 줄 알았다.

그도 그녀의 반응을 똑똑히 보았다. 처음엔 형을 알아보고 그러는 건지 알았다. 그러나 그건.

……버리려고 했던 사람을 다시 마주친 것에 대한 당황스러움과 놀람의 감정이 아니었다.

그렇게 그녀의 눈을 보았으면서도 믿고 싶지 않았다.

이미 머리는 자신이 찾은 한수현의 기억에 형이 남아 있지 않다는 판단을 내렸으면서도…… 마지막으로 형을 보면, 확실히 알 수 있을 거라고 믿고 싶었다.

그러나 미치도록 인정하고 싶지 않았던 사실을 이젠 받아들여야 했다.

몸을 떨며 저어하던 극한의 상황에서도 끝까지 모른다 말하는 그녀의 눈동자에서, 결국 진심을 읽고 말았다는 것을.

가늘게 떨리던 손을 그러쥔 하균이 나직이 실소를 터트렸다.

'왜.'

어째서.

'네가 무슨 자격으로.'

형을 기억하지 못한다는 거야, 한수현.

미동조차 않은 채 자신을 내려다보고 있는 그를 마주보던 수현은 이내 몸을 일으켰다. 그리고 차분하게 말을 이었다.

"내가 당신 형에 대해 알았다면 처음부터 당신에게서부터 도망쳤겠죠. 병실 앞에서, 당신 형의 이름만 보고도 그 자리에서 뒤도 돌아보지 않고 가 버렸을 거고요! 아니라는 사람 말을 믿지도, 듣지도 않고 멋대로 착각하는 거, 언제까지 할 생각인지 궁금하네요."

어쨌든 그가 원했던 기억을 상기시키기 위한 노력에 동참해 주었으니, 오늘의 의무는 다했다.

의식을 잃고 쓰러질 지경이어도 그와 한 약속을 지키기 위해서, 앞으로도 뭐든 그의 장단에 맞춰 줄 생각이었다.

모든 건 그에게 갚아야 할 빚을 위해서다.

이윽고 그를 등진 채 홀로 계단을 내려가 버리며 수현은 그렇게 되뇌었다.

'도련님……?'

하성이 있는 병실 쪽으로 걸어오다, 먼발치서 하균이 하성의 병실로 되돌아가는 것을 보게 된 연주가 발걸음을 멈췄다.

굵은 웨이브가 진 긴 머리카락이 그녀의 어깨 위에서 돋보였다. 연주는 가온그룹 계열사 E&B백화점의 오너답게 한껏 갖춰 입은 오피스 룩 차림이었다.

도련님이 이른 아침에 병원에 오다니.

병원에서 그를 마주치는 건 오랜만이었다.

하균이 제 형을 끔찍하게 생각했던 것을 일가에서 모르는 사람은 없었다. 그러나 그는 하성의 병실을 자주 찾지 않았다.

이 시간대에 왔던 거라 그동안 마주치지 못했던 건가. 그녀가 고개를 비스듬히 기울였다.

그녀도 매사 목숨을 거는 것처럼 몰두하고 있는 백화점 사업 때문에, 오후에 비는 시간이나 밤늦게 하성을 보고 갔다. 그래서 이 시간대에 병원을 찾는 건 드물었다. 그건 윤 회장도 마찬가지였다.

어쨌든 그녀는 오늘은 모처럼 아침 일찍부터 있었던 일정이 취소돼서, 백화점에 가기 전에 잠깐 들른 것이었다.

연주는 간만에 만난 그를 부르고 싶었으나, 그의 표정이 반갑게 인사를 건넬 상황이 아닌 것 같았다.

이내 그녀는 병실 앞으로 다가가 고요히 미닫이문을 열고 안을 들여다보았다.

형을 바라보는 슬픈 눈빛이 그녀에 눈에 담겼다.

결국 연주는 문을 조심스럽게 닫고 조금 있다가 다시 올 생각으로 발길을 돌렸다.

형에 대한 그의 마음을 잘 아는 그녀는 그가 형과 있는 시간을 방해하고 싶지 않았다.

자줏빛 펌프스를 따라 또각거리는 소리가 조용히 복도를 울렸다.

*　　*　　*

이 모습을 보는 것이 이젠 괴로워졌다. 그래서 늘 쉽게 찾아올 수가 없었다.

일 년째 생명 유지 장치에 기대어 옅은 호흡을 내쉬고 있는 형에게 가슴이 눅눅해지는 시선이 닿았다.

"형. 사생아가 뭐야?"

"그런 건 몰라도 돼. 누가 뭐래도 넌 내 동생이야. 그러니까 어디 가서든, 당당히 네 형이 나 정하성이라고 말해."

형이 있어서 아프지 않았던, 형이 있어서 외롭지 않았던 어린 시절이 떠올라 그의 눈시울을 뜨겁게 했다.

원하든 원치 않았든. 지금은 어디에서 뭘 하며 어떻게 사는지 관심조차 없는 가온그룹의 전 사장이 그의 아버지였다. 그는 윤 회장의 그늘 아래 평생을 휘둘리며 살다가, 모든 것을 버리고 어린 하균을 남겨 둔 채 집을 떠났다.

하성의 어머니인 한 여사는 이미 오래전부터 앓던 고질병으로 하성이 어릴 때 세상을 뜬 상태였다. 오랫동안 홀로 사는 것이 외로웠는지, 정 사장이 숨겨 둔 애인이었던 그의 어머니 또한 하균을 보내고 나서 술에 빠져 살다 사고로 죽었다.

그렇게 어린 하균은 이 세상에 오롯한 혼자로 남겨졌다.

정 사장의 숨겨진 아들의 등장은 가온 일가를 뒤집어지게 만들었다. 윤 회장은 하균을 탐탁지 않게 여기면서도 정 회장의 핏줄이라는 이유로 내치지 않았다. 모두들 쉬쉬하며 극비에 부친 탓에 그룹만의 비밀로 유지되고 있었지만 어린 소년에게 그날은 지옥의 시작이었다.

겉은 화려하지만 속은 진흙탕과 같은 재벌가에서, 늘 그렇듯 갑자기 나타난 어린 남자 아이는 경계대상이자 골칫거리였다.

밥그릇을 하나라도 늘리는 것이 이미 모든 것을 가지고 있던 그들의 유일한 목표였으나, 이젠 갖고 있던 밥그릇마저 빼앗길까 봐 발톱을 세웠다. 모두들 그를 외면했고, 대놓고 싫어하기도 했다.

그런 하균을 위로해 주며, 곁에서 보듬어 주던 유일한 사람이 그의 형. 하성이었다.

모든 것을 가진 것 같지만 자신들을 따뜻하게 보살펴 줄 수 있는 부모가 없었던 소년들은 서로를 의지했다.

"이제부터 내가 네 형 해 줄게. 잘 지내보자, 동생아."

하균은 그때 처음으로 보았던 형의 환한 웃음을 아직도 잊지 못했다.

그날로부터 하성은 다들 외면하고 없는 취급을 했던 동생을 새로운 가족으로 받아들이며 따뜻하게 지켜 주었다.

하균 역시 형인 하성만을 유일하게 따르고 의지했으며, 늘 경계태세를 갖추고 꽁꽁 싸매 두었던 마음을 터놓은 채 허물없이 지냈다.

그래서 그에게 형 하성은 특별했다.

상처받지 않으려면 모든 것을 감추고, 자신을 쉽게 대하지 못하도록 가시를 세워야 했던 나름의 자기방어수단. 그것이 적용되지 않는 유일한 사람. 그가 하성이었다.

"그 여자가 형을 기억하지 못해."

"……."

아무리 불러 봐도 대답이 없는 형을 향해, 이곳에 올 때마다 말을 걸어보았지만 마른 입술은 떼어질 줄 몰랐다.

이젠 말하는 법을 잊어버렸을 지도 모른다.

"어떻게 그럴 수가 있지?"

목이 메고, 가슴이 잘게 저며지는 느낌이 아프게 퍼져 나갔다.

"형은 이렇게 누워 있는데…… 그 여잔, 아무것도 모른다는 듯 살고 있어."

"……."

두 눈에 공허함이 맺혀 흔들렸다. 흐릿해진 눈앞이 형을 바라보고 있는 그의 시야를 잠식했다.

*　*　*

그가 형에 관련한 것들로 이렇게 몰아붙일 때마다 이상한 증상에 휩싸인다.

그를 처음 만났던 호텔 엘리베이터에서도 그랬다.

수현은 여리게 떨리고 있는 손끝을 말아 쥐었다.

아직도 그 이상한 느낌들의 잔상이 남아 심장이 쿵쿵거렸다.

'그러고 보니.'

그때도, 지금도 비슷한 경험을 했고, 심지어 지난번엔 이유 없이 쓰러지기까지 했다.

'정말…….'

반복되는 증세에, 정말 그런 일을 겪어놓고 머릿속에서 지워버린 건 아닌지 하는, 말도 안 되는 의심과 두려움이 또다시 밀려들었다.

이쯤 되니 분명히 없는 사실이라는 것을 알면서도 확인을 해야만 할 것 같았다.

이내 그녀는 가방 안에서 휴대폰을 꺼내 들었다. 그리고 새엄마 미선에게 전화를 걸었다.

오피스텔에서 짐을 푼 뒤 걱정을 덜어드리기 위해 한 전화 이후로 오랜만의 통화였다.

["어, 수현아~ 무슨 일이니?"]

"엄마. 혹시……."

수현은 가만히 입술을 깨물었다.

"……혹시 말이에요."

["뭔데?"]

"저요, 전에 사고가 났다거나…… 그런 적 없죠?"

사고가 났었다면 당연히 알고 있을 당사자가 타인에게 그 사실을 묻고 있다는 것 자체가 너무도 이상했지만, 어쩔 수 없었다. 이렇게라도 다른 사람을 통해 확실히 확인을 해야만 마음이 편해질 것 같았다.

["……."]

순간 미선이 아무런 대답도 하지 않았다.

그 몇 초 안 되는 침묵에 수현의 긴장감이 걷잡을 수 없이 커졌다.

["그게 무슨 소리야. 사고가 난 적도 없을뿐더러 그런 일이 있

었다 해도 네가 기억 못할 리가 없잖니? 뜬금없이 너도 모르는 일을 왜 나한테 물으실까?"]

역시…….

마치 싱거운 얘기라도 들은 사람처럼 웃으며 답하는 새엄마의 말에, 수현은 그제야 안도감과 씁쓸함을 내비친 한숨을 내쉬었다.

"아니에요. 누가 자꾸 저한테 사고에 관한 얘기를 하길래…… 저도 혹시나 하는 마음에 여쭤 봤어요. 그럼 다음에 또 안부 전화 드릴게요."

'후…….'

역시 그의 착각일 뿐, 그는 말도 안 되는 기억을 강요하며 자신을 고통스럽게 하고 있었다.

조용히 휴대폰을 내려놓은 수현은 어둡게 가라앉은 얼굴로 발길을 내디디며 집으로 향했다.

전화를 끊은 미선의 얼굴이 새하얗게 질려 있었다.

순식간에 입안이 바짝 말라 물이라도 들이켜야 했다.

지난번에 이어 수현이 또다시 사고에 관한 이야기를 꺼냈다.

그땐 이상하게 여길뿐 거기서 끝이라고 생각했는데, 이번엔 사고가 있었냐고 물었다.

'만약 수현이가 그 사고에 대해 기억해내면…….'

누가 자꾸 수현의 기억을 자극시키려 하는 것인지 알 수 없어

불안하고 또 불안했다.

전에 나타났다던 그 이상한 남자가 누군지, 또 누가 사고에 관한 얘기를 한 건지 묻고 싶었지만 혹여 수현이 왜 그런 것을 묻는지 의문이라도 품을까 쉽사리 그럴 수가 없었다.

일단 전혀 의심할 여지를 두지 않도록 잘 둘러댔으니, 누군가 또다시 뭐라고 말하든 수현은 믿지 않을 것이다.

아니, 그러기만을 바라야했다.

이 일은 오로지 자신과 유라만이 알고 있어야 했다.

미선은 벌렁거리는 심장을 꽉 쥐었다.

*　　*　　*

"유한."

회사로 돌아와 책상 앞에 앉아 업무에 집중하기 전, 하균은 유한을 불러 물었다.

"내가 찾으라고 했던 건."

1년 전 겨울, 사고 당일.

그날 형은 현장 근처에서 유화그룹 회장과 저녁 식사를 마치고 나오던 길이었다고 했다.

그의 비서를 통해 스케줄을 확인한 결과 사실이었고 형수님이 저녁 8시 25분 경, 식사를 마치고 나오던 그와 통화를 했었다고 했으니까.

그리고 사고가 난 것은 5분 후, 8시 30분이었다.

그 5분의 시간은 1년이 지난 후인 지금도 풀리지 않았다.

5분 사이에 형이 사고 현장에서 그녀를 우연히 만났다면, 그 사이에 그녀와 무슨 일이 있었던 것인지.

왜 수현이 갑자기 도로에 뛰어들게 된 건지 도무지 알 수가 없었다.

근처에 있던 CCTV들을 모두 뒤졌으나, 수현이 찍힌 유일한 CCTV에는 그녀가 갑자기 도로에 뛰어든 장면과 하성이 그런 그녀를 밀치는 장면만이 나와 있었다.

그래서 그 직전 5분 동안의 두 사람을 목격한 사람이 없는 지 유한을 통해 알아보려 했지만, 그 짧은 시간 동안 두 사람을 목격한 사람을 찾기란 쉽지가 않았다.

현장과 가까운 주변 상점 사람들도 모두 그 5분간의 간극 사이에 무슨 일이 있었는지 본 사람이 없었다.

"……아직이야."

하균이 원하는 답을 주고 싶었으나 유한은 조용히 고개를 저었다.

수현의 행방을 찾으면서 줄곧 그 '5분 목격자'에 대해서도 찾고 있었으나, 여전히 제자리걸음이라는 사실이 그도 답답할 뿐이었다.

그렇군. 그는 시선을 내리깔고 실망의 기색을 감추며 중얼거렸다.

그러나 포기할 생각은 없었다.

지나치리만큼 싸늘했던 눈빛과 비웃듯 입 밖으로 꺼낸 말들은, 기억을 잃기 전 그녀에게서 나온 것이었다.

지금의 수현은 기억하고 있지 못한다 해도, 그녀는 저를 구해준 하성을 버렸다.

어째서 그런 것인지 그 이유를 빙자한 진실이라도 알아야, 그동안 형을 볼 때마다 끈덕지게 가슴을 휘갈기던 고통을, 그녀에 대한 분노와 증오심을…… 짓누르고서 살아갈 수 있을 것 같았다.

물론 그 이유가 조금이라도 납득이 간다면.

'아…… 기억.'

불현듯 잊고 있었다는 듯 하균의 입가에서 쓴웃음이 배어 나왔다.

그래, 기억을 하지 못하고 있었지.

기억을 스스로 지워 버리고 억제할 만한 어떤 극심한 충격을 받았던 것인지는 모르겠지만…….

"그 여자. 병원에서 형을 직접 보고도 기억하지 못했어."

이윽고 그가 유한에게 오늘 있었던 일을 전했다.

예상했지만 유한은 미간을 좁히며 반문했다.

"병원……? 그러다 회장님이나 강 사장님을 마주치기라도 했으면 어쩌려고. 그 여자를 찾았다는 거, 일단은 숨길 생각이었잖아."

"일부러 그 사람들이 올 시간대도 피했고 마주친 사람도 없었어."

유한이 잠시 침묵했다.

"……어쨌든, 너도 받아들였다는 거네."

그가 지켜보겠다고 했으니, 조용히 그의 뜻에 따르며 스스로 판단을 내릴 때까지 기다리고 있던 그였다.

하균이 그런 결론을 내렸다면, 그럴 만한 충분한 확인을 이미 했다는 것이었다.

그가 어떻게 했을지 어느 정도 짐작이 가서 유한은 왠지 모르게 기분이 썩 편하지만은 않았다.

"기억을 해 보려 노력은 하겠다고 하더군."

그의 입매가 비틀어졌다.

당연히 그러라고는 했지만 그날에 관한 단서를 가진 건 형과 그녀뿐인데, 당사자의 노력이 없어선 안 되는 건 사실이었다.

문득 하균은 유한을 바라보며 새로이 피어난 의심을 그에게 꺼내 보였다.

"만약 한수현이 정말 뭔가에 대한 극심한 충격으로 스스로 기억을 지운 경우에 해당한다면,"

현우의 말을 떠올리는 그의 새카만 눈동자가 더욱 짙어졌다.

그녀에 관해 아무것도 알지 못했을 때. 무슨 능력으로 아무런 기록들도 남기지 않고 사라졌는지, 그녀의 대담함과 치밀함에 증오심만 더해 갔다.

하지만 지금은 상황이 달랐다.

"아무것도 기억하지 못하는 한수현이 의도적으로 자취를 감췄을 리 없어. 그날 이후로부터 말이지."

그의 말의 의도를 파악한 유한이 자연스럽게 대답했다.

"그 여자를 감출만한 힘이 있는 또 다른 누군가가, 그 여자에 관련한 것들을 지워 버렸다는 뜻이군."

그녀를 떠올리는 하균의 눈썹에 힘이 들어갔다.

"한수현을 찾지 못하도록 만든 이유가 뭘까."

'뭘 숨기려고……?'

그는 눈을 내리눌러 감으며 아랫입술을 짓이겼다.

'대체 누가 네 뒤를 봐주고 있는 거지?'

*　　*　　*

애견 숍에서 강아지의 미용을 마치고 돌아온 수현은 소파에 앉아 노트북을 켰다.

한가하게 집에만 있으려니 어쩐지 마음이 불안했다.

줄곧 일했던 카페는 이미 그만둔 상태이기도 했고, 여기선 거리가 꽤 되어서 아까운 자리였지만 다른 곳을 찾아봐야 했다.

어쨌든 다니엘 씨도 강아지를 돌봐주는 데 문제만 없다면 괜찮다고 했기에, 이렇게 가만히 집에 있기보단 생산적인 일을 할 생각이었다.

게다가 빨리 빚을 갚아야, 오늘처럼 억지로 그에게 끌려 다니는 일이 없을 테니까.

수현의 눈동자에 불현듯 한 남자의 창백한 얼굴이 번졌다.

그녀의 손끝이 미세하게 떨렸다. 또다시 그를 떠올리니 심장이 쿵쿵 뛰면서 등줄기가 서늘해진다.

직접 보았어도 그에 대해서 아는 건 없었다.

다만, 앞집 남자를 처음 봤을 때와 같은 증상이 더욱 거세게 나타났다는 게…… 내내 의문스러워서 쉽게 떨쳐내 지지가 않는다.

다른 사람을 통해서도 사고가 난 적이 없다는 사실을 확인을 했다.

그렇게 다시금 스스로 확실히 갈무리했는데도, 여전히 가시지 않는 의혹과 찜찜함이 더욱 커져만 가는 건 왜일까.

'정하균.'

수현은 다니엘에게서 들었던 그의 온전한 이름을 입 밖으로 소리 내어 말해 보았다.

계속해서 아니라고 일갈했음에도 그와 엮이면 엮일수록, 그 형제와 자신이 뭔가 연관이 있었던 건 아닐까하는 생각이 자꾸만 싹을 틔우려고 하고 있다.

그녀는 떨리는 손을 꽉 쥐었다.

그때, 하려던 일을 잊고 다른 생각에 빠진 그녀의 발밑에 뭔가가 닿았다.

아래를 내려다본 수현의 시야에, 종종 걸음으로 통통한 엉덩이를 움직이며 소파 밑을 맴도는 강아지가 들어왔다.

이윽고 수현의 눈이 예쁘게 휘어졌다.

가만히 눈을 깜박이고 있는 하균은 이곳저곳 세심한 손길이 닿은 후 더욱 새하얗고 조그마해진 느낌이었다.

아침에 있었던 일 때문에 내내 기분이 좋지 않았지만, 이 조그만 아이를 보고 있으니 수현은 자신도 모르게 미소를 지었다.

"이리와."

그녀는 강아지를 품에 안으며 폭신한 털에 뺨을 비볐다. 하균도 기분이 좋은지 아등바등 대지 않고 그녀의 품에서 꼼지락거렸다.

이내 수현은 서둘러 하던 생각을 지우고 다시 하려던 일을 하기 위해, 강아지를 안은 채로 노트북 화면에 집중했다.

서둘러 다른 일을 할 수 있는 게 없을까 찾아보던 중, 한 아르바이트 공고가 눈에 띄었다.

"이거…… 오늘이잖아."

마침 근처 고급 라운지 바에서 오늘 저녁타임 동안 주방 설거지를 해 줄 사람을 급하게 구한다는 공고가 떠 있었다.

주방 설거지.

수현은 붕대가 감긴 손을 내려다보았다.

안정적으로 할 수 있는 아르바이트를 구하기 전까진, 할 수 있는 일이 있다면 한 푼이라도 더 버는 게 중요했다.

지금까지 그래왔던 것처럼.

뭐…… 고무장갑도 낄 테고 별 문제는 없겠지.

이내 그녀는 곧바로 휴대폰을 들어 번호를 눌렀다.

* * *

하균의 차가 오피스텔에 거의 도착하고 있었다. 오피스텔 입구로 진입하려던 그의 눈에 낯익은 얼굴이 들어왔다.

오피스텔 입구에서부터 수현이 걸어 나오고 있었다.

그는 저도 모르게 브레이크를 밟아 한쪽에 차를 세웠다. 비뚜름한 시선이 무의식적으로 그녀를 위아래로 찬찬이 살펴봤다.

해야 할 일이 있다고 아침에 말했던 게 기억났다. 강아지와 관련된 일일 거라고 생각했는데, 강아지는 보이지 않는다.

아니면 강아지와 관련된 일은 이미 끝내고 다른 이유로 집밖을 나선 건가.

그의 눈썹에 이유 모를 힘이 들어갔다.

마주칠 일이 없을 거라던 유한의 말은 이제 신빙성 0퍼센트로 곤두박질을 쳤다.

그렇게 찾아내려고 애를 쓸 때는 보이지도 않더니, 이젠 너무도 눈에 자주 띈다.

핸들을 쥔 그의 손등에 핏줄이 불거졌다.

저 여자를 볼 때 마다 화가 나는 건 이제 신물이 날 정도임에도, 하균은 또다시 무언가 울컥 치밀어 오름을 느꼈다.

그리고 이리도 감정이 흔들리는 이유는 이제 하나 더 추가됐다.

그녀를 바라보는 그의 눈동자가 뜨겁게 일렁였다.

'대체 왜…… 아무것도 기억하지 못한다는 거야.'

그토록 찾던 저 여자는 기억이 사라져 있었다.

그것을 스스로도 온전히 믿게 되고나자, 가늠할 수 없는 허탈감이 파도처럼 밀려들었다.

태연하려 해도 여전히 그 사실은 가슴을 칼날로 휘젓고 갈기갈기 찢었다.

'그날, 그렇게 가버린 것도 모자라서.'

받아들였음에도 여전히 받아들이고 싶지 않았다.

'왜 너만. 왜 너만 그 일을 지우고! 형을 지우고…… 살아간 거냐고.'

그에게 수현은.

1년 전 그날도, 지금도 끝까지 잔인했다.

그녀가 아무것도 기억하고 있지 못한다는 사실이 떠오를 때마다, 겨우 누르며 살아왔던 분노가 치달아 가슴속을 헤집었다.

그녀를 증오하며, 원망하며 살아왔던 시간이 송두리째 흔들리며 그를 괴롭혔다.

그나마 사건의 초점이 다른 것에 맞춰지기 시작하면서, 오랫동안 멈춰있던 톱니바퀴가 서서히 움직이고 있다는 사실이……

미약하게나마 그의 숨통을 트여주고 있었다.

이젠 그 톱니바퀴에 제동을 걸어둬 왔던 누군가, 즉 그녀와 제 사이를 차단해 왔던 존재부터 찾기로 했다.

저 여자의 기억 속에 무엇이 숨겨져 있는지 알아야겠다.

그녀가 기억을 하지 못하는 이유가 뭔지까지도.

누구도 맞출 수 없도록 흐트러뜨린 퍼즐 조각들을 모두 맞출 것이었다.

그것이 지켜 주지 못했던 형을 위해 그가 할 수 있는 일이었다.

차디찬 눈동자 속 수현은, 하균의 차를 지나쳐 걸어갔다.

그녀의 뒷모습을 바라보고 있던 그는 핸들에 한 손을 올린 채, 룸미러로 그녀의 모습을 좇았다.

"……."

가만히 입술을 달싹이던 그는 눈을 눌러 감았다.

이윽고 그의 차가 가던 방향을 돌렸다.

눈이 아플 정도로 번화한 거리.

수현은 주소대로 찾아온 건물을 눈으로 확인하곤, 안으로 들어갔다.

고급 바라는 것은 알고 있었지만, 막상 들어선 바 안 분위기는 막연히 예상한 것보다 훨씬 인상적인 품격을 드러내고 있었다.

한쪽에 넓게 퍼져 있는 메인바를 중심으로 라운지 안에는 테이블과 소파들이 일정하게 놓여 있었다.

VIP룸 때문에 위로 한 층이 더 있는 구조라서 천장이 높았고, 그 아래에 달린 은은한 등들이 분위기를 한층 진하게 만들어 주었다.

"원래 일을 하던 사람이 있는데, 글쎄 급성장염에 걸려서 못 나온다지 뭐야."

아르바이트를 하러 왔다고 하니, 직원을 통해 주방으로 안내를 받았다.

보이지 않는 곳에 위치한 주방에는 오픈 준비로 분주한 사람들과, 다소 푸근한 인상을 가진 아주머니 한 분이 있었다.

"그럼 잘 부탁해. 곧 있으면 엄청 정신없어질 거야."

그녀의 말은 딱 맞았다.

유명 고급 바 답게 순식간에 손님이 붐비기 시작했다.

쉴 새 없이 몰아치는 플레이트와 글라스, 그 이외의 식기들을 닦느라 수현의 손은 쉴 틈이 없었다.

손에서 물이 마를 틈이 없다는 건 이럴 때 쓰는 말이었다. 고무장갑을 끼긴 했지만, 고무장갑 안에 구멍이 났는지 손 안으로 물이 새어 들고 있었다.

설거지를 하기 위해서 오기 전에 붕대를 풀어놓고 왔다. 덕분에 베인 상처에도 물이 닿아 덧나기 시작했다.

따끔거리고 아릿한 느낌이 강해져도 어쩔 수 없었다. 수현은 흘러내리는 땀을 어깨로 닦아 내며 계속해서 설거지를 해나갔다.

고깃집부터 뷔페까지, 여태까지 해 온 설거지 경력을 따져본다면 이 정도는 우스웠다.

한 번 해치우면 또다시 어마어마한 양이 밀려드는 데도, 수현의 손은 무척이나 빠르게 움직였다.

함께 바쁘게 움직이던 주방 아주머니도 수현을 보고 잠시지만 오, 하며 입술을 동그랗게 오므렸다.

"발렛 해 드릴까요?"

수현이 들어간 건물 입구에 도착하자마자 한 남자가 다가와 물은 말이었다.

그는 지그시 건물을 보고, 차에서 내려 차키를 내줬다. 그리고 멀끔한 슈트 차림으로 한 손을 주머니에 넣은 채 안으로 들어갔다.

그가 라운지 바 안으로 들어섰을 때, 수현은 직원처럼 보이는 남자를 따라 어디론가 향하고 있었다.

하균은 흘끗 보이지 않는 시선으로 수현을 뒤쫓았다.

저 여자가 대체 뭘 하려고 여길 온 건지, 그는 눈썹을 일그러뜨린 채 가만히 생각했다.

그의 시선이 끈질기게 그녀를 향해 있을 때였다.

이제 막 문을 열기 시작해서 손님들이 그다지 많지 않았지만, 늘 그래왔듯 그가 등장하면 어둠 속에 빛이 들어온 것처럼 사람들의 시선이 모아졌다.

보자마자 숨이 턱 막힐 것 같은 외모의 남자는 마치 모델 같다는 느낌을 주면서도, 한눈에 봐도 격이 다르다는 것을 알려주듯 머리부터 발끝까지 범접할 수 없는 아우라를 풍기고 있었다.

VIP룸이 있는 위층에서 계단을 내려오던 매니저도 입구에 우뚝 서 있는 그를 보고, 그가 있는 쪽으로 걸어갔다.

"손님, 필요하신 게 있으십니까?"

바 매니저가 그에게 다가와 눈으로 웃으며 묻자, 하균은 그제야 사라진 그녀에게서 눈을 떼고 다가온 남자를 바라봤다.

그는 잠시 말이 없었다.

이내 하균이 그를 바라보며 짤막하게 말했다.

"……최대한 조용한 곳으로."

"이쪽으로 오십시오."

이 바의 매니저를 맡은 그에게 단순히 돈 많은 부자 또는 금수저들은 흔히 볼 수 있는 부류 중 하나였다.

하도 많은 사람들을 상대하다 보니, 그의 눈에는 자연스럽게 사람의 급이 가려졌고, 일면식이 없는 고객이라도 척 보면 그 사람의 가치를 순식간에 매길 수 있었다.

명함 따위 확인하지 않아도 그는 최상급 중의 최상급 손님이었다.

단 한 번의 스캔으로 하균에 대한 파악을 완료한 매니저는, 한껏 미소를 머금은 채 그를 위층의 VIP룸으로 안내했다.

"마음에 드셨으면 좋겠습니다."

그가 안내한 룸은 VIP룸에서도 손꼽히는 룸 중 하나로, 다소 어둡지만 느낌은 유럽풍 대저택의 응접실을 축소해낸 분위기를 가지고 있었다.

나름 신경 써서 최고급 룸으로 안내했지만 하균은 별 감흥이 없어 보였다.

"혹시."

그는 안으로 들어가기 전, 두 손을 가지런히 모으고 있던 매니저를 돌아보며 입을 뗐다.

"한수현이란 사람, 여기 있나."

"예?"

"아까 여기 직원 한사람을 따라 어디로 가던데. 술 마시러 온 것 같지는 않고."

"아…… 원하신다면 제가 지금 바로 알아보겠습니다."

이 바에서 그가 왜 갑자기 정체 모를 사람을 찾는지 퍼뜩 의아했지만, 매니저는 더 이상 묻지 않고 고개를 숙였다.

그는 직원 하나에게 무전을 통해 한수현이란 사람을 아는 이가 있는지 묻게 했다.

정기적으로 일하는 직원이 아닌 이상, 매번 바뀌는 일일 아르바이트생까지 신경 쓰기 어려웠다. 그는 수현이 오늘 이곳에 왔는지조차 모르고 있었다.

"오늘 주방 일을 하러 온 여자란 말이지."

고용 담당 직원에게서 연락이 왔다.

그는 곧 하균이 있는 룸의 문을 두드렸다.

문을 열고 들어가자, 그는 술과 안주에는 손조차 대지 않고 팔짱을 낀 채 조용히 소파에 기대 앉아 있었다.

"손님, 한수현 씨는…… 오늘 저희 바에 일일 아르바이트를 하러 왔다고 합니다."

아르바이트?

그의 눈썹이 치켜 올라갔다.

그가 아무런 말도 하지 않자, 매니저는 그의 눈치를 보며 자세한 설명을 덧붙였다.

"정확히는 주방 설거지 아르바이트…… 입니다만. 혹시 궁금해하시는 이유라도……."

설거지.

그는 기가 차서 실소가 터져 나오려는 것을 억지로 참아 냈다.

설거지를 하러, 여기에 왔단 말이지.

"이리로 데려오지."

그가 매니저를 처음으로 또렷이 바라보며 말했다.

그러자 지배인은 순간 움찔했다.

무시못할 경력으로 상류층을 대하는 데는 닳고 닳아 노련한 그가 쩔쩔 맬 정도로 그에게서는 압박감 비슷한 어려움이 느껴졌다.

"예, 알겠습니다."

지배인은 다시금 이유를 묻지도, 두말을 하지도 않고 고개를 숙였다.

그나저나 갑자기 일을 하고 있는 인력 하나를 빼면 한창 바쁘게 돌아가고 있을 주방 시스템에 문제가 생길 텐데.

그가 불러 달라고 하면 불러줄 수밖에 없는 상황이었다.

까다로운 VIP고객들을 상대하는 데는 나름의 원칙이 있었다.

묻지도 따지지도 않고, 맞춰 줄 수 있는 한, 그들의 기분을 최대한 맞춰 주는 것.

아르바이트생 하나 뺄 수 없다는 이유로 괜히 고객의 감정을 상하게 하는 일은 없어야 했다.

한참 설거지를 하고 있던 수현에게, 누군가 다가왔다.

"한수현 씨?"

"네? 네, 맞는데요."

"저…… 그쪽을 찾는 분이 계십니다."

수현을 만나러 온 직원도 뭔가 이상하다는 얼굴로 수현에게 해야 할 말을 전했다.

그녀는 그야말로 대타 설거지 아르바이트생이었다. 보이지 않는 곳에서 열심히 설거지를 하다 돌아갈.

"저를……요?"

수현 역시 그저 단순히 일일 아르바이트를 하러 온 자신을 누군가 따로 찾는다는 게 의아했다.

그것도 제 이름을 아는 사람이고, 자신이 여기서 일한다는 것도 아는 사람이라는 뜻이었다.

오늘 아르바이트는 즉흥적으로 결정한 것이었고, 누구에게도 알린 적이 없는데 대체 누가…….

수현은 쌓인 설거지 거리를 바라보며 근심 가득한 표정을 지었다. 이걸 바로바로 하지 않으면 나중에는 감당하기가 버거운 양으로 그득 차 있을 것이다.

"괜찮으니까 어서 데려오라고 하셨습니다."

수현의 갈등을 알아챈 직원이 그녀의 반응을 예상했다는 듯 고개를 한 번 끄덕였다. 곧바로 주방 안으로 홀 서빙 유니폼을 입은 남자가 들어왔다.

"아……."

결국 수현은 구멍이 난 고무장갑을 벗고, 그를 따라나섰다.

남직원을 따라 위층으로 올라가는 계단을 밟았다. 여긴 VIP룸이라고 얼핏 들었는데, 자신이 이 계단을 왜 밟고 있는지 알 길이 없었다.

수현은 직원을 따라가면서 내내 이상한 느낌을 지우지 못했다.

매니저는 룸 앞에 서 있다가, 한수현이란 이름을 가진 여자를 드디어 보자 그녀가 눈치채지 못하는 선에서 빠르게 그녀를 훑어보았다.

그의 눈엔 무척이나 평범한 아르바이트생일 뿐이었다.

속으로만 고개를 비스듬히 기울이던 그는 이내 굳게 닫혀 있던 문을 천천히 밀어 열었다.

"들어가 봐요."

그의 말에 수현은 그를 살짝 응시하곤 안으로 들어갔다.

소리 나지 않게 문이 닫히고, 룸 안으로 들어온 수현의 얼굴이 차츰 굳어갔다.

"당신……."

그가 이 앞, 거대한 직사각형의 대리석 테이블 끝에 앉아 있었다.

"날 부른 사람이 당신이었어요? 당신이 여기 왜……."

그러나 그의 시선은 수현의 손에 가 있었다.

설거지를 한다더니, 다친 손에 감겨 있던 붕대는 풀어내고 없었다.

"바에서 술을 마시는 게 이상한가?"

이윽고 그의 탁한 음성이 그녀의 머릿속을 울렸다.

"아뇨. 내가 여기 있다는 걸 알 리가 없는데 어떻게 날 불렀는지가 이상한 거죠."

원래도 마주치고 싶지 않은 사람이었다.

아침에 있었던 일로, 더더욱 그를 보고 싶지 않았다.

그때 치민 화가 아직도 가슴을 꽉 메우고, 아직도 가슴에 응어리져 남았는데 그 원인인 당사자를 또다시 마주하니 기분이 한없이 가라앉았다.

그러나 그에게 그녀의 기분 같은 건, 안중에도 없었다.

"이 바에 들어올 때 널 본 것 같아서 말이지."

그는 입에도 대지 않던 술잔을 들어, 한 모금 마시며 입술을 적셨다.

"이봐요, 정하균 씨."

갑자기 그녀의 입술 새로 새어 나온 이름에, 그가 멈칫했다.

그가 들고 있던 술잔을 내려놓고 고개를 들었을 때.

수현은 성큼성큼 그에게로 가까이 다가가 따졌다.

"내가 뭘 하든 당신이 상관할 바 아니죠. 왜 그런 걸 캐묻고 불러내서 남의 일을 방해해요?"

"캐묻는다."

하균이 엄지손가락으로 입술을 닦아 내며 가볍게 웃었다.

"꺅!"

순식간에 그가 그녀의 한쪽 손목을 잡아채 소파에 던지듯 끌어 앉혔다.

등이 소파에 부딪치며 그녀가 무너지듯 앉게 되었을 때, 그의 단단한 두 팔이 그녀를 가두듯 어깨 옆에 박혔다.

그를 올려다보는 수현의 눈망울이 갈피없이 흔들렸다.

"뭔가 대단히 착각하고 있나 본데, 내가 너에 대해 묻는 이유는 딱 한가지야."

그의 흑색 눈동자가 더욱 선명하게 짙어졌다.

서늘한 목소리가 칼끝이 되어 그녀의 목덜미를 파고들었다.

"네가 뭘 하고 다니는지, 누굴 만나는지 하나부터 열까지 빼놓지 않고 알아야. 네가 기억하지 못하는 과거에 대한 단서를 하나라도 찾을 수 있지 않겠어?"

"그걸 지금 말이라고……."

기가 너무 차서, 말이 나오지 않았다.

정작 뭔가를 알아내야 하는 장본인이 기억을 하지 못하고 있으니, 이젠 일거수일투족 데이터를 취합해서, 그 단서를 찾아보겠다.

시간이 지날수록 그가 얼마나 그것에 매달려 있는지 모르는 바는 아니었지만 메마른 땅에서 우물을 찾는 그의 노력이 눈물겹다.

수현은 한층 가라앉은 눈동자로 그를 보며, 한 가지 사실을 알게 됐다.

결국 그는 어떤 식으로든, 자신을 이렇게 제 우리 안에 가두고 지켜볼 생각이라는 것을.

"내가 널 부른 이유도 궁금하겠지."

묘하게 바뀐 그의 눈빛에 수현의 어깨가 그대로 굳었다.

"난 지금 술을 마셨고,"

그는 고개를 비스듬히 기울인 채, 나른한 시선으로 그녀의 입술을 응시하며 서서히 거리를 좁혀 왔다.

날이 선 코끝이 더욱 바짝 다가오는 기세에 그녀의 등이 더욱 소파에 밀착되었다.

"운전을 할 수가 없거든."

수현의 굳은 가슴과 넓은 상체가 맞닿기 직전.

"그러니까 네가 대신 집까지 날 데려다 놔."

귓가로 고저 없는 음성이 떨어지며, 그녀의 목선을 덥혔다.

이윽고 하균은 몸을 바로하고 서느런 시선으로 덧붙였다.

"네가 받기로 한 아르바이트 비가 얼마든 열 배로 쳐줄 테니까."

"이봐요!"

수현이 벌떡 일어나 저벅 저벅 룸을 걸어 나가는 그를 쫓아나갔다.

"……!"

그녀의 빠름 걸음이, 문을 열려다 멈추고 돌아선 그에 의해 돌연 멈춰졌다.

그가 다가온 그녀를 내려다보며 잔혹한 입술을 열었다.

"왜 화를 내지? 네가 원하는 건 빨리 빚을 갚는 것 아니었나? 몇 시간 일해 봤자 이 룸 테이블 값의 10분의 일도 안 되는 설거지 보다는 이쪽이 더 이득일 텐데."

"……."

"아, 내가 혹시 너를 어떻게 하기라도 할까 봐 그걸 걱정했나?"

"당신……."

무서우리만치 텅 빈 눈동자가 그녀를 비웃었다.

"내가 아무리 정신이 나가도 한수현 널 원하는 일은 없을 거야."

"멋대로 생각하지 마."

부들부들 떨던 수현이 그의 뺨을 향해 손을 들어 올린 순간,

탁—

커다란 손이 가는 손목을 거머쥐었다.

그가 쉽게 뺨을 내어 줄 리 없었다.

"빚을 갚고 싶으면 네 머릿속에서 그날에 대한 기억이나 끄집어내라고!"

거칠게 움켜쥔 힘에 빠져나가지 못하는 손목이 파르르 떨렸다.

검은 눈동자에서 피어오르기 시작한 열기가 순식간에 그의 이성을 뜨겁게 달궜다.

"잘 들어 한수현. 난 네가 잃었다는 그 기억을 기필코 찾아서, 네가 왜 그날 형을 버리고 사라져 버렸는지 네 두 눈을 똑똑히 보고 물을 거야."

일렁이는 수현의 얼굴을 담은 그의 눈동자가 차갑게 물들었다.

"네가 만든 방어벽을 부셔서라도, 기억을 스스로 찾게 만들 거

라고."

기억.

대체 그 기억이 뭘까. 뭔데, 이렇게 날 힘들게 하는 걸까. 없는 기억을 어디서, 어떻게 찾아내야 당신이 나를 더 이상 괴롭히지 않을까.

입술을 사려 문 채, 수현은 분노가 엉겨 여울진 눈동자로 그를 바라봤다.

그는 그런 그녀를 향해, 조소했다.

"빚을 갚을 때까지 기다려 주는 동안 노력해 보겠다고 말한 건 너야. 별다른 소득이 없으면 네가 원하는 것처럼 빨리 돈을 갚든가."

소슬한 표정이, 그녀를 담으며 경고했다.

"내 인내심을 자극하지 마."

이내 그는 그대로 문을 열고 밖으로 나갔다.

하균은 룸에서 나와 매니저를 향해, 지갑에서 카드를 꺼내며 낮게 말했다.

"두 배로 계산하고, 한수현 그 여자, 잘라."

"예?"

"여기서 일 못 하게 자르라고."

"아…… 예. 알겠습니다."

온지 한 시간도 채 되지 않았는데 술값을 두 배나…….

원숙하게 고객의 심중을 파악하는데 능한 그는, 이 카드의 의미가 이것저것 물을 생각 말고 그녀를 빼내라는 뜻임을 모르지 않았다.

바 매니저는 그저 하루 일을 하러 왔을 뿐인 그녀와 그가 무슨 관계라도 되는 건가 싶었지만, 늘 그래왔듯 곧 조용히 고개를 숙였다.

"……그래. 내가 뭐 때문에 여기 온 건데."

손바닥에서 느껴지는 아릿함이 우습게 느껴졌다.

어차피 빚에 갚는 데만 충실하겠다고 마음먹은 일이었다. 그가 어떻게 굴든, 반응할 필요 없었다.

수현은 느릿하게 침을 삼키며 마음을 독하게 먹었다.

화가 나고, 억울하고, 분할수록 악착같이 빚을 모두 갚아버리는 게 하루빨리 그에게서 벗어나는 방법이었다.

우선 주방에 말을 해야 했다. 룸을 나와 주방으로 향하는 그녀의 발걸음이 빨라졌다.

"한수현 씨?"

계단을 걸어 내려가는데, 밑에서 누군가 그녀를 불러 세웠다.

아까 VIP룸에 들어갈 때 본…… 꽤 높은 직급인 것처럼 보였던 남자였다.

그를 알아본 수현은 잠시 가던 길을 멈춰 섰다.

"수현 씨. 이제 주방에는 다시 돌아가지 않아도 됩니다."

바 매니저는 하균이 시킨 대로 그녀를 암묵적으로 해고했다.

"……네?"

"이제 그만 일하고 돌아가셔도 좋다는 뜻입니다. 얼마 안 되지만 수고비구요."

아직 아무런 말도 꺼내지 않았는데, 그만 가 보라고?

수현은 의아함이 가득한 얼굴로 그에게 반문했지만, 그는 그만 가보라는 말 이외에 다른 말은 하지 않았다.

외투와 가방을 들고 바를 나서며 다시 한 번 뒤를 돌아봤다.

정말 죄송하게도 그만둬야할 것 같다고 말을 하려 했는데, 저쪽에서 먼저 가 보라고 했다는 게 여전히 의문스러웠다.

어쨌든 아무 탈 없이 나오게 돼서 다행이긴 한데…….

완연히 건물 밖으로 나온 수현은 입구에 세워진 차에 기대 서 있던 하균을 보고 깊은 호흡을 내뱉었다.

운전할 줄 아는 건 또 어떻게 알아서.

그녀의 한숨에 따라 입김이 공중에서 흩어졌다.

제법 찬바람이 금세 볼을 시리게 만들었다.

목을 칭칭 감은 목도리에 얼굴을 한 번 파묻곤 고개를 든 그녀는, 그에게로 다가갔다.

"차 키 줘요."

수현의 목소리에 그가 고개를 살짝 들고는 그녀를 물끄러미 응시했다.

이내 그는 쥐고 있던 차 키를 던지듯 건넸다.

반사적으로 차 키를 받아든 손에 일순 나직한 고통이 서려들었다.

수현의 미간에 살짝 주름이 갔다.

뭐라도 붙이고 있었으면 괜찮았을 텐데, 물에 닿아 덧나서 살짝 벌어져있던 상처 부위가 조금 심하게 따끔거리고 있었다.

곧 그녀는 티를 내지 않으려고 가만히 손가락을 오므려 쥐었다.

"집으로 가면 되는 거죠."

수현은 아무런 말도 없이 운전석의 문을 열었다.

* * *

한껏 긴장을 한 채로 운전을 하느라 진이 다 빠졌다.

오피스텔 주차장에 차를 주차한 뒤 핸들을 끌어안은 채 얼굴을 묻은 수현은 한숨을 내쉬었다.

운전에 미숙한 건 아니었지만, 혹시라도 이런 고급차에 흠집이라도 낼까봐 노심초사하느라 손이 아픈 줄도 모르고 핸들을 꽉 잡았다.

긴장이 풀린 손바닥에 얼얼함이 퍼지며 그제야 다시금 따끔거리는 느낌이 강해졌다.

"아……."

한 손으로 상처가 난 손바닥을 쥔 수현이 나직한 신음을 내보냈다.

그렇게 큰 상처도 아닌데, 완전히 아물지 않아 다시 툭 벌어진 상처는 손바닥에 박힌 가시처럼 신경을 쓰지 않을 수가 없었다.

수현의 나직한 신음에 뒷좌석에 삐딱하게 앉아 눈을 감고 있던 하균이 눈을 떴다.

제 손을 물끄러미 바라보고 있던 그녀를 가만히 좇던 그의 시선이 날카로워졌다.

이윽고 손을 내려놓은 수현은 뒤를 돌아보며, 하균을 향해 말했다.

"다 왔어요."

차문을 열고 내리는 수현의 목소리가 힘없이 울렸다.

그녀가 그러쥔 손에 뭔가 문제가 있음을 알아챈 하균은 곧바로 문을 열고 따라 내렸다.

그리고 차문을 잠그려는 그녀의 손을 낚아채 제 앞으로 가져왔다.

"뭐예요?"

예민함이 가득 담긴 시선이 그를 노려봤다.

강경한 눈빛이 수현에게 명령한다.

"손, 펴봐."

"신경 쓰지 마요."

수현은 그에게서 손을 빼내며, 앞으로 걸어가려 몸을 틀었다.

그러나 거친 손길이 단숨에 수현을 잡아끌어 그녀를 돌려세웠다.

곧바로 손바닥을 뒤집어 확인했다.

빨갛게 부어있는 상처부위는 벌어져, 보기에도 아릿한 진물이 고여 있다.

상처를 보자마자 퍽 짜증스러운 기운이 스멀스멀 그를 건드렸다.

"붕대는 풀어야 했으면 뭐라도 붙여놓든가. 애초에 다친 손으로 설거지를 하겠다는 미련한 생각은 대체 어디서 나오는 거지?"

잔뜩 민감해진 그의 눈빛이 기광을 눌러 담은 채 묻고 있었다.

"신경 쓰지 말라고 했……"

"손이 이정도로 아팠으면 못하겠다고 하든가. 왜 미련하게 아무 말도 안했냐고!"

그녀가 그와 눈을 마주한 순간.

열기가 휘몰아치는 눈동자가, 수현의 숨소리를 멎게 했다.

"잊었어요?"

그를 바라보는 그녀의 눈동자에 강한 원망이 담겼다.

"나한테 중요한 건, 빨리 빚 같은 건 갚아 버리고 당신한테서 벗어나는 거예요."

사나운 기색을 담아 형형했던 그의 눈빛이 사그라졌다.

"……."

스치듯 지나간 이유 모를 통증이 심장을 건드린다.
"내가 참고 일하겠다는데, 당신이 무슨 상관이에요?"
날이 선 시선이 부딪치며 서로에게 고정되었다.
"오늘 일한 건, 빚에서 제외해 줘요."
수현은 다시 그대로 그를, 지나쳐 걸어갔다.

3장

틀린 말은 아니다.

한수현이 다친 손으로 무엇을 하든 말든, 내 알 바는 아니지.

그런데 왜 이렇게 화가 나지?

화가 나서, 미칠 것만 같다.

가슴 속 엉켜버린 무언가가 계속해서 부글부글 끓고 있다. 끓고, 끓어서 터져버릴 듯이 요동치고 있었다.

젠장!

그는 넥타이를 느슨하게 풀어 헤치며 낮은 한숨을 내뱉었다.

'그 여자가 미련하게 군 게 짜증 날 뿐이야.'

다친 손으로 운전을 하게 했다는 게 짜증 나는 게 아니라고.

하균은 엘리베이터를 걸어 나와, 집무실 문을 열었다.

지이이잉— 지이이잉—

회사에 오자마자 책상 위에 던져둔 휴대폰이 울렸다.

화면에 뜬 이름을 확인한 하균의 시선이 서늘하게 굳었다.

여태까지 연락 두절이더니, 이제야 전화를 했겠다. 그는 책상을 짚고 서서 조용히 통화 버튼을 눌렀다.

전화를 받자마자, 늘 적응 안 되는 하이톤 목소리가 귓가를 어지럽게 했다.

["어머나, 조카! 잘 지냈어? 연락했다는 건 알고 있었는데 그동안 너무 바빠서……"]

"삼촌 집에 살고 있는 여자, 어떻게 된 거야."

고저 없는 음성이 춘식의 목을 움켜쥐듯 서느렇게 물어왔다.

그러나 춘식은 늘 그래 왔듯 해맑게 콧소리를 내며 대답했다. 이젠 이런 그의 말투가 익숙하다는 것도 한몫했다.

["우리 하균이 돌봐줄 사람 구한다고 했잖아~."]

"그러니까 그게 왜 한수현이냐고!"

그가 어금니를 꽉 다문 채 되물었다.

["그 사람이 수현 씨인 것과 네가 무슨 상관인데?"]

"……당장 다른 사람으로 바꿔."

그는 설명 대신 차갑게 경고했다.

마음 같아서는 그 강아지를 춘식 모르게 시설에 맡겨버리고 수현을 내보내고 싶었지만, 그건 춘식을 기만하는 행위라는 것을 그도 모르지 않았다.

그러나 그의 말이라면 늘 한 발자국 물러서 주었던 춘식도, 이번엔 물러날 생각이 없어 보였다.

그가 조카만큼이나 아끼는 반려동물에 대한 애정은 그만큼 작지 않았다.

"안 돼. 이미 결정된 일이고, 다른 사람 구하기 쉽지 않단 말이야."

"그 여자가 어떤 여잔지 몰라서……!"

그는 목소리를 높이려다, 잊고 있던 무언가가 떠올라 말을 끝맺지 않고 입을 다물었다.

춘식은 하성의 사건에 대해 알고는 있지만 수현에 대해서까지는 자세히 모르고 있었다. 정확한 사정을 파악하기 전까진 춘식에게도 함구할 생각이었다.

["너야말로 몰라서 묻는 거야? 우리 하균이한테 아무나 못 붙이잖아. 하균이가 수현 씨를 어찌나 마음에 들어 했는데. 내가 겨우 부탁해서 봐주는 거야."]

말끝마다 하균이, 하균이. 그는 그놈의 강아지가 자신과 이름이 같다는 게 오늘따라 유독 불쾌하고 거슬렸다.

"내 앞에서 그 강아지 새끼 이름 부르지 말라고 했지."

그러자 춘식은 아차 싶었다는 듯, 입술을 씰룩이더니 곧 자신감이 그득 담긴 목소리로 대답했다.

["아무튼, 수현 씨하고 네가 빚으로 얽혀 있다는 건 들어서 알고 있어. 하지만 우린 우리대로 정당한 계약관계고, 넌 분명 관

심 없다고 했잖아? 그래서 알아서 찾아서 떠나온 거라구."]

"그건."

"난 관심 없으니까, 알아서 찾아서 떠나. 아주 안 돌아오면 더 좋고."

젠장. 하균이 두 눈을 감고 거친 숨을 내쉬었다.

이 대책 없는 인간은, 애초에 관심도 없었으면서 왜 과민반응이냐고 묻고 있는 중이었다.

그의 주장에 대해 달리 할 말이 없는 것도 사실이었다.

삼촌은 강아지를 맡길 사람이 필요했던 거고, 한수현은 제게 돈을 갚겠다고 일을 맡은 것일 테고.

이렇게 또 진작 춘식을 떼어내지 못한 것을 후회하는 그였다.

그는 죽은 어머니의 동생이었다.

영국에서 머물고 있던 중, 어느 날 본인이 제 외삼촌이랍시고 찾아왔다.

난 당신 같은 사람 모른다고 거부에 가깝게 무시했지만, 그가 이젠 얼굴도 잘 기억나지 않는 어머니에 관한 이야기를 하나둘씩 늘어놓았다.

어린아이를 처음 보는 아버지란 사람에게 억지로 보낸 무정한 어머니였다. 그리움 같은 게 있을 리가 없었다.

그럼에도 불구하고, 결국 그를 모질게 밀어내지 못했다. 흐릿한 기억뿐인 그녀에 대해 자세히 알고 싶다는 어리석은 생각이 자초한 결과였다.

그 이후로도 계속 곁을 지키듯 맴돌며 제 옆에 붙어 있으려는 외삼촌을, 귀찮아하고 골치 아파 했어도 매정하게 끊어내지는 않았다.

그랬더니, 제 앞집에까지 이사를 와 버렸다.

감정에 휘둘린 결단은 이런 뒷감당이 후한 결과를 초래한다는 사실을 하균은 다시금 깨닫고 있었다.

그에게서 잠시간 침묵이 감돌자, 춘식은 그제야 깜박 잊고 있었던 전화의 목적을 말했다.

["맞다! 곧 집으로 내가 보낸 사람이 갈 텐데, 수현 씨가 전화를 안 받네. 내가 파리 들어오기 전에 김 비서 통해 보냈어야 할 서류 하나가 있었는데, 서재에 두고 까마득히 잊었지 뭐야. 후우."]

"그래서."

["김 비서는 지금 나랑 있어서 말이지. 사람 통해서 최대한 빨리 전달해야 되는데. 혹시 너 집이면 수현 씨 한테……"]

"그럴 일 없어."

뚝—

이내 하균은 통화 종료 버튼을 누르곤 다시 책상 위에 휴대폰을 던져버렸다.

필요한 서류가 뭐든 관심 없었다. 이런 괘씸한 짓을 저질렀을

땐 더더욱.

그렇잖아도 도와줄까 말까인데, 조카와 좋지 않은 사이라는 걸 눈치챘으면 알아서 다른 사람을 찾아볼 것이지 어떻게 한수현을…….

입안을 바드득 물며 그는 애써 솟구치는 화를 삼켰다.

그 여자 때문에 아무리 돌아 버리겠어도 세 달은 참아야 한다니.

어쩌다 삼촌이 엮여서 일이 이렇게까지 꼬여.

책상을 끼고 돌아 의자에 기대앉은 그는 이마에 손을 얹었다. 젖힌 목 위로 마른침을 넘기는 그의 목울대가 도드라졌다.

이윽고 피곤이 몰려와 그의 눈두덩을 짓눌렀다.

지이이잉— 지이이잉—

하균의 휴대폰이 다시 울렸다.

확인해 보니 또 춘식이었다. 하균은 전화를 받지 않은 채 그대로 울리도록 두었다.

그가 전화를 받지 않자 전략을 바꿨는지, 춘식은 다소 급하게 문자를 통, 통, 통 남겼다.

문자 세 통이 연속으로 날아왔다.

[수현 씨가 집에 없는 것 같다고 하네.]

[그래서 어쩔 수 없이 비밀 번호 알려 줬는데, 집에 있는 하균이 녀석이 워낙 경계가 심해서 겨우 가져갔대.]

[아무튼 수현 씨한테 내가 보낸 사람이 다녀갔다는 것 정도는

알려 줘야 돼, 조카. 꼭이야!]

문자를 본 하균의 눈썹이 살짝 일그러졌다.

똑똑.

그때, 누군가 노크를 하며 들어왔다.

"사장님, 이번 신제품 기획 관련해서 논의 드리려고 왔습니다."

*　　*　　*

오늘은 또 어디서 뭘 하고 있길래, 전화도 안 받고 집을 비웠다는 거지?

그는 수현을 떠올리며 미간을 좁혔다.

그냥 아무것도 안 하고 가만히 좀 있으면……!

"이사님?"

그를 부르는 목소리에, 집무실 소파 상석에 앉아 있던 하균은 그제야 눈앞의 이와 눈을 마주쳤다.

그가 다른 생각에 잠겨 있던 사이 모든 설명을 마친 황 전무는 침을 꿀꺽 삼켰다.

마치 단두대에 목을 내어놓은 기분이 이런 것일지도 몰랐다.

다음 신제품 출시일은 바짝 다가오는데, 성공적이었던 지난번 제품 이후로 그의 통과를 받아낸 기획안이 없었다.

덕분에 개발진들 모두가 똥줄이 타고 있는 상황이었다.

"이번 신제품 기획안, 어떠신지요."

그에게 새로운 기획안을 일차적으로 검토받는 것은 언제나 긴장되는 순간이었다.

가온전자의 핵심 사업 중 하나인, 스마트폰 사업.

하균은 매의 눈과 날카로운 지적으로 필요 없는 것은 순식간에 가지를 쳐내고, 될 만한 것들만을 골라내 집중 투자했다.

그렇게 그가 대표 이사로 앉자마자 가온전자의 제품들은 줄줄이 대박을 터트렸다.

거기다 국내 시장 점유율이 위험할 정도로 높았던 해외기업 제품의 판매량을 단숨에 압도했다.

따라서, 모든 제품들의 기획은 그의 손을 거쳐 가지 않을 수가 없었다.

"……다시 검토해 볼 테니까 놓고 가세요."

"예? 예, 알겠습니다."

황 전무가 얼떨떨한 얼굴로 눈을 끔벅였다.

그의 입에서 다시 검토해 보겠다는 말이 나왔다는 건 이 기획안이 재고해 볼 만한 가치가 있다는 뜻이 아닌가.

가뭄에 단비라도 내린 것처럼 황 전무는 애써 기쁜 기색을 감추며 자리에서 일어나 꾸벅 고개를 숙였다.

"그럼 가 보겠습니다, 이사님."

그는 소파에 기대 팔을 이마에 얹으며 눈을 감았다. 황 전무가 알았다면 급 우울해질 일이었지만, 그는 기획안이 뭔지 제대로 듣지 못했다.

결론적으로는 그 여자에 대해 생각하느라, 일에도 집중하지 못한 꼴이 됐다.

손목시계를 확인한 그는 책상으로 가 인터폰을 눌렀다.

삐—

["네, 이사님."]

"최유한 실장 들어오라고 해요."

["예, 알겠습니다."]

여비서의 대답이 끝나기 무섭게, 노크 소리가 들렸다.

"이사님. 무슨 일이십니까?"

유한이 안으로 들어오며 물었다.

"……한수현."

그의 입가에서 흘러나온 불길한 이름에, 유한의 눈썹에 살짝 힘이 들어갔다.

하균은 눈을 힘주어 감고 입술을 지그시 깨물며 지시했다.

"어디 있는지 파악해 봐."

* * *

늦은 오후이긴 했지만, 날이 무척 흐렸다.

눈이 오려는 걸까. 그렇잖아도 추운 날씨에 날이 흐려서 더욱 춥게 느껴졌다.

수현은 지나가는 사람들에게 전단지를 건네주며, 바쁘게 움직였다.

그녀로부터 조금 멀리 떨어진 곳, 차 한 대가 멈춰 서 있었다.

"오늘 영하라던데."

운전석에 앉아 있던 유한이 나직이 말을 꺼내며 뒷좌석을 흘끔 바라보았다.

차창 너머로, 하균의 시선이 그녀를 향해 있었다.

"눈도 온다던데."

그녀가 어떤 과거를 가지고 있는지를 떠나…… 날이 너무 추우니까, 빨리 들어갔으면 하는 바람이 조심스럽게 깃들었다.

"……저 여자한테는, 동정도 아까워."

하균은 곧 시선을 거두며 낮게 대꾸했다.

어제도 그렇게 일하고 오늘도 또, 일을 하러 나왔겠다.

"나한테 중요한 건, 빨리 빚 같은 건 갚아버리고 당신한테서 벗어나는 거예요."

그는 수현의 말을 떠올리며 조소를 내보냈다.

벗어난다.

할 수 있으면 해 봐.

이윽고 하균은 새끼손가락부터 차례로 손가락을 안으로 말아

줘며, 그녀에 대해 생각하지 않으려 머릿속을 비웠다.

"다시 회사로 출발해."

*　　*　　*

한 시간, 두 시간, 세 시간.

날이 점점 더 어두워지고, 쌓여 있던 전단지도 거의 모두 돌려가고 있었다.

밤이 되니 기온은 더 떨어졌다.

볼을 에는 듯한 추위를 꾹 참아내며 계속해서 전단지를 나눠주었다.

톡.

들고 있던 전단지 위로, 눈송이가 떨어졌다.

수현은 고개를 들어 밤하늘을 바라보았다.

눈발이 하나둘씩 떨어지고 있었다.

"눈……."

빨리 끝내고 가야겠다.

"아, 안 돼."

조금 더 서두르려다, 옷이 미끄러웠는지 품 안에 들고 있던 남은 전단지들이 발밑에 흩어졌다.

수현은 무릎을 접어 앉고, 흩어진 전단지들을 주워들었다.

"예쁜 아가쒸. 아가씨, 지금 뭐해~."

"……?"

몸을 일으킨 수현의 앞에 누군가 다가와 추근거렸다.

취한 것처럼 보이는 중년 남자였다.

"우뤼 좋은데 가서 술이나 한잔할까?"

술 취한 사람 괜히 상대해서 좋을 게 없었다.

수현은 그를 무시하듯, 일부러 조금 떨어진 곳으로 걸어가며 다시 전단지를 나눠주었다.

그러나 남자는 그녀를 집요하게 좇아갔다.

"아가쒸. 지금 나 술취했다고 무시하는 거야?"

'빨리 끝내자.'

그녀는 아랫입술을 물며 빨리 몇 장 안 남은 전단지를 나눠주는 데 집중했다.

"왜 이래! 내가 그 전단지 술집 가면 나도 손님이야!"

수현이 끝까지 무시하자, 남자는 꼬부라진 목소리로 호통을 치며 그녀를 붙잡으려 손을 뻗었다.

"어딜 가냐고오!"

갑자기 그에게 팔을 잡힌 순간.

번쩍—

"……!!"

무언가 두 눈앞에서 번쩍이며, 숨이 콱 막혔다.

그녀의 눈동자가 갈 곳을 잃고 손이 바들바들 떨리기 시작했다.

수현은 무의식적으로 그대로 주저앉아 두 팔로 머리를 감쌌다.

초점 잃은 동공에 눈물이 고이며 무의식의 언어가 그녀의 입가에서 연신 쏟아져 나왔다.

"도와주세요. 도와주세요……."

갑자기 주저앉은 채 덜덜 어깨를 떨고 있는 그녀를 본 남자가 당황한 얼굴로 주춤 물러났다.

그때였다.

퍽—

강한 마찰음이 남자의 얼굴을 강타했다.

그가 신음을 내뱉기도 전에, 쓰러진 남자의 목덜미를 움켜쥔 하균의 냉랭한 음성이 칼끝처럼 파고들었다.

"뭐야, 너."

"컥! 나, 나는……"

"뭔데 저 여자가 저러냐고."

손아귀에 있는 남자를 당장이라도 으스러뜨릴 것 같이, 손등에 핏줄이 불거졌다.

"……난 아무 짓도 안 했어! 아무 짓도!"

"내가 처리할게."

유한이 그를 저지하며, 다급한 눈으로 수현을 가리켰다.

하균이 손에서 힘을 풀자 남자가 힘없이 바닥에 얼굴을 박았다.

"도와주세요. 도와주세요……."

하균은 빠른 걸음으로 수현에게 다가가 한쪽 무릎을 굽혀 앉았다.

"한수현."

"제발……. 제발 도와주세요……."

수현은 그의 음성을 듣지 못한 것처럼 계속해서 바들바들 몸을 떨었다.

"후……."

탁한 숨을 내뱉은 그는 결국 두 눈을 질게 감았다.

그 순간.

느릿하게 시간이 흘러가며 점차 빨려 들어가듯 누군가의 품에 깊숙이 안긴 몸.

"……!"

수현이 계속해서 되풀이하던 한마디를 멈추었다.

그의 한 손이 머리를 감싸고, 한 손은 등에 감겨 그녀의 차가운 몸을 녹였다.

온몸을 휘감았던 두려움이…… 소강하며, 천천히 사라져 갔다.

그대로 시간이 멈추며, 하얀 눈발이 두 사람의 어깨 위로 스며들었다.

초점을 잃었던 시선이 제자리로 돌아오고, 어느 정도 진정이 돼서 이제 괜찮아졌다.

수현은 깊게 숨을 들이마시고, 깊게 내쉬며 혼란스러웠던 머릿속을 안정시켰다.

남자에게 붙잡혔던 순간, 눈앞에 비슷한 기억이 떠올라 극심한 공포감과 두려움이 이성을 덮쳤다.

갑자기 시야가 하얗게 번지면서 의지와 상관없이 몸이 먼저 무너졌다. 그리고 무엇에 홀린 듯이 도와달라는 말을…….

아직도 놀란 심장은 두근거림을 멈추지 않고 있었다.

그러고 보니.

'지금 나…….'

수현이 가만히 커다란 눈을 깜박였다.

"……저, 저기요."

"한수현."

낮익은 목소리가 차갑게 내려앉았다.

그녀의 두 눈이 커지고, 동요로 흔들리기 시작했을 때.

"이딴 일할 시간 있으면 원래 하던 일이나 제대로 해."

바짝 맞붙어 있던 상체가 떨어졌다.

그와 거리가 생긴 순간 찬바람이 그 틈을 가득 메우고 들어왔다.

여긴 어떻게 알고 왔냐고 물을 새도 없이, 그는 몸을 일으켜 저벅저벅 걸어갔다.

술에 취한 남자를 경찰에 넘긴 유한이 다가왔다.

“술에 취해 있더군. 본인이 화가 나서 수현 씨 손목을 잡아끌려다가 그렇게 된 거였다던데.”

“강 변호사 연락해서 알아서 처리해.”

그는 몇 걸음 뒤에 있을 그녀를 흘깃 의식하곤, 덧붙였다.

“저 여자가 직접 갈 일. 없도록.”

유한은 고개를 끄덕이고는 수현이 있는 쪽으로 걸어갔다.

“어디 다친 곳은 없어요?”

수현에게 그는 처음 보는 얼굴이었다.

유한은 곧 자기소개를 했다.

“아, 저는 정하균 이사님의 비서, 최유한이라고 합니다.”

수현은 그제야 둘의 관계를 이해하곤, 살짝 고개를 끄덕였다.

“아…… 이제 괜찮아요. 그 남자가 갑자기 붙잡아서 놀란 것 말고는…… 아무 일 없었어요.”

“아무래도 집에서 쉬시는 게 좋을 것 같은데. 데려다 드릴게요.”

“괜찮아요. 전 알아서 갈게요.”

“이사님과 같은 방향이신 거 압니다.”

* * *

오피스텔로 돌아와, 현관문을 열기 직전.

뒤에서 맞은편 문을 열고 있는 그에게, 나직이 말했다.

"저기, 도와준 건 고마워요."
"네가 아니었어도 도와줬어."
무감정하고, 차디찬 음성이 쌀쌀하게 들려왔다.
혼란스러웠던 정신이 되돌아왔을 때, 그의 품에 있었던 게 착각처럼 느껴질 정도로.
"근데 당신은 거기에 무슨 일로 왔던 거예요?"
"……그런 걸 내가 너한테 일일이 보고해야 하나?"
"네, 그렇죠. 하지만 이상하잖아요."
"대체 뭐가."
"다른 사람도 아닌, 당신이 내 앞에 있었으니까."
"그게 무슨 상관이지?"
"난……."
"널 구해 준 사람이 누구든, 모른 척해."
"뭐라고요?"
"넌 그런 여자였으니까, 한수현."
서늘한 말투가 고마웠던 마음마저 사그라지도록 만들었다.
비밀번호를 모두 누른 그는 문을 열고 들어갔다.
수현은 닫힌 1502호의 문을 바라봤다.
'넌 그런 여자였으니까.'
다시 고개를 돌려 문고리를 잡은 그녀의 손이 가늘게 떨렸다.
모든 건 그의 착각일 뿐이라고 확신하고 있었음에도…….
자꾸만 반복되는 이상한 기억, 증상, 느낌들.

어쩐지…… 더 이상 그의 말을 무시할 수가 없다.

왈칵 몰아치는 두려움과 불안감이 그녀를 자각시키고 있었다.

'내가 모르는 기억은 없어.' 라고 확신했던 믿음이 서서히 흔들리기 시작했음을.

* * *

늦은 밤, 미선의 휴대폰이 울렸다.

미선은 반쯤 뜬 눈으로 방바닥에 있을 휴대폰에 손을 뻗었다.

이내 휴대폰 화면에 뜬 이름을 본 미선의 정신이 번쩍 들었다.

미선은 마른침을 꿀꺽 삼키곤 휴대폰을 가슴에 안은 채 최대한 소리 나지 않게 방을 빠져나왔다.

화장실 문을 걸어 잠근 미선은 떨리는 손으로 통화버튼을 눌렀다.

"여보세요?"

["잘 있었어, 엄마?"]

"한유라! 너 대체 그동안 어디 있던 거야. 왜 갑자기 연락은 뚝 끊고! 내가 너 때문에 얼마나 마음 졸였는지 알아?"

["공부하느라 바빴어. 그건 그렇고, 나 이제 곧 한국 들어갈 거야."]

"뭐라고? 정말이야?"

["그럼 몸조심해, 엄마."]

뚝.

"유, 유라야!"

다급해진 미선이 유라를 불렀지만, 이미 전화는 칼같이 끊긴 뒤였다.

그렇잖아도 수현의 기억이 돌아올까 불안한 가슴을 안고 혼자 끙끙대고 있던 차였다.

이에 대해 유라와 논의하고 싶었지만 유라는 몇 달 전부터 연락이 끊겼었다.

그런 유라가, 전화를 걸어왔다.

그리고 곧 돌아오겠다고 한다.

미선은 식은땀을 닦아냈다. 집을 나갔던 유라와 몰래 연락을 했던 것도 만만치 않게 가슴을 졸여왔다.

모든 것을 유라에게 투자했으니, 유라만 돌아오면 이제 이 지긋지긋했던 집구석도 안녕이다.

미선은 다시금 땀을 닦아내고는 화장실 문을 열었다.

* * *

이른 아침. 침대에서 눈을 뜬 수현의 몸이 무거웠다.

어제 무슨 일이 있었는지, 기억하고 싶지 않았지만 아직도 방금 전에 일어난 일이었던 것처럼 생생했다.

하나도 빠짐없이 기억나.

칼바람이 불어오는 황무지 위에 홀로 서 있을 때, 누군가가 나타나 확 끌어안았다는 것도.

그는 날 싫어한다.

그것도 아주, 아주.

날 미워하면서, 왜 그랬나요? 그렇게 묻고 싶었다.

"네가 아니었어도 도와줬어."

묻지 않아도 답은 너무도 간단하게 들려왔지만.

수현은 이불을 걷고 침대에서 내려왔다.

어제 아르바이트비도 받지 못하고 돌아온 것도 있고, 이틀까지 일해 주기로 했기 때문에 수현은 오후가 되자 다시 외출 준비를 했다.

수현은 강아지를 쓰다듬고는 현관문을 열었다.

벌컥―

문제는, 양쪽 집 문이 동시에 열렸다.

"……."

"……"

얼결에 마주 보게 된 두 사람의 시선은 서로에게 고정되어 있었고, 원치 않았던 침묵이 감돌았다.

먼저 고개를 튼 쪽은 하균이었다.

철저히 무관심하게, 그는 문을 닫고 복도를 저벅저벅 걸어갔다.

수현은 그제야 뻣뻣해진 몸에 힘을 풀고 옅은 한숨을 내쉬었다. 그리고 그녀도 문을 닫고는 엘리베이터가 있는 쪽으로 향했다.

두 사람은 나란히 섰지만, 서로 각각 다른 엘리베이터 앞에 서 있었다.

흘끗—

방금 전 그녀에게 관심 없음을 내세웠던 그였다.

어제 불미스러운 일도 있었고, 계속해서 일을 하느라 지칠 법한데도 또 어딜 가는 건지.

하균은 무의식적으로 미간을 좁히며 생각했다.

띠링—

수현의 엘리베이터가 먼저 도착했다. 수현은 열린 문 사이로 걸어 들어갔다.

그녀는 무심한 얼굴로 닫힘 버튼을 누르려 했지만,

그가 열림 버튼을 눌렀다.

다시 열려 가는 문 사이로 그도 함께 엘리베이터에 올랐다.

"또 어딜 가는 거지?"

소리 없는 기 싸움에서, 먼저 입을 연 쪽은 하균이었다.

"……."

수현은 대답하지 않았다. 그와 눈조차 마주치지 않은 채 입술을 닫고 1층에 도착하길 기다렸다.

"한수현."

"나도 당신처럼 일일이 보고할 필요는 없죠."

그의 목구멍으로 느릿하게 침이 넘어갔다.

또.

전단지를 돌리고 있는 그녀의 모습을 지켜보는, 그의 이마가 구겨졌다.

어제 그런 불미스러운 일을 겪고도 무슨 정신으로 또 전단지를 돌리는 건지. 그는 설명할 수 없는 불만을 가득 품었다.

이윽고 회사로 향한 그는, 유한과 만나자마자 불쑥 입을 열었다.

"한수현이 하려는 일마다 못 하게 해 둬. 아니, 잘라."

"뭐?"

하균과 함께 로비를 걸어가던 유한이 고개를 비스듬히 기울였다.

그는 의아해하는 유한의 눈빛을 알아채지 못한 채 짜증을 섞어 덧붙였다.

"거슬려. 하는 일마다 모든 게 다."

지나가듯 내뱉은 그의 말을, 유한은 한 번 더 곱씹어보았다.

하균이 그녀를 증오에 가까울 정도로 싫어하는 건 알고 있었지만, 그녀의 일을 방해하겠다는 이유가…….

거슬려서?

하균의 입에서 나온 이유치고는 상당히 모순적이었다.

어쨌든 목적이 있어서 그녀를 찾아 붙잡아 두고 있는 것이긴 하지만, 정말 그녀를 몸서리치게 미워한다면 그녀가 무엇을 하든 거기까진 관심을 두지 않는 게 맞다.

관심이 없다면 괜한 거슬림 따위는 느끼지 않을 테고.

어제 회사 일을 마치자마자 그녀가 일하고 있던 곳을 다시 들렀던 것도 단순한 감시 목적이라고만 단정 지었었는데.

이렇게까지 신경 쓰고 있을 줄은…….

'흐음.'

이런저런 생각이 유한의 머릿속에서 알고리즘을 그리며 떠올랐지만, 늘 그랬듯 유한은 그의 말에 토를 달지 않았다.

"예, 알겠습니……"

라고 대답을 하려던 찰나였다.

하균이 걸음을 멈추자 유한이 발이 살짝 꼬일 뻔했다.

"카페."

"……?"

"회사 안에 카페 하나 있었지."

'사내 카페?'

본사 내에 직원 복지 차원으로 운영하는 꽤 큰 카페가 있긴 했다.

약간의 불길한 느낌에 대한 응답이, 하균의 입가에서 뚝 떨어졌다.

"그 카페에 자리 하나 만들어."

그의 지시는 언제나 모 아니면 도였다.

'모'일 경우에는 이해할 수 있는 것.

'도'일 경우에는 이해할 수 없는 것.

"그래도 우리 회사 내 카페라는 걸 알면…… 순순히 하겠다고 할까?"

"나한테 중요한 건, 빨리 빚 같은 건 갚아버리고 당신한테서 벗어나는 거예요."

"그 여자, 거절 못 할 거야. 나와 상관없이 네가 제안하는 걸로 해."

빚 갚는 데 혈안이 돼 있는 여자였다. 거절할 리가 없지. 그는 심기가 그득 불편해진 얼굴로 다시 걸음을 옮겼다.

"하지만 사내 카페라면 회장님과 마주칠 수도 있잖아."

하균이 다시 걸음을 멈추었다.

"이제 상관없어."

윤 회장도 마찬가지로 목숨을 구해 준 하성을 버리고 사라진 수현을 괘씸해하며 분노했다.

그런 윤 회장이 찾기 전에, 먼저 찾아서 알아볼 게 있었다.

윤 회장은, 단순히 하성이 수현을 구하려다 사고가 난 사실 외에는 알지 못했고 그날, 수현의 말 한마디. 표정. 눈빛을 모두 목격한 건, 오로지 그 자신뿐이었으니까.

하지만 그녀는 기억을 잃었다.

혼자서 분노와 원망에 휩싸인 채 괴로운 나날을 보내며 살아온 순간이 무색해지고, 그날의 진실을 알아내는 것이 물거품이 된 마당에.

윤 회장이 한수현을 어떻게 하든 이젠 관심 없다.

이제 그의 새 목적은 수현의 기억을 되찾아내는 것이었다.

그는 잊고 있었던 윤 회장의 존재에, 알아차리지도 못할 새에 스쳐 지나간 불안감을 애써 비워냈다.

*　　　*　　　*

"저를요?"

수현은 어깨와 뺨 사이에 끼운 채로 전화를 받던 자세를 고쳐, 한손으로 휴대폰을 제대로 들었다.

전단지를 돌리는 일이 생각보다 빨리 끝나서, 조금 늦기는 했지만 간단히 먹을 저녁을 준비하던 중이었다.

["네, 저희 회사 내 카페 직원 한 사람이 일을 그만둬서요."]

휴대폰 너머의 유한이 웃픈 기색을 감췄다.

왜 이런 거짓말을 해야 하는 건지 모르겠지만, 하늘 같은 상사의 명령이니 어쩔 수 없었다.

[“수현 씨가 전에 카페에서 오래 일한 경험이 있다고 하니 일하기에 괜찮을 것 같은데, 어때요?”]

“저야…… 강아지를 돌봐주는 일도 하면서 같이 할 수 있는 일을 찾고 있긴 했어요. 그런데 유한 씨의 회사라면, 그 사람…… 회사잖아요.”

전에 다니엘 박을 검색하면서 한 가지 사실을 알게 됐다.

‘세계적 패션디자이너 다니엘 박, 알고 보니 가온전자 정하균 대표와 한가족…….’

검색과 함께 보이는 수십 개의 기사들이 그가 누구인지를 세뇌시키듯 알려주었다.

[“그렇긴 하지만, 이사님과는 상관없이 제가 따로 수현 씨에게 제안하는 거예요.”]

“제가 그 회사 안에서 일하는 거, 그 사람이 달갑지 않아 할 거예요.”

[“……그건, 아마도 그러시진 않을 겁니다. 사내 카페 직원까지 일일이 신경 쓰는 분은 아니니까요.”]

수현은 잠시 고민했다.

하긴…… 빚을 빨리 갚을 수만 있다면 못할 것도 없었다.

“네. 그럼 시켜만 주시면 열심히 할게요.”

수현은 유한의 제안을 받아들였다.

“감사해요, 유한 씨.”

하지만 유한의 일에는, 늘 누군가의 소리 없는 권력이 작용한다는 사실을 그녀가 알 리 없었다.

*　　　*　　　*

["수현 씨, 내 제안 수락했어.]

"그래."

유한의 한숨이 얼핏 들린 것 같았지만 하균은 짧게 대답하곤 통화를 끝냈다. 그리고 마시던 생수를 마저 벌컥벌컥 들이켰다.

예상했던 일이라 별로 놀랍지도 않았지만, 형에게서 도망쳤던 여자가 형이 있던 회사에서 일을 하게 됐다는 사실이 실소를 자아냈다.

중요한 건 오로지 빚이나 빨리 갚아 버리는 거라고?

한 사람의 생명이 누구 때문에 생사를 오가고 있는데.

훗날 기억이 돌아왔을 때.

본인이 일하게 된 곳이 형이 몸담고 있던 회사라는 걸 알게 되면 그 표정이 어떨지, 궁금해진다.

그는 차갑게 웃으며 생수병을 냉장고에 넣어놓고는 거실 쪽으로 걸어갔다.

어쩌면 제 방법이 더 잔인할지도 모른다.

형을 버려두고 간 여자를 찾던 자신에 대한 한수현의 답이, 기억을 잃은 눈동자라면.

'나는 네가 원하지 않아서 지워 버린 그 기억을 최대한 되살려 내는 방법을 선택할 거야.'

누가 더 서로를 잔인하게 만드는 건지 보자고, 한수현.

소슬한 표정을 담은 채 걷던 그는 무심결에 가만히 서서 멀찍이 떨어져 있는 소파를 응시했다.

저곳에 앉아 있던 수현의 모습이 잔상처럼 남아서 마치 사진을 보는 느낌을 들게 했다.

그의 시선이 자신도 모르게 한동안 거기에 머물렀다.

한수현, 그의 기억 속 지워지지 않는 흔적 같은 여자였다. 이젠 덩그러니 제 공간 안에 흔적을 남기고 떠났다.

신기루처럼 사라져 미친 듯이 찾아다녔던 여자를, 눈발 내리는 도로 위가 아닌 제 집에서 다시 마주하는 기분은 참으로 묘한 인상을 안겨주었다.

그녀를 다시 만나기 전까진, 내가 헛것을 찾아다는 건 아닐까, 세상에 정말 이런 여자가 존재할까? 헛웃음을 흘리며 스스로 의심을 하게 되는 지경에 이르렀었으니까.

원한다면 심장을 반으로 갈라 나누어줄 수도 있는 형이었다. 눈발이 떨어지던 날 밤. 아직도 손바닥을 흥건히 적셨던 피를 보며 심장이 산산이 부서지는 꿈을 꾼다.

죽어가는 주제에 괜찮다고 말하는 그 어리석은 형을 안은 채 아무것도 할 수 없었다. 정신을 잃어가는 그를 흔드는 것 외에는 해 줄 수 있는 것이 없었다.

그런데 그 바보 같은 정하성은, 의식이 사라지는 순간에도 한수현을 바라보고 있었다.

그래서 더 이해할 수 없었다. 나는 아무것도 해 주지 못한다는 게 괴로워서 돌아버릴 것만 같은데, 그런 자신의 옆에서 한수현은.

그에게서 돌아섰다.

그런 널 바라보는 건, 그날의 내 상처를 바라보는 것 같아서, 나는 괴롭고 또 괴로워서 미쳐버릴 것만 같은데.

"도와주세요. 도와주세요……."

넋을 잃은 사람처럼 두려움에 떨며 울고 있었다.

술 취한 남자의 갑작스러운 행동 때문에 놀라서 그럴 수도 있지만, 한수현은 트라우마를 마주친 것처럼 극도의 불안에 떨고 있었다.

하균은 지난 밤, 조용히 그녀의 행동에 대해 의심을 품었다.

띵동—

문득 초인종이 울리자 그는 시선을 틀어 문 쪽을 바라봤다.

인터폰이 있는 곳으로 간 하균은 화면을 뚫어지도록 보았다.

"……."

짧은 침묵을 유지하던 그는 현관이 있는 곳으로 걸어갔다.

문을 열자, 수현이 약간 어색한 얼굴로 서 있었다.

"뭐지?"

"저. 어제 일도 있고 해서요."

수현은 잠시 뜸을 들이더니, 곧 말을 이었다.

"저녁 안 먹었으면, 저녁 식사 정도는 대접하고 싶어서요."

"뭐라고?"

"혼자 간단히 먹으려고 한 건데…… 생각보다 많이 한 것도 있고요."

"……."

"난 당신이 말했던 것처럼 모른 척하진 않을 거란 뜻도 있어요."

"……."

제가 했던 말을 담아두고 한 말.

이 여자에게서 일 년 전과 다른 모습이 보일 때면 그때의 파렴치한 했던 그 여자가 맞는지, 그날의 한수현의 맞는지 자꾸만 의심이 들어서 달갑지가 않다.

잠든 상태에서 흘리는 눈물을 바라봤을 때처럼 이해할 수 없는 기분이 밀려든다.

네가 이렇게 나올 때면, 마치 내가 나쁜 놈이 된 것 같잖아. 벌받아 마땅한 사람이 뒤바뀐 것 같잖아.

서늘한 눈동자는 그녀를 빤히 내려다보며, 되뇌었다. 그녀에게. 그리고 자신에게.

나는 엉뚱한 사람을 붙잡고 흔드는 게 아니야. 형의 희생을 가소롭게 바라봤던 여자를 마주하고 있는 거라고.

의심할 여지조차 없는 그날의 한수현이 이 앞에 서 있는데.

그런데 왜, 저 눈동자를 보면 점점 그날의 네가 맞는지 헷갈리기 시작하는 걸까.

한없이 그녀를 내려다보기만 하는 그는 수현을 좀 더 깊게, 좀 더 깊숙이 보았다.

쉽게 내려지지 않는 답이, 한순간 놓칠 뻔했던 경계심이 그를 한 발 물러서게 했다.

"이미 먹었어."

수현의 코앞에서 1502호 현관문이 닫혔다.

닫힌 문 앞에 우두커니 선 수현은 깊게 한숨을 내쉬며, 그럼 그렇지. 라고 중얼거리고는 발길을 돌렸다.

"……저 사람한테 뭐라도 해줄 생각을 한 내 잘못이지."

수현의 중얼거림이, 1502호 현관 너머 하균에게 아주 작게 들려왔다.

원하지 않는 일을 억지로 한 것처럼 무언가 가슴을 스르륵 긁고 지나가는 것 같은 기분이 그를 불쾌하게 만들었다. 스스로는 이해하지 못할 불쾌함.

집에서 밥 같은 건 먹지 않아 왔다. 주머니에 손을 찔러 넣은 채 문에 기대 서 있던 하균은 눈을 감고 생각했다.

얼굴은 똑같은 한수현인데.

점점. 그날의 네가 맞는지, 헷갈리기 시작한다.

'쓸데없는 생각하지 마.'

경계를 곧추세우는 그의 눈이 굳게 감겼다. 그리고 지금의 이 이상한 기분을 갈무리하며 되뇌었다.

지금은 아무것도 기억을 하지 못하고 있어서 그럴 뿐이다. 그렇다고 그 악질적인 과거가 사라지진 않아.

그는 제 가슴을 찢는 상처를 기억하고, 또 기억했다.

* * *

카페 일을 시작하기로 한 날이었다.

버스정류장에 도착하자, 다행히 때맞춰 버스가 도착했다.

버스에 오르며 수현은 버스카드를 찍었다.

그런데…….

[잔액이 부족합니다.]

늘 충전해서 다니던 카드에 잔액이 부족했다.

급히 지갑을 꺼내들었지만, 오늘따라 천 원짜리 지폐는 없고 동전은 모자라다.

"죄송합니다."

살짝 당황한 수현은 다시 내리려 발길을 돌리려 했다.

"두 사람이요."

수현의 뒤에서, 누군가 카드를 찍으며 무심하게 말했다.

버스기사가 카드를 내민 남자를 힐끗 보고는 요금 단말기를 조작했다.

삑—

카드를 찍은 남자는 귀찮다는 듯 수현을 지나쳐 먼저 안으로 들어갔다.

버스의 자리는 이미 다 차 있었고, 수현은 의문의 남자와 나란히 버스 손잡이를 잡으며 섰다.

그 뒤로 사람들이 물밀듯이 들어와 탔다.

순식간에 버스는 사람들로 꽉 찼다.

"저기, 버스비 대신 내주신 거 감사합니다. 연락처나 계좌번호 알려주시면 나중에 제가 꼭 드릴게요."

수현은 사람들에게 밀쳐지지 않게 손잡이를 꽉 잡으며 옆에 있던 남자에게 말했다.

키가 상당히 큰 남자는 손잡이를 잡은 채, 몸을 삐딱하게 숙이며 창밖을 바라보고 있었다.

문득 그의 옆모습이 눈에 들어왔다.

조금은 거칠어 보이는 눈매지만, 얼굴만큼은 상당히 잘생겼다.

노란빛이 감도는 갈색 머리카락, 그와 비슷한 색의 갈색 눈동자.

그는 캐주얼한 옷차림에 크로스백을 메고 있었고, 양쪽 귀에 이어폰을 꽂고 있었다.

이어폰이 맞닿아 있는 한쪽 귀에는 검은색 큐빅 귀걸이가 반짝였다.

이어폰을 꽂고 있어 못 들었나 싶어서 다시 말해 주려던 찰나,

"됐습니다."

그가 대답했다.

수현이 살짝 무안한 얼굴을 하고 있던 중, 버스가 급정거를 하면서 오밀조밀 밀집되어 있던 사람들이 몸을 휘청였다.

그 사람들 중에는 수현도 포함되어 있었다.

잠시 정류장에 멈춰선 버스 안으로 사람들은 점점 더 들어왔다.

손잡이를 놓친 수현은 붙잡을 곳이 사라졌다.

새로 들어온 사람들과, 안에 서 있던 다른 사람들이 수현이 잡고 있던 손잡이와 기둥을 너 나 할 것 없이 잡아버렸다.

다시 버스가 출발했고, 그녀는 사람들 틈에 서서 아슬아슬하게 넘어지지 않도록 버텼다.

조금만 더 가면 내릴 수 있었지만, 이대로 가다간 넘어질 것만 같다.

꽉— 힘이 들어간 손이, 넘어질 듯 기울던 그녀를 붙잡았다.

아까 그 남자였다.

귀찮다는 듯이 수현을 보고 있던 그는, 눈으로 제 한쪽 팔을 가리키며 말했다.

"이거라도 붙잡고 있든가요."

수현은 잠시 고민했지만 버스가 한 번 더 급정거했다가는 정

말 넘어질 것만 같았다.

어정쩡한 손길로 그의 팔을 붙잡았다.

"감사합니다."

이내 버스는 목적지에 도착했다.

뒷문이 열리고, 버스 안에 탔던 많은 사람들이 우르르 버스에서 내리기 시작했다. 사람들이 빠져나가자, 수현도 갑갑했던 버스에서 내렸다.

먼저 내린 듯한 남자는 다시 연락처를 물어볼 새도 없이, 저만치 홀로 걸어가고 있었다.

"저기요!"

수현이 급히 그가 가는 방향을 따라 걸음을 옮겼지만, 거리를 걷는 인파 속에 섞여 그는 사라져 버렸다.

결국 원래 목적지였던 가온전자 사옥에 도착한 그녀는 안내를 받아 카페가 있는 곳으로 향했다.

"여기가 저희 사내 카페입니다. 자세한 건 이 카페 매니저가 알려줄 거예요."

"한수현 씨?"

"아, 네 안녕하세요. 한수현이라고 합니다."

30대 중반 정도로 보이는 말끔한 인상의 남자가 그녀를 맞이했다.

그는 별다른 건 묻지 않은 채 선한 인상으로 말했다.

"얘기 들었습니다. 여기 유니폼 준비해 두었고요, 저쪽에 들어가셔서 갈아입고 나오시면 됩니다."

유니폼은 깔끔한 셔츠에 브라운 허리앞치마였다. 새 옷을 받아든 수현은 고개 숙여 인사를 했다.

STAFF실에서 유니폼을 갈아입으며, 막연한 의문이 들었다.

이런 곳은 아무나 뽑지 않는다는 것도 언젠가 얼핏 들은 것 같은데…….

거기다 '가온전자' 하니, 어쩐지 뭔가 놓치고 있다는 느낌이 드는 게, 찜찜하다.

'뭘까.'

수현은 아랫입술을 살짝 물며 미간을 살짝 찡그리더니 곧 고개를 가로저었다.

뭐가 됐든 일할 곳이 하나 더 생겼고, 최대한 주어진 시간을 활용해서 착실히 일하면 머지않아 빚을 모두 갚을 수 있을 것 같다.

그녀는 그런 희망 하나만으로도 힘이 났다.

이내 밖으로 나와서, 먼저 일하고 있던 남자 직원에게 꾸벅 인사를 했다.

"안녕하세요, 오늘부터 일하게 된 한수현이라고 합니다."

"안녕하세요!"

밝은 표정의 남자가 수현을 보고는 인사했다.

다소 귀여운 외모를 가진 그는 분주하게 커피를 준비하면서도 생글생글 웃으며 수현을 반겨주었다.

"전 한지원이에요. 어, 저기 은각 형도 왔네요. 은각 형!"

수현이 그가 가리킨 쪽으로 천천히 고개를 돌렸다.

은각이라 불린 남자가 저기서 저벅 저벅 걸어오고 있었다.

"……?"

수현의 눈이 살짝 가늘어졌다.

'어디서 본 것 같은.'

분명히 처음 보는 사람일 텐데, 마치 방금 본 사람처럼 낯이 익은 이유가 있었다. 그가 그녀의 앞에 우뚝 서자마자, 수현이 저도 모르게 입을 열었다.

"당신은……."

"버스?"

그가 이어폰을 빼곤 고개를 반쯤 기울였다.

그도 수현을 알아본 듯 했다.

방금 전 버스를 함께 탔던 그 남자였다. 그때 같은 버스정류장에서 내린 게, 같은 카페에 가는 길이었다니.

하지만 먼저 가는 것처럼 보였는데…….

그러나 그런 수현의 의아함은 금방 해소되었다.

"형, 10분 지각했잖아요."

지원이 잔소리로 그를 맞이했다.

"담배 사오느라."

그는 곧 수현이 입고 있던 카페 유니폼을 응시하고는, 그녀의 명찰을 뚫어져라 바라봤다.

"이 회사 다니는 건…… 아닌 것 같고."

"뭐야, 둘이 아는 사이예요?"

지원이 눈을 동그랗게 뜨고 끼어들었다.

"오늘 처음 봤어."

은각은 무심히 말하며 가방을 벗어냈다.

"아까 그렇게 가 버려서 어떻게 해야 하나 싶었는데 다행이에요."

수현은 서둘러 같이 일하게 된 그에게 제대로 된 인사를 건넸다.

"저는 오늘부터 이 카페에서 일하게 된 한수현이라고 해요. 잘 부탁드려요."

"……."

"그리고 도와주신 답례로 제가 커피 한 잔 살 테니까 드시고 싶을 때 언제든 말해주세요."

"커피 말고 바닐라 라떼."

은각이 중얼거리듯 대답하며 옷을 갈아입으러 갔다.

* * *

"한수현은 회사에 있나?"

하균이 유한에게 결재 서류를 건네주며 물었다.

"오늘부터 일하기로 했으니까, 아마도."

"아마도는 뭐야."

"직접 보지는 못했으니까. 확인이라도 하고 올까요, 이사님?"

"됐어."

하균은 유한의 표정이 꼴 보기 싫다는 듯 시선을 거뒀다.

겨울이라 어둠이 금세 하늘을 잠식하는 해거름.

내내 밀려 있던 업무를 끝마친 후 전용 엘리베이터를 타고 내려오던 그는 로비를 걸어가다 이내 걸음을 늦췄다.

매번 보이지 않는 데서 혼자 청승 떠는 수현을 보고 있노라면, 괜히 화가 치밀어서 계속 신경을 쓰게 된다.

하지만 이제는 눈에 보이는 데서 일을 시켜놨으니 굳이 어디에 있는지, 뭘 하고 있는지 일일이 찾아내고 알아볼 필요가 없다.

시간 낭비는 딱 질색이니까. 그는 그렇게 생각하며, 제 결정에 대한 적절한 사유를 만들어냈다.

종일 함께 일을 하면서 수현은 카페 사람들과 금세 친해졌다.

"누나라고 불러도 되죠?"

"음, 그래요."

수현이 어색하게 웃으며 화답했다.

세 사람은 오후 타임의 마감 조라, 저녁 6시가 되자 카페 마감을 하고 있는 중이었다.

카페 손님 층은 고른 편이었지만, 굳이 따지자면 여자 고객들이 꽤 많았다. 그건 아마도 이 두 남자 때문이라는 걸, 인정하지 않을 사람은 별로 없을 듯했다.

지원은 셋 중 가장 막내였고 친화력이 무척 좋아서 무슨 이야기를 하든 늘 거리감 없이 즐거웠다.

은각은 무슨 생각을 하는지, 이따금씩 딴 생각을 하는 것처럼 사람들을 뚫어져라 쳐다보는 것 외엔 조금 퉁명스러워도 그렇게 차가운 사람은 아니었다.

말을 예쁘게 하지 않아서 그렇지.

"은각 형도 누나라고 불러야 할 텐데~."

대걸레를 빨아서 가지고 온 은각을 가리키며 지원이 쿡쿡 웃었다.

"뭐라고요……?"

그녀의 눈이 휘둥그레졌다.

체격 때문인가. 느낌만으로는 정확한 나이를 가늠하진 못했었다.

"에이, 누나. 말 놓으세요~ 은각 형도 누나보다 두 살이나 어립니다요~"

"한지원. 지금 산꼭대기 날씨가 땅속에 시체 얼리기 딱 좋을 거야?"

은각이 조용히 지원을 윽박질렀다. 그러자 수현이 작게 웃으며 두 사람을 바라보았다.

해사한 얼굴이 하균의 시선을 흔들었다. 불어온 바람에 버드나무가지가 흔들리듯 그렇게.

물고기 한 마리 유영하지 않는 캄캄한 물길 속에 예상치 못한 파도가 밀려들어 파동이 인다.

무언가 가슴 속을 휘젓기 시작하며, 소용돌이를 일으켰다. 부드럽게 휘어진 그녀의 눈매를 보는, 살짝 올라간 도톰한 입술을 보는 그의 눈동자가 요동치며 일렁였다.

'웃지 마.'

회색빛으로 물든 눈동자가 그녀에게 경고했다.

'내 앞에서 웃지 말라고, 한수현.'

하성이 저 얼굴을 봤다면 무슨 생각을 했을까. 무슨 말을 했을까. 가슴속에서 열기와 냉기가 뒤섞여 엉킨다.

저딴 얼굴 보고 싶지 않아.

계속해서 되뇌고 생각하며 떨리는 손끝이, 터질 듯 솟아오른 힘줄이 그를 다그쳤다.

당장이라도 가서, 저 웃는 얼굴을 일그러뜨려 놓으라고. 저 여자의 눈에서 피눈물을 나게 만들어, 정하균.

저 여자는 네 형을 그렇게 만든 사람이다.

네 형이 일 년 동안 시체처럼 침대에서 썩어가도록 만든 여자라고!

그러나 어느 순간부터.

그가 쌓아놓은 분노와 원망의 벽에는, 조금씩. 아주 조금씩 틈이 벌어지기 시작했다.

하균에게 있어 하성은 좋은 형이기도 했지만, 장차 가온그룹을 이끌어 갈 후계자이기도 했다.

이루고자하는 목표가 있을 때, 그의 눈빛은 무섭도록 달라졌다. 늘 충분히 잘하고 있는데도, 윤 회장의 눈에 들기 위해서 노력하고 또 노력해 왔다.

하균은 그런 하성이 자랑스럽기도 했지만, 가끔은 너무 앞만 보고 달리느라 지칠 그가 걱정됐다.

세상은 모든 걸 다 가진 것 같은 그의 편을 들어주지 않을 때가 더 많았기 때문이다.

후계자의 자리는 공공연히 그의 것이었으나, 그에 따른 자격은 그 자리에 앉기 직전까지 보여줘야 하는 법이다.

그러나 그 자격이 윤 회장의 기대에 미치지 못했다.

능력이 없는 것은 아니지만 뛰어나게 좋지도 않은 것.

하성은 그 어중간함을 괴로워했고, 벗어나고 싶어 했다.

타고난 감각과 재능이 없다면, 죽을힘을 다해야만 겨우 얻어낼 수 있는 것들.

하성은 이를 악물었다. 결국 원하는 것을 얻어내고, 보여 주며 당당히 가온전자의 대표 자리에 앉았다.

그리고 모든 것은 순조로웠다. 일 년 전, 사고가 있기 전까지는.

하균은 모든 이들의 경계심과 하성의 처절한 노력이 담긴 지금의 자리에 오래 앉아 있고 싶은 생각이 없었다.

그저, 주인이 오기까지 온전히 지켜서 되돌려 주고 싶다는 마음뿐.

그게 일 년이나 갈 줄은 몰랐다. 앞으로 그가 언제 깨어날지도 알 수 없다.

……그 여자만 아니었더라도.

한수현만 아니었더라도.

하균은 하성을 내려다보던 눈을 힘주어 감았다.

뒤돌아서는 그의 가슴은 차가운 표정과는 달리 뜨겁게, 고통스럽게 타고 있었다.

모든 것을 그 여자의 탓으로 돌리고 싶지만, 그녀를 살린 건 하성의 선택이었다는 걸 부정할 생각은 없었다.

그러나 그가 용서할 수 없는 건.

죽어 가는 하성을 보면서도, 싸늘했다는 것. 하성으로부터, 진실로부터 도망쳤다는 것.

'……한수현, 네가 기억을 잃은 것도 죄라면 죄겠지.'

스스로가 지워 버린 기억을 다시 떠올려내려면, 꽤나 고통스러울 테니까.

그는 병실 출입문 쪽으로 걸어가며, 복잡했던 머릿속을 비워냈다.

사람을 구해야겠다는 정하성의 선택은 옳았지만, 그런 사람을 두고 간 네 선택은 틀렸어.

피를 흘리며 죽어 가는 정하성 앞에서, 감정 없는 얼굴로 뒤돌아선 널, 너는 잊었을지 몰라도.

나는 기억하고 있거든.

차갑게 식은 얼굴로 문을 열기 직전, 밖에서 들린 말소리에 하균이 손을 거두었다.

"휴, 저놈은 죽을 거면 빨리 죽어버리든가. 그래야 빨리 정하균 새끼 쫓아버리고 가온전자를 먹을 거 아니에요."

"정호진! 입 조심해. 누가 들을 줄 알고 하성이 병실 앞에서……."

"아무도 없는데 뭐요. 솔직히 하성이놈이 숨기고 있던 거, 내가 언제 터트리려고 했다니까. 그러면 그놈은 그냥 끝장이었어요. 근데 제대로 끌어내리기도 전에 저렇게 될 줄 누가 알았냐고."

"두고 봐야지. 영영 깨어날 가망이 없으면 회장님도 결단을 내리실 테니까. 나도 하균이 놈이 가온전자 차지하고 있는 꼴, 오래 볼 생각 없다."

이윽고 드르륵— 하는 소리와 함께 문이 열렸다.

"너……."

중년의 남자가 하성의 침대 옆 간이 의자에 하균이 앉아 있는 것을 발견하고, 입을 살짝 벌렸다.

중년 남자 옆에 서 있던 젊은 남자도 한껏 놀란 눈치였지만,

곧 얼굴색을 싹 바꾸곤 천연덕스럽게 인사를 건넸다.

"정하균, 오랜만이다?"

설마, 모두 들은 건 아니겠지. 하는 긴장감을 숨긴 눈으로 그는 하균을 이리저리 살피고 있었지만, 하균은 별 감정의 변화가 없어 보였다.

"오랜만이네."

늘 그랬던 것처럼 그는 기분 나쁠 정도로 차갑고 무표정했다.

"그동안 병원에서 마주친 적이 없어서 그런가. 네가 하성이 형 병실에 들르고 있었는지는 몰랐네."

이 VVIP병실은 무척 컸고, 하균이 앉아 있는 자리는 출입문 쪽에서 꽤 멀었다. 그렇게 크게 한 말도 아니었으니, 저 정도 거리에 앉아 있었다면 듣지 못할 가능성이 크다.

눈을 가늘게 뜬 호진은 끝까지 긴장감을 놓치지 않고 하균을 지켜봤다. 그러나 하균은 그를 가볍게 무시하곤, 하성을 보며 자리에서 일어났다.

"넌 작은 아버지를 보고 인사도 안 하는 거냐."

아버지의 늦둥이 동생이자 하균의 숙부인 정두영 사장. 가온그룹 계열사중 하나인 가온상사의 사장자리를 꿰차고 있었다.

그는 하균을 가장 경계하고 경멸해 온 사람 중 하나였다.

너는 우리 집안 녀석이 아니다, 세뇌를 시키며 가족이란 울타리 안에 금을 긋고 어린 심장을 찢어 갈기더니.

결국 뜻대로 쥐죽은 듯 영국으로 도망을 가서 마음이 편했는데, 예상치 못한 이유로 돌아와서 머리가 아프겠지.

거기다, 하성을 대신해 가온전자를 맡은 사람이 본인도, 본인의 아들도 아닌, 사생아 따위라 배도 아플 거고.

먹잇감만 나타났다하면 달려드는 승냥이 떼 같은 집안 사람들.

영국에서 숨죽여 지내면서 칼을 갈았다. 형이 누워 있는 틈을 타 가온그룹의 후계자 자리를 노리는 놈이다. 온갖 경계심을 쏟아낸 사실을 하균은 모르지 않았다.

"전 이만 가 보겠습니다."

하균은 짧게 고개를 숙이곤, 저벅 저벅 병실을 걸어 나갔다.

"저놈이……."

"참으세요."

얼굴이 붉으락푸르락해진 두영을, 호진이 만류했다.

'정호진.'

진작 쓰레기라는 건 알고 있었지만, 피를 나눈 사촌에게 죽어 버리라는 말을 할 정도였다, 라.

매일을 술과 여자에 빠져 사는 놈이 제 아버지 회사에서 조용히 주는 돈이나 받아먹고 살 것이지, 그릇도 안 되는 주제에 꽤나 위험한 생각을 갖고 있었다.

당장이라도 멱을 따다 하성 옆에 박아두고 싶었지만, 하균은 있는 힘껏 분노를 억눌렀다.

'정하성이 숨기고 있던 걸 알고 있다……'

혹시 한수현과 관련된 것인가.

사고가 있던 그날, 하성과 수현은 서로 알고 있는 관계처럼 보였다.

만약 하성이 숨기는 것이 수현이라면, 그리고 그 사실에 대해 정호진이 알고 있었다면.

그 여자에 대해 다른 사람이 알게 되는 순간 '본인만이 아는 비밀'에 대한 효과는 사라진다.

그들을 지나쳐 걷는 하균의 눈에 서늘한 빛이 어렸다 흩어졌다.

'설마 그동안 한수현을 숨겨온 사람이 정호진은 아니겠지.'

이내 하균은 병원 복도를 걸으며 휴대폰을 들었다.

"정호진에 대해 조사해야 할 게 있다, 유한."

* * *

수현은 근처 편의점에서 버스카드를 충전한 후, 회사 앞 버스 정류장을 향해 걸었다.

"어?"

먼저 도착해 있던 은각이 버스를 기다리고 있었다.

수현은 그의 옆에 나란히 서서 물었다.

"몇 번 버스 타고 가는 거예요?"

"아, 깜짝이야."

이어폰을 낀 채 음악을 듣고 있어서, 갑작스러운 인기척에 그는 놀란 눈으로 그녀를 바라봤다.

"놀라게 했다면 미안해요."

수현은 그가 이어폰을 끼고 있었다는 사실을 그제야 알아차렸다.

"뭐라고 했는데, 요."

그는 존댓말이 그다지 입에 붙는 성격이 아니었지만, 왠지 눈앞의 그녀에게만큼은 존댓말을 하지 않으면 안 될 느낌이 들었다.

"몇 번 버스 타냐고…… 맞다, 은각 씨도 같은 정류장에서 탔었지, 참."

"말 편하게 하세요. 어차피 누나라면서."

"그래도 된다고 안 해서."

"이미 놨네, 뭘."

수현은 아, 그랬지. 하며 멋쩍게 웃었다.

"너도 말 편하게 해도 돼."

"내가 말 편하게 하면, 후회할 텐데."

은각은 지나가듯 대답했다.

"……?"

수현이 갸웃하던 도중, 버스가 정류장에 정차했다.

"버스 왔다."

수현은 방금 한 말이 무슨 뜻이냐고 물으려던 것도 잊고, 서둘러 버스에 올랐다.

그리고 잊지 않았다는 듯, 두 사람분의 버스 요금을 냈다.

뒤에 있던 은각을 돌아본 그녀는 혹시나 싶어 덧붙였다.

"바닐라 라떼는 유효하니까 걱정할 필욘……."

고작 그거 못 먹을까 봐 걱정하는 놈으로 보였나.

은각은 "누가 뭐래." 라고 중얼거리곤, 괜히 불편한 심기를 드러내며 안쪽으로 들어갔다.

* * *

"언제부터……."

엘리베이터에서 내린 수현은 불현듯 걸음을 멈췄다.

"새로운 직장이 꽤 마음에 드는 것 같더군."

1501호 현관문에 우두커니 기대서 있던 하균이 기댔던 몸을 일으켜 그녀를 바라봤다.

"당신…… 알고 있었군요."

"내 회사야. 네가 그 카페에서 일하게 된 게 우연이라고 생각하나?"

그가 그녀의 앞으로 걸어오며, 가볍게 웃었다.

"말했잖아. 네가 뭘 하고 다니는지, 누굴 만나는지, 하나부터 열까지 전부. 알아야겠다고."

여유로운 발걸음과 알 수 없는 미소가 그녀에게 섬뜩함을 불러왔다.

수현은 그와 같은 표정을, 언젠가 본 적이 있다고 느꼈다.

언젠가.

아득한 언젠가.

지독한 안개에 싸여 있는 공간에 누군가의 인영이 비쳐지고, 스산한 눈동자가 등줄기에 땀을 어리게 만들었다.

'안 돼…….'

처음엔 이해할 수 없는 무의식의 기억이라고만 생각했는데. 점점 더 자주, 점점 또렷하게 뭔가가 다가오고 있다.

무섭다. 수현은 홀로 그렇게 생각했다.

"이왕이면…… 가까운데 두는 게 낫겠지."

그의 한 손이 그녀의 턱을 들어 올렸다. 천천히 고개를 숙여오는 그의 입술이 닿기 직전, 속삭이는 음성이 들려왔다.

"네가 선택한 일이기도 하지만 말이야."

아주 잠깐 뜨거웠다가 곧 식어 버린 숨결이 아랫입술에 닿았다 사라졌다.

수현의 굳어 버린 눈동자가 그의 시선에 갇혔다.

애초에 유한을 시킨 것이 자신이었다는 얘긴, 굳이 할 생각이 없었다. 뭐가 됐든 목적만 달성만 하면 되는 거니까.

그러나 그는 끓고 있는 속을 그녀에게 표출하고 있었다. 내려갈 데까지 내려간 제 기분이, 한수현 때문이 아니라는 걸 확실히 하기 위해.

이런 식으로 한수현을 괴롭히고, 상처를 준다 해도, 아무렇지 않다는 걸 스스로 확인하기 위해.

"그런데 꽤 즐거워 보이더군."

"……!"

설마…… 왔었나? 그 카페에?

혹시, 하는 의문이 입가를 맴돌았다. "왔었어요?" 라고, 묻고 싶었지만 수현은 그만두었다. 사람을 시켰으면 시켰지, 그가 직접 자신을 보러왔을 리는 없을 테니까.

그녀는 곧 마음을 차분하게 가라앉혔다.

결국 유한의 제안 역시 이 사람의 지시였다는 것을 알게 됐다.

단순히 유한의 호의라고 생각했었던 자신이 참 바보 같다.

어차피 그도 이 남자에 의해 움직이는 사람이었을 뿐인 것을.

"그래서요."

그 어떤 감정도 실려 있지 않는 무감각한 목소리.

"날 지켜보든 말든, 마음대로 해요. 난 상관없으니까."

더 이상 그의 도발에 동요하지 않았다.

아무리 힘들고 아픈 일이라도 겪으면 겪을수록 무뎌진다.

그의 한마디에, 그의 행동에 일희일비하기엔 이젠 너무 지쳤다.

이내 그녀는 돌아서려 했고, 그는 등을 보이는 그녀를, 거칠게 돌려세웠다.

"상관없다고? 이제 원하는 건 모두 얻었다, 이건가?"

"네. 빨리 돈을 갚을 수 있는 길이 생겨서 난 좋은데 어쩌죠?"

그에게 맞서는 시선이 차갑게 부딪쳤다. 그녀의 차가운 눈빛에, 하균은 제 스스로를 시험했다.

"난 네가 형과 아는 사이였을 거라고 생각해. 둘 사이에 무슨 관계가 있었겠지."

"……."

"이제 보니…… 돈 때문이었나?"

그가 비소를 머금은 채 물어 왔다.

수현은 그때 깨달았다. 자신도 모르는 기억을, 누군가 낱낱이 알고 있다는 게 얼마나 무서운 건지.

그리고 그 기억이 타인에 의해서 얼마든지 왜곡될 수도 있다는 것, 그게 얼마나 무서운 일인지.

이윽고 찢어지는 듯한 마찰음이 복도를 울렸다. 순식간에 붉게 물든 뺨에서 얼얼함이 번지며, 그의 시선이 미동 없이 그녀를 응시했다.

"……한수현."

"아무리 모르는 기억이라도 함부로 말하지 마."

예와 다른 그녀의 표정이, 그녀의 말투가 그에게 경고했다.

'아무것도 모르면 꺼져.' 라고 말하는 듯한 싸늘한 눈동자.

눈이 내리던 그날 밤 우두커니 서 있던 한 여자와 서서히 겹쳐지는 그녀의 얼굴.

수현은 그런 얼굴을 하고서 그의 상처에 날카로운 칼을 쥔 손을 훅— 틀어박았다.

"그래. 차라리 당신이 원하는 대로 말해 줄게. 내가 당신 형 버렸어. 내가 당신 형을 죽인 거나 마찬가지야. 이제 속이 시원해요?"

"한수현!"

그녀의 양어깨를 붙잡은 그가 거친 숨을 몰아쉬었다.

홧홧한 열기가 그의 눈동자에 그득 들어차 있다.

그를 바라보면서, 수현은 제 자신에게 묻고 싶었다.

네가 숨기고 있는 그거.

그게 뭐야…… 대체.

뭔가가 있다는 건 알겠는데, 그게 뭐냐고!

정하균이란 남자가 제 앞에 있는 것도, 그가 다가오기 시작하면서부터 조금씩 바뀌어 버린 삶도, 모두 정말 기억하지 못하는 과거로부터 빚어진 일인 걸까?

"나도 무서워요. 당신이 말하는 그 일이, 그 사고가 정말로 있었던 것 같아서. 이제 무서워지기 시작했다고……."

순식간에 맺힌 눈물이 그녀의 눈에서 뚝뚝 떨어졌다.

눈물이 떨어지고 있지만, 우는 표정이 아니었다.

최대한 울지 않으려 참는 표정. 그게 하균의 가슴에 아릿한 감각을 남겼다. 너무 찰나여서 그는 알아채지 못할.

* * *

창우물산 강훈민 사장, 불법비자금 조성혐의…… 검찰 구속 영장 청구

기사를 확인한 남자는 묘한 표정으로 노트북을 덮었다. 문이 열리고, 누군가 들어와 꾸벅 고개를 숙였다.

“지시하신 것들, 검찰 측에 전달했습니다.”

“수고하셨어요.”

“뒤에서 아버님을 도우시는 건 좋지만…… 현직에 복귀하셔서 직접 도와 드리는 게 더 낫지 않습니까.”

“남들 구속시키는 건 재밌지만, 높으신 분들께 구속당하는 취미는 없어서요. 지금 일하고 있는 데가 꽤 재밌기도 하고요.”

“아무리 눈에 띄지 않는 곳이라고 해도 너무 오래 계시는 건 좋지 않습니다.”

“조만간 그만둘 생각이니까 걱정하실 것 없어요. 그보다, 제가 전에 부탁드렸던 건.”

“단순한 자살 사건이라기엔 마치 기밀자료처럼 보관해 둔 터라, 빼내기가 쉽지 않았습니다.”

비서가 건넨 파일을 받아 든 남자는 그 안의 적힌 기록들을 면밀히 읽어 나갔다.

“경찰은 사인을 우울증 증세로 인한 자살로 판명. 유가족은 분명히 목이 졸린 흔적이 있었다고 했는데…… 부검 결과서에 그런 내용은 없네요."

남자가 비릿한 미소를 지으며, 중얼거렸다.

자료를 훑어보고 있는 그를 향해 비서는 조심스럽게 물었다.

"조작…… 가능성을 염두에 두고 계신 겁니까?"

"조작을 감행할 만한 인물이 서지현 씨와 연루되어 있었다면, 불가능한 일은 아닐 수도 있죠."

"……거물급이 관련되어 있지 않은 이상, 불가능한 일입니다."

"제가 냄새를 맡은 이상…… 가능한 일일 수도 있다는 거, 아시잖아요. 당시 서지현 씨 부검 맡았던 부검의 행적 조사해서 보고해 주세요."

"예, 알겠습니다."

비서가 나가고, 남자는 노트북을 다시 열어 저장된 파일 하나를 켰다.

한 오피스텔 입구에서, 서지현을 차에 태워주는 남자의 모습.

그녀의 동생이 몰래 찍어둔 사진이었다. 서지현의 주변 인물들에 대해 조사하던 중 우연히 발견한 인물.

남자 친구 생긴 거 아니냐며 장난스럽게 물으려 했던 사진일 뿐이라고 했지만, 사진 속의 남자는 단순히 지나칠만한 남자가 아니었다.

유 비서가 말했던 '거물급이 아닌 이상'에 반하는 거물급이었으니까.

그는 사진 속 남자를 가만히 응시하며 조소를 지었다.

"가온그룹은…… 웬만해선 건드리고 싶지 않았는데."

* * *

수현은 며칠 동안 제대로 잠을 잘 수 없었다.

강아지를 돌봐주는 일과, 카페 일을 동시에 해나가면서도 한 번 자리 잡기 시작한 불안감은 의식할수록 그 덩어리를 키웠다.

어김없이 오늘도 눈이 일찍 떠졌다.

수현은 물을 마시기 위해, 침대에서 몸을 일으켰다.

갑자기 눈앞이 핑 돈다. 바닥에 발을 딛던 그녀가 살짝 휘청거렸다.

동시에 가슴을 압박하는 통증과 쓰림이 밀려들자, 그녀는 침대를 짚고서 눈을 감았다.

위경련 증상일까? 제대로 먹지 못하고 극심한 스트레스를 받을 때면 위경련이 오곤 했었다.

겨우 다시 몸을 일으켜, 수현은 가방에 비상용으로 한 두 개 정도 챙겨 다니던 위경련 약을 꺼내 먹었다.

"다녀올게."

강아지의 식사를 챙겨 주고, 카페 출근 준비를 마친 수현은 현관문을 나서며 다시 가방을 열었다.

평소에는 하나 정도만 먹으면 됐었는데, 시간이 조금 지나도 통증이 지속됐다. 고통은 심각하진 않았지만 무시할 정도도 아니다.

엘리베이터의 버튼을 누른 수현은 기다리는 동안에 결국 약을 하나 더 꺼내서 먹었다.

'이제 괜찮겠지.'

문을 열고 나서던 하균은 엘리베이터 앞에서 약을 먹고 있는 수현을 가만히 바라봤다.

근래에는 몰아친 일에만 집중했다. 늘 그 자리에 있다는 것만 확인하는 것 외엔, 그는 수현에게 어떤 말도, 어떤 행동도 하지 않았다.

눈에 띄게 야윈 얼굴에 그는 눈을 가늘게 어몄다.

약을 먹고, 얼굴은 야위었다. 처음 봤던 날보다, 더.

좋은 곳에서 지내게 됐고, 괜찮은 직장도 잡아 줬으면 전보다 더 좋아져야 하는 거 아닌가?

그렇게 원하던 돈도 안정적으로 벌 수 있게 됐는데, 대체 뭐가 문제지?

'내가 신경 쓸 일은 아니지.'

그러면서도, 뺨을 맞았던 부위의 알알함이 느껴져, 그는 저도 모르게 한쪽 뺨을 의식했다.

'그 말 때문은 아니겠지.'

그는 수현의 뒷모습을 보며 생각했다.

그게 그녀를 화나게 할 말이라는 것도 알았지만.

한수현과 정하균의 관계는, 딱 거기까지가 적당하다는 걸 공고히 하는 것을 선택했다.

그런데.

보다 더 지독하고, 악랄한 말들을 쏟아낼수록, 아파야하는 상대는 이쪽이 아니었다.

뺨을 맞은 것보다, 상처받은 그 얼굴을 보는 게…… 어째서 더 아팠던 거냐고.

그는 입술을 짓이기듯 깨물며, 수현의 뒷모습을 응시했다.

그녀가 기다리고 있던 엘리베이터의 문이 열렸다.

엘리베이터에 오른 수현은 현관문 쪽에 서 있던 하균을 발견하곤, 잠시 뜸을 들이다 조용히 물었다.

"안 타요?"

"오늘 저녁, 시간 비워 둬."

엘리베이터에서 내리며, 하균이 짧게 통보했다.

"오늘 저녁은……."

'쉬고 싶어요.' 라는 말을 꺼내기도 전에,

"잊었나? 네가 했던 약속."

그는 더 이상 입을 열 수 없게 만들었다.

칼은 없지만, 칼을 들이댄 것과 같은 명령. 그녀가 결코 벗어날 수 없는 올가미.

"네 기억과 관련된 일이니까, 조용히 따라오는 게 좋을 거야."

그와 했던 거래의 약속이었다.

오피스텔 앞에서 대기하고 있던 유한이 하균을 보고는 뒷좌석의 문을 열어 주었다.

수현은 무관심하게 그들을 지나쳐 걸어갔다.

유한이 그런 수현을 보고는, 하균을 바라보며 입을 뗐다.

"같은 방향인데, 함께 가지? 참, 카페에서 일하고 있다는 사실, 너는 모르는 걸로 해 뒀지."

"알고 있어."

"뭐?"

네가 시킨 일, 말하지 말라고 하지 않았던가. 유한은 약간 눈썹을 구기며 의문을 표했지만, 차에 타지 않은 채 어딘가를 보고 있는 그의 시선을 따라 그도 고개를 돌렸다.

하균은 홀로 걸어가던 수현을 눈으로 좇고 있었다. 그는 곧 눈길을 거두고 차에 오르려 몸을 숙였다.

그러나 그것도 잠시, 그는 피곤함이 섞인 숨을 내뱉었다.

유독 지친 기색이 역력한 얼굴을 본 게 실수였다. 이윽고 하균은 뒷좌석 문을 닫으며 한 손을 주머니에 찔러 넣은 채 발길을 돌렸다.

"네가 태워 가. 난 내 차로 갈 테니까."

"너도 한 차로 가면 되잖아."

"안 탈 거야. 저 여자."

마지막 그의 한마디에, 유한은 미묘한 기분을 느꼈다.

"수현 씨!"

유한이 오피스텔 입구를 빠져나가던 수현을 불러 세웠다.

"유한 씨?"

수현은 유한을 보고는 걸음을 멈췄다.

유한은 운전석에서 창문을 내린 채, 어렴풋한 미소를 지어 보였다.

"타세요. 회사까지 태워다드릴게요."

"아…… 괜찮아요. 버스타면 금방인걸요."

수현은 고개를 저으며 거절했다.

아무리 방향이 같아도 그와 나란히 차를 타고 출근할 넉살도 없을 뿐만 아니라, 회사에 가는 내내 느껴질 불안과 불편함을 감수하고 싶진 않았다.

지난 일로 인해 그와의 관계는 더욱 악화되고, 비틀어졌다는 것도 한몫했다. 그런 상황에서 어떻게 같이.

수현은 다시금 고개를 저으며 애써 웃어 보였다.

"전 정말 괜찮아요."

"이사님 안 타셨으니까, 걱정 말아요. 가면서 할 말도 있고요."

할 말이 있다는 것까지는 거절하지 못했다.

결국 수현은 그의 차에 올랐다.

"카페 일은, 미안해요. 수현 씨."

그저 창밖만 바라보고 있던 수현에게 유한이 넌지시 말을 건넸다.

"아……."

수현은 그가 무슨 말을 하고 있는지에 대해, 자세히 설명하지 않아도 곧 알아차렸다.

그녀는 깊게 의미를 두지 않는다는 표시로 나직이 대답했다.

"아니에요. 유한 씨는 할 일을 했을 뿐인 거고…… 어쨌든 덕분에 저는 좋은 곳에서 일할 수 있게 돼서 좋아요."

그녀의 대답이 너무도 간단하고, 힘이 없어서 유한은 룸미러로 그녀의 표정을 헤아렸다. 그의 눈에도 그녀는 지쳐보였다.

정하균, 그 녀석이 신경 쓸 만했구나. 그는 은연중에 하균과 수현 사이의 상황을 까마득히 잊는 생각을 했다.

"그러니까 신경 쓰지 않으셔도 돼요."

수현은 고개를 돌려 운전을 하고 있던 유한을 향해 말했다.

룸미러로 그녀를 지켜보고 있던 유한은 흠칫 놀랐지만 곧 얼굴을 펴곤 말했다.

"그렇게 생각해 줘서 고마워요. 그런데…… 있잖아요, 수현 씨."

유한은 잠시 고민하는 듯 뜸을 들였다.

곧 그는 회사 앞에 차를 세웠다.

"수현 씨에게 이사님에 대해 이해해달라는 말은 할 수 없겠죠. 다만,"

주제넘었다는 말을 들을지언정, 좁혀지지 않는 벽 가운데서 유일하게 서로의 사정을 전달해 줄 수 있는 사람은 자신뿐이라는 오지랖이.

……조금은 도움이 됐으면.

"이사님께 형은, 유일한 가족이었다는 것만큼은 알아줬으면 해서요."

* * *

"누나, 오늘 저녁에 곱쏘 어때요."

카페 마감을 끝내고, 옷을 갈아입고 나온 수현에게 지원이 싱긋 웃으며 다가왔다.

"곱쏘는 무슨. 소주엔 닭발이지."

"누가 형이랑 같이 간대? 형은 진즉에 갈 준비 마쳤으면서 왜 안가고 있냐?"

크로스백을 멘 채 테이블에 걸터앉아 있던 은각을 향해, 지원이 눈을 흘겼다.

"이제 가려고."

그러면서도 은각 역시 힐끗 그녀를 보며 대답을 기다리고 있는 중이었다.

하지만 정작 당사자는 두 사람의 기대에 찬물을 끼얹을 수밖에 없었다.

"미안해. 오늘은 일이 있어서."

"누난 대체 일 끝나고 뭘 하길래 매번 안 된다고 그럽니까!"

지원이 눈썹을 구기며 그녀를 붙잡았다.

"내가 하는 일이 이것만 있는 게 아니라서."

수현은 애써 어색하게 웃으며 지원을 떼어 냈다.

그동안은 혼자 집을 지키고 있었을 강아지 때문에 카페 일이 끝나면 바로 집으로 향했었던 거고,

지금은…….

"끝났으면 가지."

카페 끝날 시간에 맞춰 정확히 나타나, 슈트 차림으로 서 있는 이 남자와의 약속이 있었다.

수현의 옆에 있던 두 남자의 시선이 자연스럽게 하균에게로 고정되었다.

은각은 조금은 비뚤어진 시선으로, 지원은 눈을 깜박이며 왠지 모르게 낯이 익은 그의 얼굴을 빤히 쳐다봤다.

'설마…….'

자꾸 머릿속에 떠오르는 그 사람이, 이 사람은 아니겠지 하면서도…….

가온전자 대표가 사내카페까지 와서 수현 누나를 데려갈 리가 없다고 생각하면서도…….

계속해서 도출되는 결론은, 그가 이 거대한 회사의 대표, 정하균이라는 사실이었다.

* * *

그의 전담 운전기사가 유한 대신 차를 움직이고 있었다.

수현은 그의 옆 좌석에 앉아, 차가 도착하기만을 기다렸다. 퇴근 시간과 겹쳐서인지 차가 밀려서 시간이 꽤 지체되고 있기 때문이었다.

놓을 수 없는 긴장감과 약간의 무료함 사이에, 공연한 생각이 끼어들었다.

도망이라도 갈 거라고 생각했나.

왜 굳이 일하는 곳까지 찾아왔을까. 그냥 따로 불러도 됐었던 걸.

아무 생각 없이 떠올린 것들이, 이제 보니 옆에 있는 그에 관한 것들이잖아.

수현은 머릿속으로 고개를 저으며 눈을 감았다. 언제 도착할지는 몰라도, 어서 들어가서 쉬고 싶다.

툭—

하균의 어깨 위로 묵직한 무게감이 느껴졌다. 하균은 감고 있던 눈을 떴다.

옆으로 슥 고개를 돌린 그의 눈동자가 미세하게 흔들렸다.

그 잠깐 사이에 잠든 수현의 머리가 옆자리 앉은 제 어깨에 떨어져 있다.

꽤 깊게 잠든 것 같은 그녀의 새근거리는 숨소리가 고요함을 가르며 들려왔다.

"도착했습니다."

운전기사가 차를 세우며, 하균을 향해 말했다.

하균은 제 어깨를 베개 삼은 수현을 흘깃 보곤 미간을 살짝 좁히다가, 입을 열었다.

"잠시 차 댈만한 곳, 찾아보세요."

*　　*　　*

수현은 무거운 눈꺼풀을 들어 올렸다.

낯선 공간에 있다는 느낌이 들자 그녀는 기울어 있던 몸을 일으키며 제대로 눈을 떴다.

아직…… 그의 차 안이었다.

운전석에 사람은 없고, 창밖을 보니 차는 어딘가에 세워져 있다.

'잠들 곳이 따로 있지.'

그러나 차 안에서 잠든 것치고 의외로 편안했다.

어딘가에 기댄 느낌이 들고나서부터 왠지 모를 안정감이 들어서, 깨고 싶지 않았는지도 모른다.

수현은 자신이 머리를 대고 있던 곳을 흘끔 시선을 옮겼다.

곧 그녀의 얼굴에 다양한 감정이 스쳐 지나갔다.

함께 차를 타고 왔던 그도, 조용히 눈을 감은 채 잠들어 있었다.

이윽고 그의 벌어진 어깨선과, 그 아래로 떨어지는 팔을 보자, 그녀는 그다지 하고 싶지 않았던 상상을 했다.

'어깨에 기대 잤던 건…… 아니겠지?'

차마 입을 열어 꺼내진 못하고, 수현은 커다란 눈만 깜박이며 스스로에게 물었다.

분명히 처음엔 창가에 기대고 있었다. 그러나 방금 전 몸을 일으킨 방향을 되짚어보면 누가 봐도 이쪽…….

수현은 파삭 굳은 얼굴로 미쳤어, 미쳤어를 소리 나지 않게 연발했다.

잠이 들면 무지각한 상태가 된다지만, 어떻게 다른 사람도 아니고 이 남자에게 기대 잠들 생각을…….

'서로 잠든 상태였으니까 나만 아무 말 하지 않으면 모를 거야.'

그녀는 그렇게 되뇌며 입술을 굳게 닫았다.

이윽고 그를 깨워야하나, 고민하던 수현의 눈동자에 잠든 그의 얼굴이 담겼다.

이렇게 가만히 보기만 한다면, 당신도 평범한 사람이구나. 수현은 어느샌가 그에 대한 고요한 감상에 빠져들었다.

"……?"

처음으로 찬찬히 그의 얼굴을 살펴보던 그녀의 눈에 뭔가가 띄었다.

수현은 상대가 누군지 새카맣게 잊은 채, 상체를 조금 틀어 저도 모르게 조심스럽게 손을 가져갔다.

잠자코 숨을 죽이고 조금씩, 조금씩 그가 있는 쪽으로 몸을 기울이던 그녀의 호흡이, 불현듯 멈췄다.

그의 뺨으로 근접했던 손은, 이미 덫에 걸려든 사냥감처럼 잡혀버린 상태였다.

얼음처럼 굳은 수현의 눈동자를 바라보며, 그가 경고했다.

"……움직이지 마."

거기서,

더 다가오지 말라고, 한수현.

등줄기가 서늘해지는 음성에, 수현은 그의 시선을 피해버리고 말았다. 잘못한 일을 한 것도 아닌데, 그를 똑바로 바라볼 수가 없다.

"한수현."

그가 순식간에 턱을 그러쥐고, 그 형형한 눈을 똑바로 바라보게 만들었다.

"왜 내 시선을 피해."

"이거 놔요."

"말해, 뭘 하려고 했던 건지."

고개를 돌리지 못하도록 만든 그의 힘 때문에, 수현의 동공은 여지없이 그를 향했다.

열기가 아른거리는 눈동자가 점점 더 짙어지며 그녀를 달구치자, 수현은 입술을 깨물며 대답했다.

"속눈썹."

작지만 또렷하게 새어 나온 목소리에 하균이 멈칫했다.

"떨어져 있길래 떼어주려고 했던 거예요."

수현은 그가 이해하지 못했을까 봐 볼멘소리로 덧붙였다.

선의도 상대를 봐 가면서 보여야 한다. 앞으로 그에게는 그 어떤 행동도 섣불리 하지 않으리라.

삽시간에 어색해진 기운이 흐르고, 그는 눈을 아래로 내리깔더니 곧 고개를 살짝 틀었다. 이윽고 손목을 거머쥐고 있던 강한 악력이 풀어졌다.

수현은 주춤 손을 빼내고 몸을 바로 했다.

마찬가지의 괜한 어색함이 몰려들어 시선을 떨궜다.

별 뜻 없이 그랬던 건데, 그렇게 바라보니 정말 이상한 짓이라도 하려던 것 같잖아.

그러나 그에게 있어 제 행동은 그 의도가 어쨌건 뭐든 곱게 보일 리 없을지도 모른다.

어쨌든, 그도 자신이 옆에서 기대 잤던 것까지는 모르는 듯했다.

그녀가 소리 없이 안도의 한숨을 내쉴 즈음, 하균이 문을 열며 말했다.

"다 왔으니까 내려."

그를 따라 들어온 곳은 한 고급 레스토랑이었다.

그가 들어오자마자 직원들이 일제히 고개를 숙였다.

한 직원이 앞으로 다가와 안내를 맡았다.

하균은 시간을 확인했다.

예약시간 보다 두 시간이나 지체돼 있었다.

적당히 뒀다가 깨울 생각이었는데. 자신까지 잠이 들어버렸던 건 예상치 못한 일이었다.

늦은 저녁이 되긴 하겠지만 상관없었다.

적당한 곳에 자리를 잡은 두 사람은, 서로 마주 보고 앉아 있었다.

"무슨 뜻이에요."

여유롭게 메뉴를 고르고 있는 하균과는 달리, 수현은 낮은 목소리로 묻고 있었다. 지금, 뭐하는 거냐고.

그제야 그가 그녀와 눈을 마주쳤다. 정확히는 마주쳐주었다.

하긴. 뭔가를 먹고 싶다는 얘기를 할 만한 성격이 아니었지.

하균은 그녀를 바라보며 직원을 불렀다. 곧바로 직원이 다가오고, 하균은 수현에게서 시선을 떼지 않으며 말했다.

"둘 다 오늘의 추천 요리로."

"정하균 씨. 지금 뭐하는 거냐고 물었잖아요."

"제대로 된 대화라는 걸 나눌 적당한 장소를 마련한 건데, 문제 있나?"

서로 마주 보고 밥을 먹으면서 대화를 나눌만한 사이는 아니니까.

수현의 눈이 그렇게 말하고 있다는 걸, 그도 알고 있었다.

"네 기억에 관해 의논하는 장소가 어디든, 넌 입 다물고 따라오면 돼. 그게 우리 거래 조건이었고."

"그런 조건은……."

"기억해 보려 노력하겠다는 말에, 관련 사항에 있어서는 내가 원하는 대로 따라주겠다는 것도,"

그는 말뜻을 이해할 시간이라도 주겠다는 듯, 적당한 간격으로 끊어 말했다.

"포함되는 걸로 알고 있는데."

아니라고 부정할 수가 없다.

수현이 눈을 감으며 한숨을 내쉴 때쯤, 그는 가슴 안쪽에서 휴대폰을 꺼냈다.

울리고 있는 휴대폰 화면을 바라본 하균이 자리에서 일어났다.

"잠시 다녀오지."

곧 요리가 준비되어 테이블에 놓였다. 수현은 요리에 손을 대지 않았다.

가뜩이나 입맛도 없었지만 마주 앉은 상대가 누구인가. 그가 여전히 멋대로 구는 것에 대해서는 이제 이골이 났지만, 그 행태가 점점 더 예상을 벗어나는 게 힘들었다.

낮은 한숨이 또다시 새어 나왔다. 요즘 들어 생활이 조금은 안정됐다 싶더니, 또다시 그가 숨을 바짝 조여 오는 기분이다.

곧 돌아올 그가 또 무슨 말을 할지 몰라서 왠지 모르게 입안이 말랐다.

수현은 테이블 위에 놓여 있던 유리잔을 들어 물을 마셨다.

"한수현?"

고개를 들자, 누군가 그녀를 알아보고 구두를 또각거리며 다가왔다.

"어머. 내가 잘못 본 게 아니었네."

누가 봐도 세련되고 우아한 차림의 여자.

수현은 여자의 얼굴을 빤히 보다, 곧 그녀가 누구인지 알아차렸다.

전에 대학가 카페에서 일할 때 만났던 혜수였다. 그때보다 한껏 꾸민 모습이라서 분위기가 한층 달라져 있었다.

"우리 우연이 잦다, 얘."

"그러게."

수현은 유리잔을 내려놓고 엷은 미소를 지었다.

"여긴 무슨 일로…… 아, 레스토랑에 무슨 일로 왔냐고 묻는 게 이상한 거지, 참."

그녀가 깜박했다는 듯, 미안함을 담아 웃었다.

그 안에 섞인 약간의 비아냥거림은, 바보가 아닌 이상 눈치챌 수밖에 없었다.

……얘가 이런 아이였나.

그래도 대학 때는 나름 친하게 지냈다고 생각했었다.

그러나 그건 혼자만의 착각이었음을 뒤늦게 깨닫게 되는 건, 적지 않은 씁쓸함을 안겨 주었다.

혜수는 은근한 눈길로 수현을 훑고 있었다.

늘 남자들에게 인기도 많고, 공부까지 잘했던 한수현이었다. 첫인상이 같이 다니기에 괜찮아 보이길래 친하게 지내려고 했던 건데, 시선은 늘 엉뚱한데 쏠렸다.

군림하나, 통치하지 않는다는 여왕도 아니고 본인은 안 그런 척하지만, 수현은 늘 이목의 중심에 있었다.

공부도 수현 못지않게 잘했을 뿐만 아니라, 이 정도면 평균이상의 외모고, 집안까지 빵빵한 건 그녀였는데도.

돌연 학교를 그만두고 사라져서 어떻게 사나 아주 가끔 궁금하긴 했지만, 고작 카페 아르바이트생으로 다시 만나니 뭔가 통쾌했다.

그런데…….

여긴 그야말로 웬만한 명함 없인, 쉽게 발을 들일 수 없을 만큼 고급 레스토랑 중에서도 최상위에 속했다.

별다른데 취직한 것 같지도 않고, 지금의 모습도 그저 그래 보인다.

그래서 잘못 봤나 싶었지만 수현이 맞았다.

"근데…… 누구랑 온 거니?"

혜수는 수현의 주변을 돌아봤다.

이런 곳에 혼자 식사를 하러 왔을 리는 없으니까. 예외는 늘 있기 마련이지만, 혼자서 럭셔리하게 디너타임을 즐기러 온 것처럼은 더더욱 안 보였다.

"아."

뭐라고 말을 해야 할까.

혼자 왔다고 말하기에는 수현도 혜수와 같은 생각이었다. 그렇다고 같이 온 상대에 대해 '누구'라고 정의를 내릴 수도 없다.

채권자? 앞집 남자? 사내카페도 그의 것이라고 따진다면 직장 상사?

난감하다. 수현은 이 간단한 질문에 대한 대답을 쉽게 할 수가 없었다.

"뭐야. 왜 말을 못하는 거야~ 내가 알면 안 되는 사람……."

"말씀대로 되도록 눈감아 주셨으면 좋겠군요."

익숙한 목소리가 유독 선명하게 들려왔다. 고개를 들지 않아도, 누구의 목소리인지 알 수 있을 만큼.

"우리 사이가 알려지면 곤란하니까."

어떤 흔들림도 없는 목소리 끝에는, 예감대로 그가 있었다.

정하균. 그가.

4장

낮게 끼어든 목소리에 혜수는 흠칫 놀라 뒤를 돌아봤다.

돌아본 순간 머릿속이 멍해지는 얼굴부터, 침이 꼴깍 넘어가게 만드는 목울대.

완벽한 대칭 구조로 벌어진 어깨까지.

위로 들어 올린 목이 뻣뻣하게 굳을 정도로 큰 키의 그는, 슈트 핏마저 완벽했다.

혜수의 직감은 그녀에게 말하고 있었다.

한마디로, 모든 걸 갖춘 남자다.

그런 남자의 시선은 오롯이 수현에게 향해 있었다.

'우리 사이'란, 수현과 본인 사이를 가리키는 것이라 강조하듯이.

"저기……."

혜수가 놀란 이유는 그의 외모 때문만은 아니었다.

조금만 재계에 관심 있는 사람이라면, 아니, 대한민국 사람이라면 한 번쯤 관심을 가졌을 남자의 실물이 눈앞에 있다.

가온전자의 새로운 대표, 정하균.

가온그룹의 차기 후계자로 거론되고 있기도 한 남자.

그런 어마어마한 배경과 능력의 남자가 눈앞에 있다는 것만으로도 놀라운데, 우리 사이?

'우리 사이.'

수현 역시 좀처럼 이해할 수 없는 그의 한마디에 애써 동요하는 마음을 감추고 있었다.

누구라도 오해할 수 있는 여지가 다분한 말이라는 걸, 당신은 알고 말한 걸까?

"아…… 그래서 네가 곤란해 했던 거구나."

혜수는 살짝 구겨진 입술을 힘주어 펴내며 싱긋 웃었다.

"안녕하세요. 저는 수현이 친구, 안혜수예요."

이윽고 그녀는 제대로 된 인사를 했다.

"친구셨군요."

"네……?"

"저쪽에서 볼 때는 친구와 대화하는 것처럼 편해 보이지 않아서."

"네? 그럴 리가요. 저희 친구 맞아요~ 대학 때 얼마나 친했는데. 그렇지 수현아?"

혜수가 수현을 바라보며 눈웃음을 지었다.

수현은 그런 혜수를 가만히 응시하다, 여유롭게 고개를 돌리며 유리잔을 입가에 가져갔다.

"그랬었나?"

*　　　*　　　*

스스로 생각하기에도 객쩍은 행동이었다. 하지만 혼자만 보기에는 아까운 표정이기도 했다.

혜수의 태도가 곧바로 바뀔 정도면…… 그는 생각보다 더, 대단한 사람이었구나.

밖으로 나오니 새삼 그의 위치, 그의 배경, 그의 모든 것이 더욱 확연한 거리감을 준다.

먹고 사는 게 바빠서 가온그룹에 누가 있고, 곳곳에 널린 전자제품들을 만드는 회사의 주인이 누구인지까진 관심이 없었다. 어쩌다 관련한 기사를 접했어도 스쳐 지나가듯 자연스럽게 잊었을 것이다.

중요한 기억은 머릿속에 넣어 두지만, 중요하지 않은 기억은 시간이 지나면 흐릿해지듯이.

그가 말하는 그의 형에 관한 기억이 사라진 이유도 중요하지 않아서?

수현은 스스로 고개를 저을 수밖에 없었다.

만약 그랬다면, 이 남자가 제 기억에 이렇게도 집착하지 않았겠지.

나는 어째서, 누군가에겐 혹은 내게도 중요한 기억을 통째로 잃어버린 걸까…….

"그렇게 보고만 있을 건가?"

그 역시 요리에 하나도 손을 대지 않았지만, 묻고 있었다.

"생각 없어요."

"끼니를 챙겨 먹긴 하나?"

"잘 먹어요. 그러니까 내 기억에 관련해서 원하는 게 뭔지나 말해요."

"네 얼굴 상태를 보고 있는 건 나야. 거짓말을 그렇게 대놓고 하는 것도 여전하군."

물끄러미 그를 바라봤다. 그는 여전히 무감각하고, 차가운 표정이었다.

그런 그에게서 조금 전 한마디가 무슨 뜻을 담고 있는지 알고 싶었다.

아까 혜수에게 했던 말도 그렇고.

"그보다 혜수가 오해하면 어쩌려고 그런 말을 했던 거예요?"

"무슨 뜻이지."

"우리 사이가 알려지면 안 된다고 했잖아요. 그건 누가 봐도……."

"나와 너의 관계가 세간에 알려지면 좋은 사이인가?"

"……."

갑자기 나타나 나를 엮어버린 건 당신이잖아, 그렇게 반박하고 싶어도 그의 말이 틀린 건 아니었다.

한수현은 세간에 알려질 일이 없어도, 정하균은 다른 세계의 사람이다. 누군가 정하균과 함께 있던 한수현에 대해 파고들기 시작하면…… 그가 꽤 곤란해지는 상황이 오겠지.

그렇지만…….

'방금 그건, 날 도와주려고 했던 말 아니었어요?'

목구멍까지 차올랐지만 삼켰다. 묻는다고 대답해 줄 사람도 아니었으니까.

"뭘 하든 조심은 하는 편이지만 그렇다고 숨어서 다닐 생각도 없어. 그래도 입단속 정도는 해두려고 네 친구라는 여자한테 되도록 못 본 척해달라, 말한 거고."

"그래요. 내가 괜한 걱정을 한 거죠."

"밥 생각이 없으면 본론부터 말하지."

그는 다시 휴대폰을 꺼내 테이블 위에 올려놓았다.

휴대폰 화면 안에는 한 남자의 사진이 떠 있었다.

"정호진."

그가 누군가의 이름을 말했다.

"이 남자에 대해 뭔가 기억나는 거, 없어?"

수현은 사진 속 남자를 빤히 바라봤다.

본 적 없는 남자였다.

지금껏 기억에 관련한 것들을 마주할 때면 몸이 먼저 반응을 했다거나…… 뭔가 느껴졌다는 걸 추측해볼 때는, 기억에도…… 없는 것 같다.

그러고 보니, 사라진 기억에 관한 것들을 마주쳤을 때면 늘 설명하지 못하는 증상이 있었구나.

때로는 뭔가가 보인다거나.

수현은 그러한 사실을, 이제야 어느 정도 자각했다.

어쨌든 사진 속 남자에 대해서는 그 어떤 것도 느껴지지 않았고 알 수도 없었다.

"모르겠어요."

"정말 몰라? 자세히 본 것 확실해?"

"네. 모르겠어요. 처음 보는 사람이에요."

하균이 한숨을 내뱉었다.

잃어버린 기억 속에 정호진도 포함되어 있는 건지, 애초에 모르는 사람이었던 건지. 구별할 수가 없다.

다 떠나서, 사고 이전부터 알고 있던 사람이라면 알아볼 수도 있겠다 싶었는데.

"그럼 이 남자는."

하균은 호진의 아버지인 두영의 사진으로 화면을 넘겼다.

그러나 수현은 재차 고개를 가로저었다.

둘 다 일단은 모르는 사람. 하균은 피곤해진 눈을 감았다 떴다.

'……참.'

하균 역시 수현에게 기억에 관한 걸 강요할 때면, 그녀가 이상 반응을 보였다는 걸 어느 정도는 알아채고 있었다.

그것이 하나의 방어기제라는 걸, 예상하고 있었으니까.

사진 속 인물을 보여줘도 별 반응이 없는 것을 보면 그 기억과는 관련이 없는 사람이라서?

그렇다면 정호진이 알고 있다는 하성의 비밀이란 게 한수현과 관련된 게 아닌 건가?

그녀의 반응에 따라 그 여부를 확실히 확인할 수 있는 건 아니다.

일단은, 적어도 기억을 지우기 전에 알았던 사람은 아니라는 거지.

그는 미간을 좁히며 휴대폰을 집어 들었다.

"그럼 됐어."

"끝이에요?"

"오늘은."

"이거 물어보려고……."

"그만 일어나지."

그는 테이블 위에 차려진 요리들을 그대로 두고 자리에서 일어났다.

목적이 어떤 것이든 대화를 나누려던 장소가 굳이 레스토랑이었던 이유가 무색하게.

내가 먹지 않아서, 당신도 먹지 않았던 거라고 생각하면 그것도 내 착각이라고 하겠지.

말없이 무릎을 내려다보던 수현은, 이내 자리를 뜨려던 그를 불러 세웠다.

"잠시만요."

그의 시선이 그녀에게로 내려앉았다.

이윽고 수현은 포크를 들며, 나직이 말했다.

"아깝잖아요. 이대로 두고 가기엔."

"……."

언제나 그 생각을 예측할 수도, 파악할 수도 없는 여자. 그녀가 마음에 들지 않는 이유 중 하나였다.

그런 표정으로 갑자기 빈틈을 파고들면 어떻게 대처해야 할지, 알 수가 없으니까.

그는 한 번도 아까워해 본 적 없던 것에 대해, 아까워 보이긴 하네. 라는 생각을 무심결에 했다.

하균은 일어났던 자리로 다시 걸어가, 착석했다.

"다 식었을 거 아냐."

이내 그는 손을 들어, 사람을 부르려 했다. 새 요리를 주문할 모양이었다.

"아뇨, 그냥 둬요."

수현이 놀란 눈으로 만류했다.

"이거면 충분해요. 아까워서 먹는다는 말, 잊었어요?"

식은 음식 역시 먹어본 적이 없다.

그는 이해 불가라는 표정으로 눈썹을 꿈틀 움직였지만, 마땅히 대꾸할 말도 없어서 의자에 등을 기댔다.

* * *

밖에는 눈이 내리고 있었다.

겨울이니까 추운 건 당연하지만, 눈이 오고 있으면 추위가 배는 더해지는 느낌이었다.

오늘의 낮 기온은 평소보다 푹할 거라고 하기에 눈에 대비할 만큼 옷을 두껍게 입지는 않았다. 거기다 이렇게 저녁 늦게까지 있을 줄도 몰랐고.

지친 몸은 면역력이 약해지기 좋았다. 밤이 깊어서인지, 기온은 더욱 뚝 떨어져 밖에 서 있는 것만으로도 온 신경이 얼어붙는 듯했다.

수현은 내색하지 않았다. 곧 집으로 돌아갈 거니까 조금만 참으면 될 일이었다.

하균은 옆에 서 있는 수현을 바라봤다.

기사는 이미 퇴근시켰으니, 차를 주차해 놓은 곳으로 되돌아가야 했다.

그런데, 그의 눈에는 수현의 수수한 차림이 유독 언짢았다.

남들은 이 겨울에 패딩이니 뭐니 온몸을 칭칭 감싸고 있더니만, 어떻게 된 게 이 여자는…….

"……?"

수현은 왜 이대로 서 있느냐고 묻는 듯한 얼굴로 그를 올려다봤다.

얼결이었다. 수현을 내려다보고 있던 시선이 그녀의 것과 마주쳤다.

하균은 곧바로 시선을 틀어 다른 곳을 바라봤다.

"차가 있던 곳으로 되돌아가야 돼."

수현은 가만히 고개를 끄덕였다.

하균은 이내 발걸음을 옮기기 시작했다. 수현도 묵묵히 그의 뒤를 따랐다.

눈송이가 제법 굵었다. 그나마 목을 감고 있는 목도리에 의존해 얼 것 같은 뺨을 파묻고 걸었다.

레스토랑에 올 때는 급하게 그를 따라 걷느라 몰랐는데, 거리가 꽤 된다.

수현은 따뜻한 집을 떠올리며 천천히 걸었다.

눈짓으로 뒤를 확인한 하균은 걸음을 아주 조금씩 늦췄다. 빨리 걸어가도 상관은 없지만, 그냥.

이유를 설명하지 않은 채 그냥이라고 말하는 건, 대답할 자신이 없어 대는 핑곗거리에 불과하다고 생각해 왔던 그로서는, 이 단어가 이렇게 유용한 것일 줄 몰랐다.

곧 그는 걸음을 우뚝 멈춰 세웠다.

발밑을 보며 걷고 있었던 그녀가 그의 등에 이마를 콕 박았다.

여전히 등을 보인 채 가만히 서 있던 그를 이상하게 바라볼 즈음,

그가 입고 있던 두꺼운 외투를 벗었다.

돌아선 그는 그녀의 어깨 위에 외투를 둘렀다.

"입어. 떨고 있는 거 보기 싫으니까."

내색하지 않으려 했던 노력은 가상하지만, 볼품없이 작은 어깨가 오들오들 떨리는 게 눈에 잘 보일 뿐이었다.

수현은 여며 쥔 그의 옷을 물끄러미 응시했다.

커다란 옷 안에 남아 있던 온기가 몸을 감싸며 바람을 막아준다.

그녀의 입가에 어렴풋한 미소가 지어졌다.

그냥, 옷이 따뜻해서였다.

* * *

주차장에 차를 세운 하균은, 옆에 앉아 있던 수현을 바라봤다. 아까 잠시 눈을 붙이게 둔 걸로는 모자랐는지, 또다시 잠이 들어 있다.

"한수현."

그의 낮은 음성이 그녀를 불렀다.

그의 외투를 덮은 채 몸을 잔뜩 웅크린 수현은 아까보다 더 곤히 잠들어 있었다.

따뜻한 차에서 옷까지 덮고 몸을 녹이니 졸음이 쏟아진 탓이었다.

그는 처음과 같은 인내심을 발휘해 줄 생각이 없었다.

"한수현."

그녀를 보면서, 그가 한 번 더.

이름을 불렀다.

차갑지도, 날이 서지도 않은 목소리.

잠결이었지만, 수현에게는 그 저음의 목소리가 나직하게 들려왔다.

누군가 자신을 깨우는 것 같았지만, 수현은 그의 존재를 잊은 채 이 달콤한 잠에 아주 조금만 더 빠져들고 싶었다.

며칠 동안 잠을 자지 못했던 시간들을, 모두 보상받고 싶은 심리처럼.

"조금만……."

조금만 더 자고 싶어. 수현은 외투를 가슴 안쪽으로 끌어당기며, 입술을 달싹였다.

"……."

뻔히 아는 얼굴이라도 자세히, 오래 보고 있으면, 때아닌 감상에 빠져들 수 있었다. 그 함정에 대해, 하균은 뒤늦게 깨달았다.

그녀의 도톰한 입술, 감은 눈 아래 길게 늘어뜨린 속눈썹. 살짝 상기된 분홍빛 뺨이 그의 이성을 건드렸다.

볼 위에 흘러내린 머리카락을 걷어주고 싶은 충동이 들어 손가락을 움직였지만, 그는 마른침을 넘겼다.

아무리 단단한 벽도, 불안한 위치에 틈이 생기면 언젠가는 무너진다.

그는 이대로 자신이 무너져 버릴까, 불안했다.

그녀에게서 시선을 뗀 하균은 차에서 내렸다.

반대쪽으로 걸어가 조수석 문을 열고, 수현을 안아 들었다. 그의 품에 늘어진 수현은 잠에서 깨는 기색조차 없었다.

엘리베이터에서 내린 하균은 복도 한가운데에 서서 고민했다.

1501호와 1502호 사이에서.

그는 수현을 안아 든 채로, 우선 1501호의 현관 비밀번호를 눌러보았다.

다니엘이 전에 알려줬던 번호로.

하지만 언제 바꿨는지, 곧바로 울리는 요란한 소리는 번호가 틀렸음을 경고했다.

결국 수현에게 침대를 내준 하균은 거실로 걸어 나왔다.

그는 소파에 앉아, 테이블 위에 올려놓은 제 외투를 한동안 바라봤다.

이윽고 소파에 길게 누운 그는 한 손을 이마에 얹었다.

긴장을 풀고 노곤해진 눈을 감고 아무것도 생각하지 않으려 했다.

그러나 휴대폰의 진동소리가 그를 방해했다.

유한이었다.

"왜?"

하균은 누운 채로 전화를 받았다.

["정호진이 수현 씨 관련해서 그동안 외부에 손을 썼다거나 연락을 취했던 적은 없었어. 한수현이란 여자에 대해 따로 알아본 적도 없던 것 같고."]

그룹 일가에게 있어 수현은 '사고의 위험에 처해 있던 일반인 여자', 거기까지였다.

두 사람 사이에 뭔가 있으리라고는 다들 상상조차 하지 않았다.

하성이 목숨을 내걸고 구해 준 여자가 불현듯 사라져서 기가 차 한 것도 사실이었지만, 딱 거기까지.

누구보다 분노할 수밖에 없는 입장인 윤 회장과 형수인 연주 외에 수현에 대한 관심은, 사라져 가고 있는 듯했다.

그 두 사람도 1년이나 지난 지금, 수현을 찾고 있긴 한 건지 궁금할 정도로 현재는 오로지 하성에게만 집중하고 있는 것처럼 보였다.

그 여자가 괘씸한 건 사실이나 지금 중요한 건, 혼수상태에 빠진 손자와 남편일 테니까.

사고를 목격한 사람으로서 하성과의 관계에 대해 의문을 품은 건 자신뿐이었지만, 정호진은 하성이 숨기고 있는 것에 대해 알고 있다고 했다.

그 비밀이 수현과 관련된 것인가 했었다. 그러나 정호진이 말하고 있는 건 그녀를 향한 게 아니라는 답이 내려졌다.

수현 역시 그에 대해 아는 게 없는 듯했고.

“정두영 쪽은.”

[“마찬가지야. 다만 정호진은 그동안 정하성 이사님에 관해서 어지간히도 캐고 다녔더군.”]

하균은 그리 놀라지 않았다.

“책잡을 만한 걸 찾아다녔겠지. 그 과정에서 뭔가를 알아냈을지도 모르고.”

“솔직히 하성이놈이 숨기고 있던 거, 내가 언제 터트리려고 했다니까. 그러면 그놈은 그냥 끝장이었어요.”

“정호진은 형이 숨기고 있던 걸, 언젠가 터트리려 했다고 했어. 터트리면 형의 위치가 위험해질 만한 거라더군.”

[“위치가 위험해질 정도면, 그 내용도 무척이나 위험하다는 뜻이네.”]

하성 같이 반듯하고 수더분한 인물에게, 위험한 내용의 비밀이 있다는 것 자체가 믿지 못할 내용이었다.

그런데 그 내용이 그나마 의심의 끈이 닿아 있는 수현과 관련된 것도 아니라면, 더더욱 가늠조차 되지 않고 있었다.

이렇게 된 이상 직접 불러다 물을 수밖에.

“정호진 쪽에 연락해. 회사로 오라고.”

하균은 통화종료버튼을 눌렀다.

잠을 자는 것을 포기한 그는 침대 옆에 앉아 그녀를 내려다보았다.

뭐라도 먹여놓고 보니, 얼굴 상태가 그나마 나아 보인다.

유한이 그런 말을 한 적이 있었다.

한수현이 그리 행복해 보이지 않는다고. 행복해 보이지 않아서 다행이라고 생각했다.

잔인한 과거를 가지고 사라진 여자가 행복하게 잘살고 있었다면, 그것도 최악이었을 테니까.

애써 괴롭히지 않아도 충분히 힘들다는 말 같은 건 믿지 않았다. 눈에 보여도 네 힘겨움쯤은 나에 비하면 아무것도 아닐 거라 생각했다.

유일한 가족을 잃은 나는 외로웠고, 슬펐고, 견딜 수 없이 고통스러웠다.

그런 내 앞에서 그 어떤 것도 기억하지 못하는 널, 더욱 괴롭히고 싶어지는 내 마음이 잘못된 거였나?

견딜 수 없는 고통 때문에 스스로 지운 기억을 억지로 꺼내려는 내가 이기적인 건가?

견고히 쌓여 있던 방파제를 범람하는 파도처럼, 예상치 못한 순간 가슴에 부딪혀 흩어지는 이런 생각을 그는 부정하고 싶었다.

"도와주세요…… 가지 마세요……."

수현은 어딘가를 향해, 숨을 헐떡이며 달리는 사람을 바라보고 있었다. 울먹이며 달리는 사람은, 그녀가 아주 잘 아는 사람이었다.

환한 빛이 눈앞에서 팟— 터졌을 때.

그녀는 그게 꿈이라는 사실을 알아챘다. 전에도 비슷한 꿈을 꾼 적이 있었던 것 같은데…….

수현은 잠결에 흐릿해진 눈을 떴다.

이어지는 꿈인 걸까?

눈을 뜨자마자 그가 이렇게 가까이서 보일 리 없다.

수현은 꿈에서나마, 내내 마음 한구석을 불편하게 했던 한마디를 입 밖으로 꺼냈다.

"……전에 그렇게 말했던 거, 미안해요."

"내가 당신 형 버렸어. 내가 당신 형을 죽인 거나 마찬가지야."

내가 아픈 만큼, 당신도 아파 봐.

성숙하지 못한 그런 마음이었다. 그러면서도 내가 모르는 기억이 점점 두려워서. 차라리 인정해 버리면, 괜찮을까 싶어서.

그래서 그렇게 말했어. 그게 당신이 가진 가장 큰 상처라는 걸 알면서도.

수현은 희미하게 보이는 그를 바라보면서, 다시 눈을 감았다.

그녀를 바라보는 그의 눈이 흔들렸다. 동시에 그의 심장도 흔들렸다.

마음을 다잡고, 아무리 악랄해지겠노라 다짐을 해도, 어느 순간부터 그녀를 볼 때마다.

'날 흔들지 마.'

그의 마음은 그녀라는 파도에 떠밀려.

모래성처럼 부서져 버린다.

험한 꿈을 꿨던 여파 때문인지 수현의 손끝이 떨리고 있었다.

이내 느릿하게 움직인 커다란 손이, 그녀의 작은 손을 움켜쥐었다.

아마도.

……꿈이라고 생각할 테니까.

꿈이 꿈으로만 남는다는 게 아쉽다.

너무 무서워서 온몸이 마비되고, 움직여지지조차 않을 때, 따뜻하게 감겨온 손.

꿈이라는 것을 알면서도, 숨이 막힐 듯한 두려움에 몸부림치던 수현에게는 구원이었다.

눈물이 주르륵 흘렀다.

아주 오래전에 꿨던 꿈속의 나는, 어쩐지 이런 구원을 받지 못했던 것 같아.

숨을 헐떡이며 달리던 여자는 그녀였다. 달리면서도 뒤를 돌아보고, 다시 앞을 바라보며 울먹이고 있었다.

아무도 도와주는 사람이 없었구나. 모두들 울고 있는 그녀를 외면했구나.

이른 아침, 수현은 눈을 뜨며 생각했다. 먹먹해지는 가슴에 통증이 번졌다. 그저 꿈일 뿐인데, 눈물이 멈추지 않는다.

"무슨 일이야."

잠겨 있던 저음의 목소리가 그녀를 깨웠다.

젖은 눈을 들어 올린 그녀는 고개를 옆으로 돌렸다.

침대 옆 일인용 소파에 앉아 있던 그 역시 고개를 그녀 쪽으로 틀고 있었다.

방금 손에서 뭔가 빠져나간 것 같았는데. 수현의 시선이 공허감이 감도는 손에 놓였다.

그 사이 하균은 무심한 얼굴로 소파에서 몸을 일으켰다.

'밤새 손을 잡아준 사람이…… 당신은 아니겠죠?'

수현은 옆에 앉아 있던 그에게로 시선을 돌리며 마른 입술을 달싹였다. 차마 입 밖으로 나오지 않는 물음이었다.

꿈속에서 아주 잠깐 그를 본 것 같았는데, 그게 꿈이 아니었던 걸까?

그가 밤새 여기에 있었을 리가 없잖아.

수현은 꿈속에서의 일을 현실까지 끌고 와서 연결 지어 보려는 자신의 괜한 추측을 나무랐다.

그의 기억 속에 존재하는 한수현이 자신이라면, 그건 불가능한 일이다.

하지만 어째서 눈을 뜬 곳은 이젠 낯설다고 말하지 못할 이곳일까.

"어젯밤에…… 내가 여기서 잠들었어요?"

서둘러 침대에서 내려온 그녀는 그를 올려다보며 물었다.

차에서 잠이 든 것까지는 알고 있었다.

"깨워도 안 일어나고 집 비밀번호도 몰라서 데려온 것뿐이야."

하균의 대답은 간단했다.

수현은 미안함과 고마움, 둘 중 뭐부터 말해야 할지 복잡했다. 어제 그의 어깨에 기대서 잠이 든 것도 모자라, 이 정도면 민폐다.

"미안해요. 또…… 고마워요."

그에게 신세 진 것에 대해 인사를 하던 그녀는, 이내 집에 홀로 자신을 기다리고 있을 강아지를 떠올렸다.

"아, 맞다. 하균이."

'하균'이라는 이름에, 그의 눈이 살짝 커졌다.

자신을 이상하게 바라보는 그의 눈길에, 수현은 뭐가 문제지? 하는 눈으로 그를 마주 봤다.

"강아지, 얘기한 건데……."

그러고 보니, 그의 이름과 강아지 이름이 같았지.

그의 눈빛에 대한 의문이 풀리자 수현의 입술이 살짝 벌어졌다.

그 입에서 떨어진 제 이름에, 순간 오만 생각이 스쳐 지나갔다는 걸 모를 거다.

저 여자가 무슨 생각일까.

내가 친근하게 이름을 부르게 해 줄 만큼 틈을 줬나?

뭐…… 매번 화가 난 목소리로 부르는 것보단, 나쁘진 않은 것 같기도.

결론적으로는 강아지 이름을 부른 것이라는 걸 알게 되었을 때, 그는 다니엘에게 그랬듯 수현에게도 차갑게 경고했다.

"그 강아지 이름. 내 앞에서는 부르지 마."

수현은 의아했다. 그렇게 예쁘고 사랑스러운 아이와 이름이 같은 게 어때서? 게다가 삼촌의 반려동물이기도 한데…….

"일어났으면 이만 가 줬으면 하는데."

"아, 네."

수현은 하던 생각을 거두고 급히 침대 옆에 놓여 있던 목도리와 겉옷을 챙겨 들었다.

"저기, 있잖아요."

"이사님께 형은, 유일한 가족이었다는 것만큼은 알아줬으면 해서요."

당신의 유일한 가족. 그 사람을 죽음으로 내몬 사람이 나.

당신을 나쁜 사람으로 만든 게, 나.

아직도 당신이 나를 미워하는 이유는 이해할 수 없지만, 그런 당신 때문에 힘든 것도 사실이지만…….

나도 당신이 말하는 그 기억이 뭔지 궁금해졌어.

아니, 알아야겠어.

당신을 만나고부터 생긴 이상한 증상들과 이유 없는 불면증, 그리고 잠이 들면 반복되는 같은 꿈.

이 모든 게 정말 내 기억들로 인한 건지.

정말 내가 모르는 기억이 존재한다면 어떤 기억이고, 도대체 왜 사라진 건지.

"뭐지?"

수현은 들고 있던 옷을 꽉 쥐었다. 가늘게 떨리는 목소리가, 그에게 물었다.

"혹시 내가 사고가 났던 곳이…… 횡단보도 근처였나요?"

"……!"

그녀를 향해, 하균의 시선이 오롯이 고정됐다.

"뭐야, 너."

'꿈일 뿐이라고 생각했는데. 설마 그게 기억의 일부라면…….'

젖은 눈이 아주 잠깐 흔들렸다 제자리를 찾았다. 그녀는 그를 똑바로 바라보며 말을 이었다.

"꿈에서…… 내가 그 횡단보도를 향해 달리고 있었어요. 그것도 아주 큰. 도로가 4차선 정도 됐던 것 같아요."

그녀와 가까이 마주 선 하균이 날카롭게 대답했다.

"그날 넌 도로로 뛰어들었고, 네가 뛰어든 곳은 횡단보도 위였어."

"내가…… 도로 위로 뛰어든 거라고요……?"

수현의 심장이 걷잡을 수 없이 빠르게 뛰며 머릿속을 하얗게 비웠다.

처음 하균을 만났던 엘리베이터에서, 스치듯 지나간 광경에서도.

도로 위에 한 남자가 쓰러져 있었다.

꿈에서 본 곳과 같은 장소.

'내가 대체…… 뭘 본 거지?'

그간 수없이 기억을 마주하고 있었어도, 그게 사라져 버린 기억인지 모르고 있었던 거라면…….

약간의 충격을 안은 몸이 비틀거렸다.

약간일 뿐이라고 생각했는데. 다리에 힘이 빠져나가며 중심을 잃었다.

그 순간,

그가 허리에 손을 감아 그녀를 가슴 쪽으로 당겨 안았다.

맞닿은 가슴, 여전히 빠르게 두방망이질 치고 있는 심장. 멈춰버린 호흡 속에서, 고개를 든 수현과 그녀를 내려다보는 시선이 얽혔다.

그녀의 허리를 받친 팔에 핏줄이 불거졌다.

"……괘, 괜찮아요."

이내 정신을 차린 수현은 이미 기운이 빠져나간 몸에 애써 긴장감을 주며 그에게서 벗어났다.

하균도 굳어 있던 팔을 내리며, 마른 입술을 적셨다.

"말해. 네가 꿈속에 본 게 뭔지. 넌 자면서 계속 도와 달라는 말을 했어. 전에 전단지를 돌리던 곳에서 이상한 놈이 너에게 접근했을 때도 주저앉아서 같은 말을 반복했고."

"그건……."

"누구에게 하는 소리인지는 모르겠지만 가지 말라는 말도 반복했어. 대체 누구한테, 왜 그런 말을 했던 거지?"

답을 갈구하는 듯한 그의 눈빛.

예전 같았다면, 이런 그의 눈빛을 마주 보려 하지도 않았을 것이다.

당신은 미쳤다며, 돌아섰겠지.

하지만 지금은, 그럴 수가 없었다.

서서히 범위를 넓혀가는 잃어버린 기억에 대한 두려움이, 그 사실을 무시할 수가 없게 만들고 있었다.

차라리 그 기억이 온전히 떠올랐다면 좋았을 텐데.

끊어지는 장면들이 아니라, 모든 게 보였더라면 좋았을 텐데.

"내가 본 건 어딘가를 향해 달리고 있는 나…… 그리고 횡단보도 위로 뛰어들자마자 보인 환한 빛뿐이었어요."

또다시, 이유 모를 눈물이 주르륵 떨어져 흘렀다.

"……도움이 절실해 보였는데 모두들 듣지 못해요. 붙잡아도…… 가 버려요."

그녀의 볼을 타고 흘러내린 눈물 자국에, 하균의 두 눈에 당혹감이 어렸다.

"그래서…… 꿈일 뿐이지만 가슴이 정말 아팠어요. 그저 꿈일 뿐인데. 그렇게 생각하면서 넘겨 버리고 또 넘겨 버렸는데……."

그동안.

그리고 어느 순간부터.

내가 모르는 기억이…… 재생되고 있었다는 뜻.

"내가 당신에게 말한 게 사실이라면, 나도 알아야겠어요. 내가 잃어버린 기억이 뭔지."

* * *

"한수현이, 사고 장소에 대해 기억해냈어."

"뭐라고?"

유한과 함께 집무실로 들어선 하균은 넥타이를 느슨하게 풀어내며 조용히 말했다.

"뚜렷한 건 아니지만, 사고 장소가 4차선 도로의 횡단보도 위냐고 물었다."

"……그걸 수현 씨가 어떻게 안 거야."

"꿈."

"꿈이라니."

"어느 순간부터 계속해서 같은 꿈을 반복해서 꿨다더군. 그 꿈이 아무래도 무의식 속에 잠재되어 있는 한수현의 기억인 것 같아."

삐—

자못 심각한 대화를 나누던 사이, 인터폰이 울렸다.

하균은 책상이 있는 곳으로 걸어갔다.

["이사님, 가온상사 정호진 상무님께서 오셨습니다."]

"들여보내세요."

"이거, 놓고 간다."

호진의 등장에, 유한이 하균에게 서류철 하나를 내밀었다.

하균이 미리 지시해 둔 것이었다.

"나머지 얘긴 나중에 하자."

고개를 숙이며 대표이사실을 나가는 유한을 눈으로 좇던 호진은, 휘파람을 불며 안으로 들어왔다.

"부르셔서 오긴 왔는데."

비서를 통해 하균의 연락을 받고, 의아했다.

호진은 소파 팔걸이에 턱을 괸 채 피식 웃었다.
"대단하신 정하균 이사님께서 갑자기 날 부르는 이유가 뭘까?"
음흉한 미소가 묻어 있는 입술을 엄지손가락으로 밀어 닦아낸 그는, 손목에 찬 로렉스 시계를 만지작거리며 물었다.
하균은 소파 상석에 앉아, 회사에 출근하자마자 유한에게 받은 서류철하나를 내밀었다.
호진은 고개를 비스듬히 기울이며, 그가 내민 게 뭔지 어림짐작을 해 보고 있었다.
"그동안 받은 뇌물들 상세 목록과 제공자 명단이야. 당연히 내건 아닐 거고."
"……!"
호진이 눈을 치켜떴다.
"뭐하자는 거냐, 지금?"
"이거면 검찰수사는 물론 임시 이사회가 열릴 거고 넌 가온상사 상무직에서 영원히 아웃되겠지. 그룹 이미지 손상시키는 걸 극도로 싫어하는 회장님의 처벌은 어떨지 궁금하군."
"뭐하자는 거냐고, 이 새끼야."
"차 마실 생각은 없는 것 같고. 본론부터 말하지."
"……."
"정하성에 관해 아는 것들. 하나도 빠짐없이 말해."
"뭐?"

정하성? 호진이 코웃음을 쳤다. 무슨 대단한 이야기를 듣겠다고 이런 짓을 하는 건가 싶었더니, 겨우 정하성 얘기가 궁금한 거였어?

"글쎄다. 하성이에 관해 내가 뭘 안다고."

호진은 눈동자를 빙그르르 굴리며 시치미를 뗐다.

"병실에서 했던 말. 내가 못 들었을 것 같아?"

하균이 단숨에 그의 숨통을 콱 쥐어 버렸다.

"네가 그런 더러운 생각을 갖고 있다는 걸 회장님께서 알게 되면 어떻게 될까? 네 아버지는?"

조금의 흥분하는 기색도 없이 무서울 정도로 여유롭게 말하는 하균을 보며 호진은 침을 꿀꺽 삼켰다.

"증거 있어? 내가 그렇게 말했다는 증거 있냐고."

"증거야 얼마든지 만들어 낼 수 있겠지. 내가 널 밟아 버릴 생각이었으면, 진작에 밟아 버렸을 테니까."

"이 새끼가……."

"이건 그냥 본보기일 뿐이야. 원하면 더한 것도 뒤져 줄 수 있어."

싸늘한 그의 눈빛에 호진의 신경이 바짝 곤두섰다.

하균은 한다면 하는 놈이다.

곧 슬쩍 눈치를 보며 소파에 기댄 채 꼬고 있던 다리를 바로 했다.

나이도 저보다 어린 주제에 저 서슬 퍼런 눈동자가 무척이나 거슬리지만, 지금의 호진으로선 선불리 하균에게 맞설 수 없었다.

정하균은, 사자무리에서 살아남은 호랑이 새끼였다.

먹잇감에는 관심 없는 사자인 척, 본색을 숨기다 하성이 우두머리 자리에서 물러났을 때 기다렸다는 듯이 나타났다.

문제는, 전혀 이 세계에 관심이 없던 녀석치고는 소름이 끼치도록 능력이 있단 말이지.

거기다 딜을 하기 위한 준비성까지 타고났다.

이런 놈은 진즉에 쥐도 새도 모르게 병신 만들어 버렸어야 했다고 그렇게 말했건만.

호진은 거칠게 입술을 깨물었다.

바짝 힘이 들어가 뭉친 고개를 양옆으로 꺾으며, 그는 하균의 의중을 떠봤다.

"네가 궁금한 게 정확히 뭔지부터 알아야, 내가 대답 가능한 범위를 좁히겠는데?"

"정하성을 끝장낼 수 있다는 비밀."

"……!"

그의 의도가 무색하게, 하균은 너무도 쉽게 본론만 말했다.

벌써 며칠 전 일이라 그는 무슨 얘기를 얼마나 했는지 기억이 가물가물하건만, 하균은 무심코 흘린 것까지 모조리 기억하고 있었다.

이런 식으로 밝히기엔 짜증 날 정도로 싱겁지만, 사고로 혼수상태에 빠진 하성이 언제 깨어날지 알 수도 없는 마당에.

일단은 자신이 살고 보는 수밖엔 없었다.

뭐, 지금 밝히는 이 사실에 관한 증거는 모두 제게 있으니 하균이 알고 있더라도 먼저 터트려버리면 그만이다.

'형을 그렇게나 사랑하는 이 새끼의 반응이 궁금하기도 하고.'

"담배, 피워도 되나?"

호진이 가슴 안쪽에서 담배를 꺼내며 물었다.

하균은 서서히 주먹을 꽉 쥐었지만, 보다 중요한 것에 대해 되뇌며 느릿하게 고개를 끄덕였다.

"……2년 전쯤에, 내가 아주 재미있는 걸 하나 봤거든."

호진은 담배에 불을 붙이며, 한 모금을 빨고는 후— 내뱉으며 입을 열었다.

"하성이가 말이야…… 아주 예쁘장한 아가씨와 호텔에서 나오더라고."

2년 전이라면, 그는 이미 형수인 연주와 결혼을 한 후였다.

"형이 불륜이라도 저질렀다는 걸, 말하고 싶은 건가?"

"아니지. 여자 정도야 난 눈감아줄 수 있어. 중요한 건 그게 아니지."

호진은 재미있다는 듯, 입술 끝을 말아 올렸다.

"중요한 건…… 그 여자가 이튿날 죽었다는 거야."

"뭐라고……?"

하균의 사고회로가 일순 정지되었다.

그 여자가 죽었다는 사실이 정하성과 무슨 상관이냐고 할 수도 있었다.

그러나 상관이 없는 일이었다면, 정호진이 굳이 하지 않았을 말이다.

"더 재미있는 사실이 뭔지 알아? 두 사람은 호텔을 빠져나온 날 밤, 그 여자의 오피스텔로 갔어. 분명히 같이 들어가는 걸, 내가 붙여 둔 놈이 확인을 했다는데…… CCTV든 뭐든 그 흔적이 화르륵, 사라져 버렸더라고."

"그래서, 무슨 말을 하고 싶은 거지."

하균은 최대한 동요하지 않으려 노력했다.

"그런데 이틀날, 그 여자는 투신자살을 한 상태에서 발견됐다."

조소를 지으며 하균의 반응을 살피던 호진의 입꼬리가 한 번 더 슥 올라갔다.

"이름은 서지현이었고, 나이는 28세. 사건은 우울증으로 인한 단순 투신자살로 종결됐지. 뭔가 냄새가 나지 않아? 왜 하필 정하성이 다녀간 이틀날일까?"

하균이 단호하게 반박했다.

"네가 지금 말하고 있는 모든 건, 그저 상황에 의한 추측인 것 같은데."

"나한테 하성이놈이 그 여자와 함께 그 오피스텔로 들어가는 사진이 있어. 물론 경찰한테는 없는 거지. 알아들어? 정하성이,

귀신같이 본인과 그 여자와 관계가 없는 것처럼 처리해 놨다고."

하균의 눈앞에서 호진은, 제가 갖고 있는 사진이 하성을 옭아맬 유일한 단서라는 듯 여유롭게 웃고 있었다.

하지만 하균에겐 아직 부족했다.

죽은 여자와 하성이 관련되어 있을 거라는 사실에 대한 증거가.

"……아주 만약. 형수님이 아닌 다른 여자를 만나고 있었다면, 그 사실이 밝혀질 경우에 대비해 조치를 취해놓았던 것일 수도 있어."

"물론 가능한 얘기지. 하지만 말이야……."

호진의 눈이 뭔가를 회상하듯 초점이 잠깐 사라졌다.

정하성에 관해서는, 그 어떤 것도 의심하려하지 않는 굳건한 믿음에 금이 가는 꼴이 보고 싶다.

"자살했다던 그 여자에게 목이 졸렸던 흔적이 있었단 얘기가 있어."

그의 의도대로, 하균의 눈동자가 일렁였다.

"뭐, 정확히 밝혀진 건 아니야. 유족들이 부검 요청을 했지만, 결과는 깨끗하다는 보고서였거든. 혹시나 싶어서 내가 당시 부검의를 찾아내느라 고생 좀 했는데, 흥미로운 게 뭔지 알아?"

"……."

"그 사건 후 얼마 지나지 않아서 국과수 그만두고 해외로 이민을 갔더군. 자…… 이러면 좀 그림이 그려질 텐데."

하균에게서 아무런 대답이 없자, 호진은 씩 웃으며 덧붙였다.

"이래도 내 의심이 허무맹랑하단 소릴 할 생각이면 섭섭하다고."

"……."

"뭐, 일단은 하성이놈 반응이 궁금해서 그 사진 들고 얘기를 좀 해 보려고 했어. 그놈이 그렇게 됐다는 게 유감……."

차갑게 식은 눈동자가 호진에게 고정되자, 호진이 움찔했다.

"내가 아는 건 여기까지야. 원하는 걸 들은 소감이 어떠신지요."

호진은 담뱃재를 털며, 빙긋이 웃어 보였다.

뜻 없는 미소는, 단숨에 화살이 되어 하균에게 꽂혔다.

"실은 너야말로 정하성 뒤통수를 갈기고 싶었던 거 아냐?"

하균이 피식 웃었다.

웃음 속 조용히 회오리가 몰아치고 있는 눈은, 당장이라도 그의 머리를 테이블에 처박을 기세였다. 그가 놀랍도록 평정심을 유지하고 있다는 걸, 호진은 알지 못했다.

"정하성을 끝장낼 수 있다는 비밀이 뭐냐고 물었잖아."

호진이 후, 뿜어낸 담배 연기가 안개처럼 하균의 앞에서 퍼졌다.

"오해의 소지가 아주 다분한 질문 아닌가?"

"……."

"왜, 자리가 사람을 만든다더니 네가 하성이 대신 그 자리에 앉아 있으니까 뭐라도 된 것 같냐?"

담배를 지져 끈 호진이 씩 웃으며 하균의 심기를 자극했다. 이 참에 네 그 더러운 가면, 깨 주겠다는 듯이.

"그래, 욕심나겠지. 그 자리가 어떤 자린데. 이젠 새로운 차기 후계자 소리까지 들으니 더 신명나지?"

주먹이라도 한 대 맞아 주겠다는 심산이었다.

그가 보아 온 정하균은 단 한 번도, 감정에 휘둘려 일을 저지르는 법이 없었다.

예외가 있다면 정하성에 관한 것 정도.

그런 하성을 배신한 게 아니냐는 물음은 그를 흥분시키기에 충분한 발언이었다.

방금 전 대화의 맥락만 보자면, 수상한 냄새가 폴폴 나고 있었으니까.

"넌 아직도 나에 대해 잘 모르는군."

하균은 그런 호진이 가소로웠다.

"……원했다면, 벌써 가졌어."

"……!"

"내가 이 자리에 앉고 나서 이 회사가 어떻게 돌아가는 지 눈이 달렸으면 봤겠지."

한마디도 반박할 수 없어서, 호진이 이를 바득 물었다.

"안타깝게도 난 잿밥엔 관심 없어. 나한테 중요한 건, 정하성 하나야. 정하성은 하나뿐인 내 형이고, 난 형에 관해 알아내야

할 게 있어. 보고 싶은 것만 보는 너 같은 것들은 죽었다 깨어나도 이해 못 할 일이지."

하균은 가볍게 미소를 짓고는 테이블 위에 놓여 있던 서류를 가리키며 덧붙였다.

"알아들었으면, 이거나 갖고 꺼져."

"……."

호진은 손가락을 차례로 말아 쥐었다 느릿하게 펴내며 서류를 들고 일어났다.

"그거 아는지 모르겠네."

그는 여유롭게 앉아 있는 하균을 향해, 의미심장한 한마디를 남겼다.

"보고 싶은 것만 보는 사람이, 과연 나뿐일까?"

뜻 모를 그의 한마디에, 하균의 눈매가 가늘어졌다.

이내 호진은 한쪽 입술 끝을 들어 올리며 대표이사실을 나섰다.

* * *

은각은 수현을 뚫어져라 바라봤다.

오늘 하루 동안 주문을 받고, 분주히 손님에게 커피를 내주면서도 그녀는 뭔가 깊은 생각에 빠져 있는 것처럼 보였다.

늘 그랬듯 웃고 있지만, 무슨 생각을 하는 건지, 어딘가 수심이 가득해 보이는 이유가 궁금하다.

제가 신경 쓸 일은 아니라고 생각하면서도 멍한 표정의 그녀에게 눈길이 가고 있었다.

"자자, 이제 마감타임이 왔습니다~."

지원이 헤벌쭉 웃으며 다가왔다.

"벌써 시간이 그렇게 됐나."

수현은 시계를 확인하며 정신을 깨웠다.

눈을 깜박이는 수현을 본 지원은 잊고 있었다는 듯 곧 입을 크게 벌렸다.

그가 수편의 옆에 착 달라붙어 물었다.

"근데, 누나. 어제 그분. 그분과 무슨 사이시죠."

"그분……?"

"제가 그분을 모를 거라 생각하면 큰 오산이십니다."

수현은 고개를 비스듬히 기울이다, 어제 그분에 대해 생각해 봤다.

'어제 그분이라면 누구를…….'

"아."

지원이 물을 만한 그의 존재감은 어딜 가나 대단한가 보다. 수현에게는 집 앞에서, 엘리베이터에서, 그리고 회사에서까지 보는 사람이었지만.

그가 그토록 원했던 기억에 대해 제대로 고민해 보겠다는 결심을 한 뒤부터, 사실 수현은 '그다음'에 대해 생각하고 있었다.

더 이상 그가 말하는 그 묘연한 기억에 대해 아무렇지 않게 넘겨버릴 자신이 없어서 생각을 달리해 보게 됐지만…….

그녀 역시도 단편적으로만 보이고 있는 기억들을 온전히 떠올려낼 방법이 없었다.

주변의 누군가는 그 사고에 대해 알고 있을지 않을까 싶어도, 분명히 새엄마는 그런 사고가 난 적이 없다고 했다.

그녀 역시 사고가 난 적이 없다는 것을 확신했었지만, 그 기억의 조각들이 머릿속에 혼재되고 있다는 걸 자각한 뒤부터…… 앞뒤가 맞지 않는 느낌이다.

'새엄마도 나처럼 사고에 대해 모르고 있던 걸까?'

작든, 크든, 자식에게 있었던 사고를 기억하지 못하는 부모는 없다. 수현은 그녀를 믿고 있었기에, 머릿속이 더욱 뒤엉키는 것만 같았다.

"누나."

"……."

"누나?"

"아, 미안."

"뭐야. 설마 말 못할 그런 사이라든가. 말하면 놀랄 사이라든가."

"그런 거 아니야."

수현은 고개를 저었다.

이상한 타이밍에 딴생각에 잠겨 있었다. 지원은 주위를 슬쩍

의식하더니 수현에게 작게 속삭였다.

"어제 궁금해서 밤에 잠을 못 잤습니다, 제가. 깜박했다가 지금 물어보는 거예요."

무려 가온전자 정하균 대표였다.

그것도, 남자가 봐도 완벽 그 자체인 남자. 그런 그가 그녀를 찾아 사내 카페로 직접 온 것도 미스터리고, 그런 그와 약속을 할 수 있는 수현의 정체도 미스터리했다.

채근하고 있는 건 지원이었지만, 실은 은각도 그녀의 말에 귀를 기울이고 있었다.

종일 기분이 좋지 않아 보였던 게, 그 남자 때문인가?

"……그러니까."

수현은 고민했다. 어제 레스토랑에서 혜수를 만났을 때와 같이, 또다시 그와의 관계를 정의해야만 하는 일이 발생했다.

하지만 생각보다 단순한 대답을 해도 됐을지 모른다.

"그냥 이런저런 일로 얽혀 있는 사람."

그때도 이렇게 말할걸.

수현은 약간의 한숨을 보이며 대답했다. 너희들이 생각하는 만큼 대단한 사람은 아니라는 듯이.

"에이! 그게 뭐예요! 솔직히 이렇게 큰 회사 대표랑 누나가 이런저런 일로 얽혀 있을 만한 일이…… 설마 누나 이 회사 로열패밀리인데 언더커버 보스, 뭐 이런 건 아니죠?"

"뭐?"

푸핫. 수현은 뜬금없는 지원의 상상에 웃음을 터트리고 말았다. 오늘 들어 처음 보이는 웃음이었다.

"나도 그랬으면 좋겠는데, 그런 거 아니니까 신경 꺼 줬으면 해."

자세히 말해 주지 않는 수현의 싱거운 태도는 지원과 은각을 실망시켰다.

"얼른 정리하고 가자."

카페 안이 건조해서 그런지, 목이 조금 아팠다. 수현은 대화를 갈무리하며 컵에 따뜻한 물을 따랐다.

"'끝났으면 가지.' 이렇게 말했는데. 마치 데리러 온 사람처럼. 누나 대표님이랑 뭐 있죠."

공중에 컵을 들고 있던 손이 미끄러졌다.

뜨거운 물이 바닥에 쏟아지자, 은각이 놀라 수현을 돌아봤다.

"괜찮아?"

그가 바닥에 한쪽 무릎을 꿇고 앉아 수현의 발밑을 확인했다.

수현은 약간 멍한 얼굴로 고개를 끄덕였다.

운동화 부분이 젖어들긴 했지만, 데이진 않았다.

당황할 이유가 없는 터무니없는 질문이었는데, 왜 이런 거지?

"누나, 괜찮아요?!"

지원도 제가 무슨 질문을 했던 건지 잊고선 수현의 상태를 확인했다.

"괜찮아. 바닥 닦아야겠다."

수현은 곧바로 대걸레를 가지러 움직이려했다.

은각이 그녀를 붙잡았다.

"내가 할 게. 여기 있어."

* * *

"위험한 내용일 거라고 생각했었지만, 사실이라면 위험 정도가 아니잖아."

유한 역시, 호진의 입에서 나온 이야기들을 쉽게 받아들이지 못하고 있었다.

그간 타인이 바라봐 왔던 '정하성'이란 사람에 대해 떠올려 본다면, 호진은 그런 하성의 인성 자체를 부정하는 의심을 하고 있었다.

하성이 부인이 아닌 다른 여자를 만나고 있었다는 것부터도, 평소의 그를 생각한다면 있을 수 없는 일이었다.

그것도 모자라서, 하성이 한 여자의 죽음과 얽혀 있다니.

"내가 직접 제대로 알아보고 확인할 때까지는, 그 어떤 것도 확신할 수 없어. 믿을 생각도 없고."

하균은 머리카락을 쓸어 올리며 유한의 불안함을 일축시켰다.

"그래도 사실이라면…… 어떻게 할 거냐."

유한이 물었다.

"말했잖아. 내 눈으로 확인할 때까지는, 아무것도 믿지 않는다고."

"……일단. 그 서지현이란 여자에 대해 알아보는 게 좋겠어. 정 전무가 말하는 자살 사건에 관한 것들도."

하균이 고개를 끄덕이자, 유한은 그길로 집무실을 나섰다.

유한이 나가고 홀로 남겨진 하균은 소파에 기대 눈을 감았다.

한수현과 정하성의 관계에 대한 실마리를 찾고자 정호진을 불러들였다. 그런데 듣게 된 건, 생각지도 못한 억측.

억측이라 생각하면서도 하성에 관해 끊임없이 얽혀 들어가는 생각들은 그의 머릿속을 헤집고 있었다.

하성이 한 여자와 동행했고, 그 여자와 함께 시간을 보낸 이튿날, 여자는 죽었다. 보이는 것만, 보려는 것만 보면 물어뜯기 좋은 시나리오다.

하지만 2년 전 일이었고, 그 여자가 죽은 것과 상관없이 하성은 그동안 그 누구보다 건실한 사업가였다. 사고가 나기 전까진.

하균이 원하는 건, 그저 사고가 있던 날의 진실이었다.

형이 한 여자를 구하려다 혼수상태가 됐고, 그 여자를 구하려 한 이유.

그리고 그 여자가 그런 형을 버리고 종적을 감춘 이유가 알고 싶었을 뿐이었다.

그런데…….

‘정하성이, 타살에 연루되어 있고 그걸 덮었다…….’

실소가 터져 나왔다.

‘……정하성이 그랬다고 믿고 싶은 거겠지.’

하균은 병실에 누워 있는 창백한 얼굴의 하성을 떠올리며 마음을 다잡고 또 다잡으려 노력했다.

* * *

“이사님, 댁에 도착했습니다.”

어둑해진 밤, 운전기사가 하균을 불러 깨웠다.

하균은 눈을 뜨고, 차에서 내렸다. 그는 오피스텔 안으로 들어가려다 길가에 놓여 있던 벤치를 바라봤다.

저벅 저벅 걸어가며 눈을 밟았다. 이루 말할 수 없는 답답함이 가슴을 옥죄고 있는 상태에서, 사람의 온기라곤 없는 집으로 곧장 들어가고 싶지 않은 마음이 발현했다.

머릿속이 얼얼해지도록 찬바람을 가만히 맞고 있을 생각이었다. 그는 벤치에 기대 앉아 미열이 오른 얼굴을 식히며 눈을 감았다.

강아지 옷을 따뜻하게 입힌 뒤, 근처 공원에서 잠깐 산책을 시키고 돌아오던 수현이 걸음을 멈춰 세웠다.

오피스텔로 들어가는 길에 조성되어 있는 벤치에 앉아 있는 누군가의 모습. 은은히 켜져 있는 가로등 불빛은 오묘하게 그를 비추고 있었다. 미동조차 않아 있는 남자의 모습에, 수현은 왠지 모를 걱정이 들었다.

이 겨울에…… 혹시 저기서 잠이라도 든 걸까?

수현은 조심스럽게 남자의 앞으로 다가갔다.

"정하균 씨?"

여기 앉아 있던 사람이 그이리라고는 생각지 못했다.

하나둘 눈을 뜬 하균이 수현을 바라봤다. 그는 아무런 말도 하지 않았지만, 수현은 그를 빤히 보다 걱정 어린 얼굴로 물었다.

"술 마셨어요?"

"……."

그는 말이 없었다. 혹시 내가 말을 건 것이 불쾌했나. 아니면, 그냥 지나쳐가길 바라는 것일까?

왠지 모를 눅눅한 기분이 밀려든다는 게 이상했다. 그러나 수현은 잘 알고 있었다. 자신은 그에게 관심을 가져도 될 만한 사람이 아니라는 걸. 그 또한 필요한 것 외엔 관심을 가지지 않는 사람이라는 걸.

더 이상 신경 쓰는 건, 괜한 걱정과 관심일지 모른다.

"……알았어요. 날 추우니까 얼른 들어가요."

결국 그녀는 그의 뜻대로 가던 걸음을 떼려 발길을 돌렸다.

그러나 이번엔 그가,

"가지 마."

그녀를 붙잡는다.

힘이 들어간 손이 그녀를 붙잡고,

애써 지나치려했던 그녀의 마음을 붙들었다.

하균을, 그가 잡은 손목을 바라보는 가슴이 일렁였다. 그의 입술 새로 떨어진 가지 말라는 말이, 그가 뻗은 손을 의심하게 된다.

"정하균 씨."

조금은 가라앉은 목소리로 그를 불렀다.

그에게 알려주고 싶었다. 당신이 붙잡은 건, 다른 여자가 아니라 한수현이라고. 길을 가다 서로를 알아보고 눈을 마주칠 수는 있어도, 붙잡을 만한 사이는 아닌 한수현.

서로가 가지고 있는 건, 악감정뿐이라는 것도 무시할 수 없는 사실이었다.

수현은 벤치에 앉아 있던 그를 알아봤지만, 더 이상 다가가지 않았다. 다가갈 수가 없었다는 표현이 맞겠지만, 어느 정도의 거리를 유지해야 함을 알고 있었기에 돌아섰다.

그런데, 그의 손이 너무도 손목을 꽉 쥐고 있다. 날은 추웠고, 그의 손등은 붉었다.

이곳에서 오랫동안 있었는지도 모른다.

이다음을 예측할 수 없어서 심장이 아주 조금 빠르게 뛰고 있었다.

"정하균 씨."

제대로 돌아선 수현은 다시 한 번 그를 불렀다.

그녀에게 고정되어 있던 하균의 시선이 아래로 떨어졌다.

"네 기억 속의……."

곧 그는 자리에서 일어나 그녀와 마주 섰다.

"네 기억 속의 정하성은……."

그의 흐릿한 눈동자가 그녀를 담았다. 그 안에 떨림이 가득해서, 그의 상체가 그녀에게로 무너지듯 안겨서 수현은 놀랐다.

'……내가 알고 있던 정하성과 다른가?'

수현의 어깨에 얼굴을 묻은 하균은 차마 묻지 못하고 삼켜 버렸다.

어느 순간 갑자기 그런 생각이 들었다. 아무것도 믿지 않을 거라 다짐했는데도, 호진을 통해 하성에 관한 이야기를 듣고 나서 가장 먼저 떠오른 사람은.

수현이었다.

그녀가 기억을 잃었다는 것을 알면서도, 그날 수현과 하성 사이에 무슨 일이 있었는지 더욱 미치도록…….

알고 싶다. 알아내야만 할 것 같다. 그날 한수현의 싸늘한 눈동자와 날이 선 말들은 무슨 이유로, 누구를 향해 했던 말이었는지.

그러나 지금에서야 기억나는 건.

그녀의 눈동자가 정작 대화를 하고 있던 자신이 아닌 하성을 향해 있었다는 것.

수현의 눈동자가 파르르 떨렸다.

거대한 상체의 무게감이 온전히 느껴지고 있었다. 품에서 느껴지는 그의 체향에, 그의 심장박동 소리에, 자연스레 숨결이 멎었다. 겨우 숨을 몰아쉰 수현은, 가까스로 입술을 뗐다.

"……저기."

"……."

괜한 관심은 주제넘었다고 할까 봐, 기껏 지나치려 했었다.

하지만 그녀를 붙잡은 건, 그였다.

결국 수현은 머뭇거리던 손을 그의 등 위에 얹었다.

아무것도 묻지 않고 가만히 기다려 주는 것.

늘 훨씬 크고, 강해 보였던 그가.

처음으로…… 누군가의 손길이 필요해 보여서.

* * *

하균은 깨질 듯한 머리 위에 팔을 올려놓았다.

어젯밤 술을 마시고, 오피스텔로 돌아온 것까지는 기억이 나는데 그다음이…….

그는 누운 상태로 천장을 바라보며 생각했다. 이렇게 멀쩡히 침대 위에 누워 있는 것을 보면, 알아서 집으로 잘 찾아들어 온 거겠지.

한숨을 내뱉으며 몸을 일으켰다. 침대에서 내려가려는데, 문득 입고 있던 옷차림이 눈에 띈다. 옷도 갈아입지 않고 그대로 잠이 들어 들었나 보다.

그런데, 왜 이렇게 찜찜하지?

살짝 미간을 좁히며, 와이셔츠 단추를 하나둘 풀고 샤워를 하기 위해 움직였다.

그러나 샤워 부스 안에서 몸을 적시면서도 그는 왠지 모르게 느껴지는 찜찜함이 이상했다.

유한이 운전을 하며 넌지시 하균에게 말을 걸었다.

"어젯밤 수현 씨가 나한테 연락을 했어."

한수현이 최유한에게?

최유한이 한수현에게 연락을 할 일이 있을지는 몰라도, 수현이 직접 연락을 할 일이 뭔지 가늠되지 않는다.

하균은 그다지 신경 쓰지 않는 척하면서 무심하게 물었다.

"그 여자가 왜."

유한은 그런 하균의 심중을 너무도 잘 읽었다.

어제 종일 유한은 본연의 업무를 비롯한 하균의 지시가 있었던 조사 거리에 대해 파고드느라 정신이 없었다.

당분간은 계속 그럴 예정이었다. 그런 와중에, 어젯밤 그녀가 제게까지 전화를 해야 했던 이유가 궁금했던 건 자신이었는데, 하균이 은근히 신경을 쓰고 있는 것 같은 느낌이 그의 장난기를 발동시켰다.

"글쎄다. 왜 나한테 연락을 했을까. 꽤 늦은 시각이었는데 말이야."

"빙빙 돌리지 말고 똑바로 말해."

하균이 결국 걸려들었다. 평소에는 어떤 것에도 동요하지 않는 여유로움을 무기처럼 내보이는 그였다. 방금 전 발언은 약간 다급해 보였다는 걸 그는 인정하지 않겠지만, 유한은 조금 웃고 말았다.

"너희 집 비밀번호를 알려달라고 부탁하던데?"

하균의 눈매가 가늘어졌다. 잘못들은 건 아닐까, 하는 생각이 돌연 떠올랐을 때쯤 유한이 덧붙였다.

"수현 씨가 오피스텔 입구 벤치에 있던 널 발견해서, 집까지 데려다줬다고 하던데. 어제 얼마나 퍼마셨길래 그래."

어제 하균에게 가해졌을 충격이 작지 않다는 걸 유한도 알고 있었다. 전혀 그러해 보이지 않았다고 해도, 그는 형 문제에 있어서만큼은 바람 앞의 등불처럼 흔들릴 수밖에 없었다. 유일하게 그를 움직이게 하는 건, 하성뿐이었으니까.

"별로 안 마셨어."

하균은 볼멘소리로 대답했다. 팔걸이에 팔꿈치를 대고, 턱을 괸 그는 어젯밤 일에 대해 생각해 봤다.

깨질 듯한 두통이 거의 가셨을 때쯤, 하균의 눈이 번쩍 뜨였다.

"가지 마."

차라리 끝까지 아무것도 기억이 나지 않았다면, 기억나지 않는다고 옹졸한 핑계를 댈 수도 있을 텐데.

그는 수현을 붙잡았던 자신을 기억했다. 이어지는 그녀의 표정과 그녀의 어깨에 얼굴을 묻은 자신의 행동이 점점 그의 얼굴을 굳게 만들었다.

눈을 뜬 내내 이유 없이 느껴지던 찜찜함의 원인이 멀지 않은 과거에 있었다.

그는 지끈거리는 머리를 뒤로 젖혀, 다시 차 시트에 등을 기댔다.

한수현 얼굴을, 어떻게 보지.

* * *

카페에 도착해 옷을 갈아입은 후, 수현은 휴대폰 화면을 응시하다 곧 전화번호 하나를 꾹 눌렀다.

이윽고, 미선이 전화를 받았다.

"엄마, 저예요."

수현은 미선을 만나서 제대로 얘기를 해 볼 생각이었다. 그가 줄곧 얘기해 왔던 사고에 대해, 그 사고와 연관된 정하성이란 남자에 대해 정말 그녀가 아는 게 없는지 진지하게 물어보기 위해 서였다.

["응, 수현아. 무슨 일이니?"]

미선은 늘 그랬듯 해맑은 목소리였다.

수현은 그런 미선이 좋았다.

"오늘 저녁에 집에 잠깐 들를게요."

["집? 우리 집 말이야?"]

"네. 엄마, 아빠가 보고 싶기도 하고…… 드릴 말씀도 있고 해서요."

["엄마야 좋지~ 오랜만에 우리 딸 보고. 너희 아빠도 말은 안 하지만 너 거기 보내놓고 얼마나 근심이 많으신 줄 아니? 가끔 네 빈방 들여다보고는 돌아서는데 내가 가슴이 찡해서…… 아무튼, 엄마가 맛있는 거 해 놓고 기다리고 있을게."]

"네, 엄마. 이따 봐요."

수현은 애써 밝은 목소리로 전화를 끊었다. 늘 넷이 함께 있다가 유라가 집을 나간 뒤로 셋이 되었다. 그리고 이젠 아빠의 곁에 남아 있는 사람은 새엄마뿐이었다.

그 모든 게 아빠는 본인의 무능함 때문이라고 자책할 것을 생각하니 수현도 가슴이 아팠다.

가족으로서, 딸로서, 도울 수만 있다면 당연히 아빠의 짐을 나눠 들 수 있는 건데.

벌써 집을 떠나온 지 한 달이 다 되어 간다. 앞으로 두 달 정도만 더 있으면, 돌아가겠지.

차라리 그 전에 기억을 되찾아서…… 빚을 모두 갚을 수 있다면 좋겠다. 그가 원하는 것을 들려주고, 미련 없이 돌아설 수 있으면 좋겠다.

하지만…….

예전처럼, 아무렇지 않게 돌아설 수 있을까?

……어제는, 그러지 못했다.

유한에게 전화를 걸어 그의 집 문을 겨우 열었다. 허리가 아플 정도로 그를 옮겨다 놓는 데 힘을 썼다는 사실을, 그는 알고 있을지 모르겠다.

늘 차갑고, 빈틈없어 보였던 그의 눈에서 알 수 없는 슬픔을 읽었을 때, 조금은 낯설었다.

그래서 그의 행동에 대한 저의에 대해서는 까맣게 잊어버리곤 그를 도왔던 것 같다.

"회사에…… 왔을까."

수현은 가만히 그를 떠올리며 밖으로 나가는 문을 열었다.

*　　*　　*

["당시 서지현 씨의 부검을 맡았던 의사는 얼마 지나지 않아서 국과수를 그만뒀습니다. 현재는 미국으로 이민을 간 상태이구요. 이민을 가기 직전, 거액의 건물도 매입한 기록이 있습니다.

그 의사의 평소 재력이나 집안을 따져봤을 때 수상하다고 여길 수밖에 없는 점이었습니다.”]

전화를 받은 남자는 알았다는 듯 고개를 끄덕였다. 별로 놀라지 않는 반응이었다.

“의심이 확신이 돼가는 과정에 힘을 보태 주네요, 그 의사가.”

[“정말 정하성 전 대표가…… 서지현 씨의 죽음과 관련 있는 걸까요.”]

유 비서도 뭔가 심상치 않다는 것을 감지한 모양이었다.

[“그간 정하성 이사는 다른 그룹 사이에서도 모범적이고, 성실한 기업가로 자주 거론되던 사람입니다. 가온전자같이 거대한 계열사를 여태까지 큰 사고나 이슈 없이 이끌어 온 인물이구요. 거기다 1년 전, 그가 사고를 당한 이유도…… 도로 위에 뛰어든 여성을 구하기 위함이 아니었습니까.”]

“그동안 지켜본 가온전자 직원들이나 가끔 오가는 임원들의 얘기만으로 미뤄 봐도, 아주 이미지가 클린한 분이시던데…… 뭐, 그건 두고 봐야 알겠죠. 그 얼굴이 가짜인지, 진짜인지.”

[“하지만 상대는 가온그룹이고, 정하성 대표는 혼수상태에 있습니다.”]

“만약 정 대표가 정말로 서지현 씨의 죽음과 연관되어 있다면 밝혀져야 할 일은 밝혀져야 하는 거고, 제가 그렇게 만들 겁니다. 일단은 그 의사가 사건의 키를 쥐고 있는 것 같은데…… 이민을 갔다고 하니. 한국으로 불러들일 만한 건수를 만들어 내죠."

["그 의사에 대해 수소문해 본 결과, 얼마 후 여동생의 결혼식이 있어 한국에 입국할 예정이라고 합니다."]

"그거 반가운 소식이네요. 그럼 그때에 맞춰 그 의사에게 연락을 좀 해 주셔야겠습니다, 유 비서님."

유 비서의 대답을 끝으로, 그는 휴대폰을 주머니에 넣었다.

꽤 오래전, 사진 속 남자에 대한 기묘한 소문이 하나 있었다. G그룹 후계자에게 숨겨 둔 여자가 있다는.

너무도 터무니없는 지라시라 파고들만한 가치를 느끼지 못했었다.

그러나 평소처럼 경찰서 소식들을 눈여겨보고 비서를 통해 전달받던 중, 경찰서 앞에서 1인 시위를 하는 늙은 여인에 대해 들었다.

이미 2년 전에 종결된 사건이었지만, 서지현의 유가족은 그녀의 죽음이 자살이 아닌 타살이라 주장하고 있었다.

그가 조용히 움직이는 경우는 두 가지였다. 죄짓고도 안면 몰수인 인간을 탈탈 털어 내고 싶을 때. 그런 부류의 인간들이 힘없고, 돈 없는 사람들을 건드렸을 때.

두 번째 경우에는 직접 나서는 일이 드물긴 했지만, 까면 까낼수록 이 시큼한 냄새가 피어오르는 사건을 지나칠 수가 없었다.

게다가 사진 속 남자가 전혀 예상치 못했던 인물이라면 더더욱. 그는 보관하고 있던 사진을 떠올리며 쓴웃음을 지었다.

*　*　*

“형은 화장실 좀 다녀온다더니, 왜 이렇게 늦게 와?”

지원이 툴툴대며 은각을 나무랐다.

둘이 아옹다옹하는 게 재미있어서 수현은 작게 웃으며 일을 하는 중이었다.

“근데, 누나. 진짜 그분과의 미스터리한 관계에 대해서 말 안 해줄…….”

지원이 여전히 궁금해 죽겠다는 듯 다시 묻기 시작하자, 은각이 그를 툭 치며 눈치를 주었다.

“아직 수현 누나하고 우리가 그다지 친하지 않은 것 같아서 섭섭하오.”

지원은 슬프다는 듯 중얼거렸다. 하지만 어쩔 수 없이, 두 남자는 궁금증은 궁금한 상태로 남겨두기로 했다.

카페 일을 마친 수현은 먼저 기다리고 있던 두 남자를 물끄러미 바라봤다.

“아직 안 간 거야?”

“어차피 같은 버스정류장 가는 길인데 같이 가요, 누나.”

은각은 수현을 보고 있지는 않았지만 지원의 말에 동의하는 듯했다.

"그래, 그럼."

수현은 두 사람과 함께 카페를 나서서, 걸어갔다.

"수현 씨 아니야?"

유한이 옆에 있던 하균을 향해 말했다.

어제 일에 대해 얘기를 꺼내볼 겸, 업무를 끝내고 수현의 퇴근 시간에 맞춰 로비로 내려온 하균은 가만히 미간을 좁혔다.

저만치 회사 출입구인 회전문으로 나가는 세 사람이 그의 시야에 들어와 있었다.

지난번엔 저 사이에서 환하게 웃고 있더니.

이번엔 셋이 오순도순 걸어가는 게 영 그를 거슬리게 만들었다.

이내 하균은 수현을 카페에 들인 지 얼마 되지도 않아서, 제 본래 의도를 새까맣게 잊는 결정에 대해 고심하기 시작했다.

……한수현.

"자를까."

"자르다니, 누굴?"

유한이 수현을 보던 눈길을 돌렸다.

어쩐지 목소리가 평소보다 한톤 낮아졌다 싶더니. 표정 역시 한층 가라앉아 있는 하균을 본 유한은 픽 웃었다.

누가 봐도 '나 저 여자 신경 쓰임.'이라고 얼굴에 쓰여 있다.

오늘은 하균이 업무도 평소보다 빠른 속도로 처리하고, 평소보다 일찍 퇴근하는 것 같기에 시간을 확인하니 누군가의 퇴근 시간과 비슷했다.

오늘 아침에 알려 줬던 어젯밤의 불편한 진실이 하나 있으니, 그것 때문에 수현을 만나려 했던 거라는 것쯤은 유한도 알고 있었다.

유한은 그다음 하균의 반응이 궁금해서, 바지 주머니에 손을 찔러 넣은 채 능청스럽게 물었다.

"저 셋이, 어디 같이 가기로 한 곳이라도 있는 건가."

기대했던 것과 달리, 하균은 별 반응을 보이지 않았다.

"오늘은 나 혼자 들어갈 테니까, 넌 바로 퇴근해."

* * *

"누나, 혹시 여동생 있어요?"

버스정류장을 향해 걸어가던 중, 지원이 눈을 반짝이며 물었다.

"있어. 두 달 차이 여동생."

누가 동생이고, 누가 언니일지는 모르겠지만 아빠가 정해 준 것으로만 정의하자면 생일이 빠른 쪽이 언니였다.

"두 달 차이? 어떻게 두 달 차이 여동생이 있어요?"

지원이 고개를 갸웃했다.

"의붓동생이야."

"앗."

이런. 곤란한 질문을 했던 거구나, 지원은 아랫입술을 살짝 물며 미안한 얼굴을 했다.

"괜한 것 물어서 죄송해요, 누나."

"아냐. 근데 내 동생은 왜?"

"그게……."

지원이 머뭇거렸다. 수현의 대답은 전혀 예상치 못했던 것이어서, 지원은 어쩔 줄을 몰랐다.

그때 옆에 있던 은각이 무심하게 끼어들었다.

"소개시켜달라고 하려 했겠지."

"혀엉!"

지원이 약간 울상이 되었다.

"아…… 미안하지만 내 동생은 소개시켜주고 싶어도 그럴 수 없는 이유가 있어서. 나랑 동갑이니까 너하곤 나이 차이도 좀 있을 거고."

그러고 보니…… 유라는 잘살고 있을까.

언제쯤 돌아올지 그녀도 알 수 없었다. 집을 나가 버린 이후로 연락이 끊겨 버렸으니까.

수현은 웃으며 대답하면서도 씁쓸한 마음을 애써 감췄다.

어느덧 정류장에 도착하자, 퇴근 시간이라면 늘 그렇듯이 사람들이 붐볐다.

세 사람이 정류장에 다가오자, 버스를 기다리고 있던 여자들이 힐끔힐끔 그들을 바라봤다.

통화를 하다가도, 동료나 친구와 수다를 떨다가도, 수현의 양 옆에서 그녀를 호위하듯 서 있는 지원과 은각을 은근한 눈길로 바라보고 있었다.

수현은 왠지 모르게 느껴지는 시선이 조금 부담스러웠지만, 두 사람은 전혀 개의치 않는 것 같았다.

괜히 자신 혼자 예민해 하는 것 같아서 신경 쓰지 않으려 했다.

지원이 기다리던 버스는 금방 도착했다.

"조심히 들어가요, 누나!"

"나는 안 보이냐?"

수현에게만 인사를 건넨 지원에게 은각이 눈살을 찌푸렸다.

"형, 거기 계셨습니까?"

지원은 천연덕스럽게 대꾸하고는 냅다 도망치듯 버스에 올랐다.

지원이 탄 버스에 이어 다른 버스들이 줄줄이 도착하고 옹기종기 모여 기다리던 사람들도 한가득 탔다.

몇 차례 버스가 떠나자 정류장이 이제야 조금 한산해졌다.

은각은 늘 그랬듯 이어폰을 꺼내 음악을 들었다.

수현은 휴대폰 시간을 확인하며 집으로 가는 방향의 버스번호를 상기했다.

그 사이, 은각이 가만히 버스를 기다리고 있던 수현을 흘끗 내려다봤다. 어쩐지 수현이 조금 초조해 보인다.

그의 눈짐작이 맞았는지도 몰랐다.

수현은 새엄마와 아빠에게 어디서부터 말을 꺼내야 할지, 무엇부터 물어야 할지, 고민하면서 조금은 불안해하고 있었다.

마른 입술을 떼었다, 붙였다 하면서 깊은 생각에 잠겨 있던 그녀의 옆에서, 은각의 음성이 들려왔다.

"심심하면 듣든가."

반쯤 고개를 돌린 그녀의 귀에 무언가 끼워졌다.

듣기 좋은 음악이 흘러나온다.

수현이 그를 응시하자, 은각은 정면을 바라봤다.

"취향 아니면 말고."

"아니야. 노래 좋다."

수현은 은각과 이어폰을 나눠 끼고 그렇게 나란히 음악을 들었다.

오피스텔로 가는 방향에 있는 정류장 쪽으로 차를 운전해오던 하균의 미간이 좁혀졌다. 차 앞유리 너머로 보이는 두 사람의 모습.

누군 어제 일에 대해 신경 쓰고 싶지 않아도 신경을 쓰고 있건만, 수현은 어제 일에 대해 그다지 관심이 없어 보였다. 오히려 그게 더, 그의 심기를 긁었다.

핸들을 꽉 쥐곤 그들을 지나치던 하균은 다시 왼편 사이드미러를 통해 두 사람을 응시했다.

"아, 너 버스 왔다."

수현이 은각을 보며 버스를 가리켰다.

버스가 정류장으로 다가오자, 은각은 저 버스 같이 타야 하는 거 아니냐고 눈으로 물었다.

"먼저 가. 나 오늘은 다른 버스 타야 돼. 따로 갈 곳이 있어서."

수현은 이어폰을 빼서 은각에게 건네주고는 손을 흔들었다.

"아, 그래."

굳이 불편하게 집까지 같이 갈 필요는 없으니까 잘됐네.

은각은 "잘 가."라는 말을 툭 던지고는 그녀를 두고 버스에 올랐다. 그러곤 버스 뒤쪽 자리에 앉아 창가에서 그녀를 바라봤다.

버스가 출발하고, 수현은 몇몇 사람들과 함께 버스정류장에서 남게 됐다.

이제 그녀가 기다리던 버스도 도착 예정이었다.

그때, 고급 차 한 대가 정류장 앞에 섰다.

운전석의 문이 열리고, 차에서 내리는 사람을 확인한 수현의 눈이 커졌다.

멀어지는 버스 안에서 유리창을 통해 그녀를 보고 있던 은각 역시 차에서 내린 남자를 보고 자세를 고쳤다.

'정하균 대표가 왜…….'

정말 수현과 무슨 관계라도 되는 건가?

객관적으로 보면 두 사람은 각각 회사 대표와, 사내 카페의 아르바이트생이었다.

공통점을 찾아보기 어려운 두 사람이 서로 알고 있을 가능성도 희박했지만, 결론적으론 서로를 알고 있고 또 정하균 대표가 먼저 그녀를 찾아오고 있다.

두 사람의 관계에 대해 골똘히 생각해 보는 은각의 눈빛이 미묘하게 어두워졌다.

차문을 닫고 선 그의 차가운 눈동자에, 수현은 가방끈을 쥔 채 버스정류장을 벗어나기 시작했다.

하균은 그런 그녀를 눈으로 좇더니, 다시 차에 올랐다.

수현을 앞질러 차를 운전한 그는 갓길에 차를 멈춰 세웠고, 반대편에서 오고 있는 그녀를 기다렸다.

자신을 기다리고 있는 그를 발견한 수현은 한숨을 내쉬었다. 그녀는 그에게로 다가가 물었다.

"뭐하자는 거예요, 지금."

"할 얘기가 있어. 어차피 같은 길이니까, 타."

"아뇨, 난 오피스텔로 바로 안 가요."

"무슨 뜻이야."

"오늘 집에 가기로 했어요."

집? 현재 그녀의 집은 오피스텔이라고 생각하는 하균으로서는 잠시 이해가 가지 않는 대답이었다.

수현은 다시 말했다.

"전에 살던 곳이요."

"거긴 왜."

"우리 집에 가지 못할 이유도 있나요?"

"데려다줄게. 가면서 얘기하지."

데려다준다고? 당신이 왜?

수현은 입을 다문 채 그를 물끄러미 응시했다.

그러자 하균은 손목시계를 보면서 말을 이었다.

"이대로 길바닥에서 진지하게 얘기하는 것도 나쁘지 않겠군. 난 시간이 많다 쳐도 가야 할 곳이 있는 누구에겐 그다지 여유 있는 선택이 아니겠지만 말이야."

* * *

"할 얘기란 게 뭐죠?"

그가 모는 차 안에서, 수현이 불편한 얼굴로 물었다.

"어제 일."

'……아.'

갑자기 분위기가 조금 이상해졌다.

"어제 네가 날 데려다줬다고 들었어."

"네. 어제 당신이……."

내 품에 쓰러져서, 어쩔 수가 없었다고 하는 건.

"술에 취한 것 같아서요."

굳이 할 필요 없는 얘기겠지.

수현은 느릿하게 대답했다.
"이걸로 전에 당신 집에서 신세 진 빚 갚은 거예요."
별다른 대답을 하지 않는 것으로 봐서 그도 그렇게 받아들이는 거라고 생각했다. 그 이외에 다른 할 얘기는 없는 거냐고 물을 때쯤,
"고마웠어."
불쑥 들려온 한마디.
고맙다는 말이 누군가에게는 익숙한 말일지도 몰라도, 그에게 있어서는 익숙하지 않은 말이었다.
거기다, 다른 누구도 아닌 그토록 미워하고, 원망했던 여자에게…… 하게 될 줄 몰랐다.
수현 역시 그에게서 고맙다는 말을 듣게 될 줄은 몰랐다.
"제대로 못 들었어요."
그래서, 다시 한 번 묻고 말았다.
하균의 눈매가 날카로워졌다. 기껏 말해 줬더니, 제대로 못 들었다고?
정말로 못들은 건지 알 길이 없었지만, 애써 꺼낸 말을 못 들었다고 하니 그것대로 억울하다.
이내 그는 눈을 굳게 감았다 뜨면서, 다시금 떨어지지 않는 입을 뗐다.
"……어제, 고마웠다고."
그의 말에 수현이 빙그레 웃었다.

무심결에 고개를 돌리다 엷은 미소를 짓고 있는 수현을 본 그의 심장이 강렬한 느낌으로 박동했다.

기억하고 있었다.

수현의 손길이 등 위에 닿았을 때의 그 느낌을.

흐릿했던 정신 속에서도, 지금과 같이 심장이 뛰었다는 걸 받아들이고 싶지 않았었는데.

그날을 곱씹고, 곱씹으면서 증오해 왔던 여자에게서 위로를 받은 나를…….

정하성은 어떻게 생각할까.

이 여자에게 조금씩 흔들리고 있는 나를, 이 여자 때문에 무의식의 어둠 속을 헤매고 있는 형을 잊게 되는 나를…… 어찌하면 좋을까.

아주 잠깐 멈춘 시간 속에서, 그녀를 바라보는 눈빛이 흔들린다.

그는 허물어져 가기 시작한 그녀에 대한 경계심을 겨우 붙잡고 있었다.

그러던 그에게 그녀가 문득, 다시 입을 열었다.

"근데, 어제 말이에요. 무슨 말을 하려고 했던 거예요?"

"……!"

"정하성…… 그 사람 얘길 했잖아요."

그녀의 입에서 하성의 이름이 나오자 그의 신경이 조금 곤두섰다.

"별거 아니었어."

아직 확실한 건 없는 상태니까. 하성에 관해 그는 더 이상 넘겨짚고 싶지 않았다.

"그 사람 이름이 나왔으니까 하는 말인데…… 난 지금 그날 사고에 관해 부모님이 알고 계신 게 없나 해서 가는 거예요."

그녀가 집에 가는 이유를 알게 된 하균의 눈에 어두운 빛이 스쳤다 사라졌다.

"이제야 제대로 된 노력이란 걸 하려나 보네."

"그전에도 엄마에게 묻긴 했었어요. 하지만 사고 같은 건 난 적이 없다고 해서 난 그런 줄로만 알았다고요."

이상한 점을 포착한 하균의 눈동자가 짙게 물들었다.

수현은 기억을 잃었다 쳐도, 딸에게 사고가 있었다는 사실을 부모도 모르고 있었다…….

그게 가능한 일인가?

"그런데 당신은 나 때문에 사고가 있었다고 하고. 결국 나도 당신 때문에 점점 불안해지고."

"……."

"무엇보다도…… 꿈에서 본 장면이, 사실이라면서요."

수현은 허벅지 위에 올려 둔 손을 내려다보며 나직이 말했다.

그러다, 그녀는 창밖을 가리키며 덧붙였다.

"아, 나 여기서 세워주면 돼요."

"집이 여기가 아닌 걸로 알고 있는데."

전에 수현의 집 앞에 왔던 적이 있는 그가 보기엔, 이곳은 집 근처이긴 했지만 아직 도착하기 전이었다.

"집에 가기 전에 사 갈게 있어서요."

"당신은 왜 따라오는 건데요?"

수현이 이상하다는 듯 그를 바라보며 물었다. 할 얘기도 끝난 것 같고, 그가 여기까지 따라올 이유는 없었다.

그런데, 그녀의 옆에 그가 함께하고 있었다.

무려 마트 쇼핑을.

"나도 살 게 있어서 들른 것뿐이야."

그가 무감각하게 대꾸했다. 그러면서 그는 수현의 쇼핑카트 위에 이것저것 던지듯 담았다.

"이걸 다 사겠다는 거예요?"

수현은 집에 가기 전 새엄마가 좋아하는 과일과 아빠가 좋아하는 삼겹살만 조금 사 갈 생각이었다.

"내가 필요한 걸 사겠다는데 너한테 허락이라도 받아야 하나?"

"……그런 건 아니지만, 당신이 굳이 이런데서 물건을 살 이유가 없잖아요."

수현은 천천히 고개를 저으며 지나가듯 대답했다.

그녀의 옆을 자연스럽게 따라 걷는 그의 모습은 함께 쇼핑을 하는 부부 내지 커플 같아 보였다.

두 사람만 모를 뿐.

시간이 조금 지나자, 누구 덕분에 물건을 한가득 실어서 카트가 무척 무거워졌다.

열은 한숨을 쉬며 카트를 미는데, 어느 순간 한결 가벼워졌다.

등 뒤에서 누군가 몸을 감싸는 느낌도, 머리 뒤에 뭔가 닿는 느낌도 든다.

수현은 걸음을 멈췄다. 하균도 자연스럽게 걸음을 멈췄다.

고개를 돌려 바라보니 그가 있다.

너무도 가깝게.

많은 물음을 담은 눈동자가 그를 응시하고 있자, 하균은 그녀를 흘깃 내려다보며 낮게 말했다.

"뭐해, 안가고."

*　　*　　*

어두워진 골목에 차가 멈춰 서고, 수현이 차에서 내렸다. 그대로 출발할 줄 알았는데, 하균도 차에서 내려 뒷좌석 문을 열었다.

수현은 몇 개 안 되는 짐을 안고 탔던 터라 내릴 게 없었다. 그녀가 갸웃하던 사이, 하균은 뒷좌석에서 꺼낸 짐을 그녀의 앞에 내밀었다.

"생각해 보니, 들고 가기 귀찮을 것 같더군."

"그렇다고 이걸……."

수현은 마트 봉투 속에 한가득 든 물품들을 내려다보았다.

이러려고, 산 거였을까.

"들고 가든지 말든지 네가 알아서 해. 난 갈 테니까."

"잠깐만요."

수현은 다시 차에 타려는 그를, 불러 세웠다. 그녀는 그가 있는 쪽으로 다가가 봉투를 건넸다.

"나도 필요 없어요. 내가 받을 이유도 없고요. 가져가요."

"필요 없으면 버려."

너무도 무신경한 대답에, 수현은 할 말이 없어졌다.

"정하균 씨."

그냥 주겠다는데, 받는 게 어렵나?

뭐든지 쉽게 넘어가는 법이 없는 수현을 보며, 하균은 눈썹을 구겼다.

"오랜만에 집에 가는 건데, 내가 주는 선물이라고 생각해."

"수현이니?"

그와 작게 다투던 사이, 미선이 놀란 눈으로 다가왔다.

"엄마? 집에 계시는 줄 알았는데…… 어디서 오는 길이세요?"

미선을 발견한 수현은 조금 당황한 얼굴로 물었다,

"잠깐 이웃집에 다녀올 일이 있어서. 근데 이분은 누구……."

밤길이 어두워서, 멀리서 볼 때는 그가 누구인지 제대로 보지 못한 미선이었다.

수현을 보자마자, 밝은 표정이던 그녀가 하균을 본 순간.

쿵—

떨어지는 심장과 함께,

미선은 한 손으로 입을 틀어막고 말았다.

5장

사고 후 수현은 기억을 잃었고, 그동안 누구도 사고에 대해 찾아와 묻는 사람은 없었다.

그 사고에 대한 진실은 조용히 묻혔다.

그렇게 되길 바라는 사람들과 함께.

"아주 만약…… 누군가 그 사고에 대해 묻는다면, 입 단속을 아주 잘하셔야 할 겁니다. 특히 이 남자. 이 남자에겐 절대로 사고에 대해 입도 뻥긋해선 안 돼요."

1년 전, '그 사람'이 사진과 함께 경고했던 남자가 찾아왔다.

그것도, 수현과 함께.

미선의 입술이 바짝 말랐다. 너무도 긴장해서 손끝이 시리도록 차가워졌다. 그녀는 반대쪽 손으로 손끝을 감싸 쥐며 떨리는 눈동자에 애써 힘을 줬다.

“엄마, 왜 그러세요?”

수현이 미선에게 가까이 다가갔다.

‘침착해야 돼.’

이윽고 미선은 아무렇지 않게 웃어 보이며, 짧은 곱슬 머리카락을 귀 뒤로 넘겼다.

“응? 아니야. 너무 놀라서 그렇지. 네가 남자와 함께 온 것도 처음이지만…… 나 그쪽, 뉴스에서 본 적이 있어요.”

하균은 수현을 응시하다, 명함을 꺼냈다.

“정하균이라고 합니다.”

명함을 받아 든 미선은 그를 잘못 본 것이 아님을 확신했다.

“그래, 맞아요. 가온전자. 이렇게 높으신 분이 어떻게 저희 딸과…….”

모든 것이 탄로 날까 두려움에 심장이 꽉 죄어 와서, 그녀는 헛것을 본 거라고 믿고 싶었다.

세상에서 만나선 안 될 사람이 있다면, 혼수상태에 있는 정하성과 그의 일가. 그중에서도 이 남자라고 했다.

등잔 밑이 어둡다는 말은 이럴 때 쓰는 거라고 했던가. 다른 사람도 아닌 수현이, 이 남자와 엮여 있을 줄은 몰랐다. 두 사람이 어떤 관계인지는 아직 아무것도 모르는 상황이나 위험하다.

그것도 아주.

'어떻게 해야 하지? 나 어떻게 해야 하니, 유라야.'

웃는 얼굴만큼 속내를 감추기 쉬운 것은 없었다.

지금도 여전히 해맑게 웃고 있었지만, 미선은 입가가 저렸다. 혹시라도 불안한 표정이 티가 날까, 바짝 긴장하고 또 긴장했다.

하균 또한 그녀의 부모를 마주치리라는 건 예상하지 못했다.

그는 미선의 물음에 뒤늦게 대답했다.

"제가 따님과 아주…… 잘 아는 사이라서요."

"당신은 이만 가 보는 게 좋겠어요."

수현이 그를 향해 말했다.

그는 그녀의 가족에게 있어 빚을 갚아야하는 대상이자, 채권자였다. 그의 삼촌인 다니엘 박의 제안 덕분에 앞집에 살면서 빚을 갚게 되었지만, 그러한 내막은 부모님께 설명을 드리지 않았다.

혹시 미선이 그에 대해 자세히 물을까 봐, 수현은 그에게 눈으로 부탁했다.

"그래."

그 역시 오래 있고 싶은 마음은 없었지만, 어딘가 불안해하는 미선의 표정이 수상했다.

기억이 없는 수현은 새 어머니에게 사고에 관해 물은 적이 있었지만, 금시초문이라는 대답을 들었다고 했다.

그러나 그녀가 자신과 마주쳤을 때, 스치듯 보았던 표정은 하턓게 질려 있었다.

"그럼 가 보겠습니다."

하균은 미선을 보며 인사를 하곤, 차문을 열었다.

"왜 집에 들어갔다 가지 않구요?"

"아니에요, 엄마. 저 사람 바빠요."

미선은 침을 꿀꺽 삼켰다.

"그렇구나. 그래요, 그럼 잘…… 가요."

이윽고 하균은 차에 타고, 두 사람의 시야에서 멀어져 갔다.

수현에게 주려던 물건들은 남겨 둔 채.

수현은 작은 한숨을 내쉬었다.

'고마워요.'

그가 두고 간 봉투를 물끄러미 바라보던 그녀는, 그의 짐도 함께 들고 안으로 들어갔다.

* * *

"수현아!"

오랜만에 온 집. 작지만 아늑하고, 낡았지만 따뜻한 집에는 누구보다 사랑하는 가족이 그녀를 기다리고 있었다.

"아빠, 나 왔어."

수현이 성수를 안아 주며 웃었다.

"이게 다 뭐냐?"

그녀가 한가득 들고 있던 짐을 발견한 성수는 봉투 안을 살폈다.

"아. 이거…… 누가 선물이라고 준 거야."

수현은 먼저 떠난 하균을 생각했다.

"그래? 소고기, 와인, 비싼 것만 잔뜩 들었네."

거대한 봉투 안의 물건들을 꺼내본 성수의 얼굴은 그렇지 않은 척하지만 싱글벙글해 보였다. 평소에는 엄두도 못내는 것들이 잔뜩 들어 있었다.

"당신은 왜 그러고 서 있어?"

현관 앞에서 신발도 벗지 않은 채 멍하니 서 있는 미선에게 성수가 이상하다는 듯 물었다.

"으응? 아니에요."

미선은 고개를 가로저으며 신발을 벗고 안으로 들어왔다.

"네 엄마가 너 온다고 이것저것 만들었는데, 얼른 먹자."

저녁을 먹은 후, 미선은 수현이 사 온 과일을 깎았다. 정돈된 거실 한가운데에서, 수현은 조심스럽게 입을 열었다.

"저기, 엄마. 아빠."

성수와 미선의 시선이 그녀에게 고정되었다.

"중요하게 여쭤 볼 게 있어요."

"뭔데?"

그동안 수현은 고민하고 갈등하기를 여러 번, 그 과정에서 한

가지 가능성에 대해 생각해 보게 됐다.

만약 그가 말하는 대로 제게 그런 큰 사고가 있었더라면…… 그리고 그 사고를 자신이 기억 속에서 지워 버렸더라면.

부모의 입장에서는 그 사고에 대해 영원히 떠올리지 않기를 바랄 수도 있지 않았을까.

“만약…… 제가 1년 전 사고에 대해 알게 되면 상처를 받을까 봐 그동안 숨기고 있었던 거라면, 이제 그러지 않으셔도 돼요.”

미선이 과일을 깎던 손을 멈췄다.

“그게 무슨 소리냐, 수현아?”

“아빠. 1년 전에 나한테 큰 사고가 있었다는 거…… 사실이야……?”

“뭐라고……?”

“작년 겨울에, 날 구하려다 한 남자가 다쳐서 혼수상태가 됐다는 거. 정말로 있던 일이야……?”

“수현아.”

미선이 수현의 주의를 돌렸다.

“전에 엄마에게 물었을 때, 그런 사고가 없었다고 하셔서 저도 그렇게 믿었어요. 사고를 당했던 기억이 없는 저한테도 당연한 사실이었으니까요. 하지만, 지금은 달라요. 지금은…….”

“그게 무슨 소리야. 네가 사고가 났다니.”

“아빠. 나한테 더 이상 숨길 필요 없어.”

수현은 미선에 이어, 성수에게도 진실을 묻고 있었다.

그러나 돌아온 성수의 대답은,

“숨기다니, 뭘? 사고는 또 뭐고, 너 때문에 다쳤다는 사람이 있었다는 건 또 뭐냐?”

“……!”

수한은 진지하게 묻고 있었지만, 성수는 당최 무슨 소리를 하는지 모르겠다는 표정이었다.

“…….”

미선은 바들거리는 손으로 다시 과일을 깎아 나갔다.

사고가 있던 그날, 성수는 집에 없었다. 지금 하루 벌어 하루 먹고 사는 신세지만 당시의 그는 몇 달씩 집을 비웠다가 돈을 벌면 돌아오곤 했다.

집을 옮겼을 때도, 주소만 알려주면 새로운 집으로 아무렇지 않게 돌아왔다. 사채업자에게 쫓겨 다니느라 집을 옮기는 건 자주 있는 일이었으니까.

“정말…… 아빠도 그 사고에 대해 정말 몰라?”

“수현아. 전에도 사고에 대해 묻더니, 너 왜 자꾸 그런 걸 묻는 거야?”

잠겨 있던 목을 가다듬은 미선은 칼을 내려놓으며, 걱정스러운 얼굴로 물었다.

성수가 모르고 있는 건 그때나 지금이나 천만다행이었다.

“……아니에요.”

수현의 눈빛이 흔들렸다.

"제가…… 잘못알고 있었나 봐요."

자신을 위해 모른 척하고 있던 것이 아니라, 두 사람 모두 정말 그 사고에 대해 모르고 있다.

어째서.

아무도 모르고 있는 걸까.

도대체 어째서.

그날 새벽, 미선은 조용히 집밖을 나왔다.

아무도 없는 골목 한구석에 서서, 떨리는 손으로 쥐고 있던 휴대폰을 켰다.

저장해 두기도 두려워서, 만일을 대비해 외우고 또 외웠던 번호. 미선은 그 번호를 꾹 눌렀다.

이윽고 누군가 전화를 받았다.

"저예요."

계속해서 바짝 마르는 입술을, 미선은 연신 달싹이며 머뭇거렸다.

그녀는 눈을 꾹 감았다.

"수현이가…… 그 남자를 만났어요."

* * *

이른 아침, 집을 나서며 수현은 성수부부에게 인사를 했다. 강아지 때문에도 일찍 가 봐야 했고, 오후에는 카페에도 출근해야 했기 때문에 오래 있을 수는 없었다.

"점심까지만 먹고 가지."

성수는 못내 아쉬운 표정이었다. 어떻게든 조금이라도 딸과 더 있고 싶었다.

"시간 되면 또 올게. 저 가 볼게요, 엄마."

수현은 애써 웃으며 돌아서서, 현관문을 열었다.

"수현아."

그녀의 뒤를 미선이 따라 나왔다.

"저기…… 어제 그 사람 말이야."

"……?"

"정확히 너와 어떤 사이야? 어떻게 만난 거니?"

그녀가 궁금해 할 거라는 건 알고 있었다. 새엄마의 눈에도 평범한 사람은 아니었으니까.

"제가 강아지를 돌봐 주고 있는 분이 무척 유명하신 분이라고 했잖아요. 그분의 앞집에 사는 사람이에요. 어쩌다 알고 지내게 돼서…… 어젠 가는 방향이 같다고 태워다 준 거구요."

"그러니……?"

신의 장난이라고 해도, 이건 너무 과한 우연이었다. 어떻게 수현이가 일을 하게 된 곳이 하필…….

"그 사람을 엄마가 알아보셔서 조금 놀랐어요."

"가온그룹의 새 후계자라고 한동안 뉴스든 신문이든 떠들썩

했는데 알아보지, 그럼."

"근데 그 사람과 저, 아무런 사이 아니에요. 오해하지 않으셨으면 해요."

"그래도 혹시나 했는데. 우리는 평생 만나 보지도 못할 그런 대단한 사람을 네가 알고 지낸다고 하니까…… 엄마는 어쩐지 아쉽다고 하면 너무 속 보일까?"

익살스럽게 웃고 있지만, 미선의 눈동자는 텅 비어 있었다.

수현은 아무런 사이도 아니라고 할지 몰라도 미선은 도저히 그냥 넘길 수가 없었다.

'이 상황을 어떻게 해야 돼.'

집안 사정 상 수현에게 그 일을 당장 그만두라고 할 수도, 마땅히 댈 이유도 없다는 게 그녀의 속을 태웠다.

* * *

오후 중역회의를 마친 하균은, 유한과 함께 걸어 나오며 집무실로 향했다.

문이 닫힌 것을 확인한 유한이 말문을 열었다.

"서지현에 대한 정호진의 말이 사실이었어."

"……."

하균은 계속해 보라는 듯, 조용히 기다렸다.

"2년 전 새벽, 혼자 사는 오피스텔에서 투신자살을 했어. 우울증으로 인한 자살로 사건이 종결된 것도 사실이야. 그런데 문제는…….”

“목이 졸린 흔적이 있었다.”

“그래. 유족들이 서지현에게 목이 졸린 흔적이 있었다는 걸 알게 됐나 봐. 그들은 타살이라고 주장했다더군.”

유한이 하균의 앞에 서류하나를 내밀었다.

“그리고 이거. 경찰 쪽에 사람을 써서 찾아냈어.”

“…….”

“서지현의 부검 결과.”

[목 주위에 압박흔이 있음. 액사(扼死 ; 손졸림사) 가능성 有.]

부검결과보고서를 손에 든 하균에게, 유한은 무거운 목소리로 말했다.

“……경찰 쪽에서 숨긴 것 같아.”

하균의 입가에서 실소가 새어 나왔다. 의도적으로 숨긴 거라면 누군가 조작하도록 시켰다는 말도 되겠지.

“정호진의 말이 사실이란 거군.”

“그래.”

“서지현이 정하성과 만나던 여자라는 건.”

“그건 확실치 않아. 호텔도, 오피스텔도 그 여자와 네 형이 함께하는 장면은 없었다. 아무리 찾아도 깨끗했어.”

“……마치.”

하균은 서서히 맞물려가는 퍼즐 조각들이 두려워지기 시작했다.

그토록 바랐던 일이었는데, 왜.

왜 나는…….

"한수현의 상황과 비슷하군."

믿고 싶지 않은 걸까.

사고 이후 수현을 찾으며 조사를 시작했을 때, 정하성과 한수현에 관한 모든 것들은 흔적조차 없이 사라져 있었다.

두 사람의 관계에 대한 단서는 물론, 한수현마저 찾을 수 없도록.

"나도 조사하면서 같은 생각이었다."

"한 가지 더 알아봐야 할 게 있어."

이윽고 하균은, 유한에게 다른 것을 지시했다.

"한수현의 부모에 대해서 자세히 알아봐. 그리고 두 사람 모두 당분간 사람을 붙여 둬."

고개를 끄덕인 유한은 대표이사실을 나서려다, 잊고 있었다는 듯 스케줄을 확인했다.

"참. 내일 로열호텔에서 유상그룹 자선파티가 있어. 너도 알다시피, 빠질 수 없는 자리고."

여태까지 빠질 수 있는 자리는 없었다.

"알고 있어."

하균은 피곤한 눈으로 대답했다.

*　　*　　*

"홍미선 씨에게서 전화가 왔었습니다."

"홍미선?"

여자는 결재서류를 넘겨받으며 비서를 바라봤다.

"1년 전 정하성 전 대표님께서 구하려던 여자의 계모입니다."

여자가 쓰고 있던 금테 안경을 벗었다.

"뭐라고?"

안경을 벗어낸 그녀의 표정은 싸늘하게 식어 있었다.

자신이 누구의 이름을 들은 건지 되묻는 그녀의 표정에 비서의 등줄기가 서늘해졌다.

"정하균 대표가 한수현 씨를 찾았다고 합니다."

"그랬단 말이죠."

그녀는 다시 안경을 쓰고, 차분히 사인을 했다.

"그간 한수현을 암암리에 찾고 있다기에 전보다 더 공을 들여 놨었는데……."

차디찬 얼굴 그대로, 표정 변화가 없는 상태에서 여자는 입술을 말아 올렸다.

"이렇게 내 뒤통수를 치고 있었을 줄은 몰랐네요."

*　　*　　*

업무에 매진하고 있던 하균의 휴대폰이 울렸다. 화면을 확인한 하균은 전화를 받았다.

"무슨 일이야."

유한이었다.

["홍미선 씨를 조사하다가 꽤 재미있는 걸 하나 발견했다."]

"뭔데."

["수현 씨에게 의붓자매가 있다는 거, 기억하지. 이름은 한유라. 수현 씨와 같은 나이야."]

"그다지 재밌는 사실은 아닌 것 같은데."

["아직 내 얘기 안 끝났어."]

유한에게서 짧은 탄식이 흘러나왔다.

["확인해 보니까 가족들과 함께 살지 않던데. 그 이유, 수현 씨한테 들은 적 있어?"]

"아니."

["한유라, 작년에 미국으로 출국한 기록이 있어.]

"무슨 뜻이야."

["그 날짜가. 작년 사고 이틀 후라고."]

"미국에 간 이유는."

["유학 목적이야."]

유학이라고.

하균은 알겠다는 대답과 함께 휴대폰을 내려놨다.

사고와 전혀 관련이 없어 보이는 한수현의 의붓자매가, 왜 하필 사고 이틀 후에 한국을 떠났을까.

거기다 수현의 가족은 그동안 사채 빚에 시달리며 살아왔다. 해외에 유학을 갈 형편은 당연히 안됐을 거고, 가족들이 빚 때문에 고생하는 것을 안다면 유학길에 오를 엄두도 내지 못하는 게 정상이었을 거다.

"한유라."

그동안은 수현에게만 집중했지, 가족들은 생각조차 해 보지 않았다. 어제 수현은 가족들에게 사고에 대해 물어보려한다고 했었다.

무슨 얘기를 했는지, 들어는 봐야겠는데.

그의 눈이 가늘게 여며졌다.

*　　*　　*

아빠가 돈이 있을 때, 한국은 꽤 살기 좋은 곳이었다.

미국에서의 화려했던 삶이 벌써부터 그립다.

한국이 돈만 있으면 아주 살기 좋은 나라라는 건, 유라도 인정하는 사실이었다.

살만했던 집이 폭삭 망하기 직전까지는.

아니, 그 시절을 돌이켜 보면 살만한 정도가 아니라 꽤 유복했다.

아빠의 사업이 아주 잘될 때는 이 정도로만 산다면 평생 놀고

먹어도 돈 걱정은 없겠다고 생각했었으니까.

그런데 그렇게 잘나가던 새 아빠가 망할 줄 누가 알았겠냐고.

유라는 불만 가득한 표정으로 선글라스를 벗어냈다.

한 손에 캐리어 손잡이를 쥔 그녀는 다시는 밟고 싶지 않았던 한국 땅을 밟고 있었다.

출발할 때만 해도 밝았었는데, 여긴 싸늘한 밤이다.

다른 건 몰라도 디자인 공부만큼은 열정적이었지만, 예술은 돈이 없으면 잔인하도록 하기 힘든 일이었다.

대학을 겨우 졸업하고 줄곧 패션계에서 일을 했으나, 아무리 노력해도 유학파와 패션디자인학과 졸업생은 하늘과 땅 차이였다.

그러던 중 작년 겨울 이맘때.

생각지도 못한 돈이 생겼다.

그 돈만 있으면 그렇게도 가고 싶었던 유학을 갈 수 있을 뿐만 아니라, 지긋지긋한 집구석을 떠날 수 있었다.

그런 일생일대의 기회를 놓칠 수는 없었다.

보란 듯이 성공해서 돌아오겠다고 엄마를 겨우 설득해서 호기로운 마음으로 미국에 갔다.

그러나 일 년 만에 한국으로 돌아온 유라의 모습은 겉치장만 화려한 백수에 빈털터리였다.

아, 성공한 게 하나 있었다.

유라는 공항을 오고가는 뭇 남자들의 시선을 즐겼다.

예전과 같았으면 상상도 하지 못할 일이 지금은 너무나도 당연하다.

"아, 그 거지 같은 집에 다시 가기 싫은데."

이윽고 유라는 택시를 잡아타며, 어딘가로 전화를 걸었다.

"엄마, 나왔어."

*　　*　　*

"유라야!"

유라의 연락을 받고 한 카페로 찾아온 미선이 출입문을 열며 들어왔다.

그동안 혼자 가슴을 졸이며 살아왔던 생각을 하면, 일 년이나 보지 못했던 딸이 너무도 보고 싶었다.

그러나 주위를 둘러보고 둘러봐도, 유라는 보이지 않았다.

"엄마, 여기야."

엄마……?

코 옆에서 들려온 목소리에, 미선은 한껏 긴장을 품고 옆을 돌아봤다.

바로 옆 테이블에 앉아 있던 여자를 본 그녀는 하마터면 엉덩방아를 찧을 뻔했다.

이게 어떻게 된 일인가.

"그쪽이 우리 유라라고요……?"

"그쪽이라니. 엄마, 나야. 유라."

유라는 붉은 입술 끝을 올리며 미선에게 심심한 인사를 건넸다.

붉은 머리카락을 풍성하게 어깨 위로 늘어뜨린 여자의 눈을 자세히 들여다본 미선은, 그제야 그녀가 정말로 제 딸이 맞다는 걸 알아차렸다.

"아니, 너 대체 어떻게 된 거야!?"

미선은 비어 있던 유라의 맞은편 의자에 앉으며 황급히 물었다.

"정말…… 이 모습이 유라 너라고?"

미선이 아는 제 딸은 이렇게 모델 같은 외모의 미인이 아니었다.

냉정하게 말하면, 뚱뚱하다 싶을 정도로 살이 쪘었던 건 물론 얼굴도 예쁘다고는 할 수 없었다.

"나 맞다고 몇 번을 말해."

"너 공부하겠다고 울며불며 매달려서 내가 그 위험을 감수하고 보내준 거 잊었어? 설마 너 한국에 아주 들어온 건 아니지?"

유라가 미국에서 패션디자인 공부를 열심히 하고 있다고 굳건히 믿고 있던 미선이었다.

그런데 지금의 유라의 모습을 보니, 불길한 예감을 피할 수가 없다.

엄마를 보겠다고, 남몰래 잠깐 한국에 들어온 것인 줄로만 알았는데…… 180도 바뀐 모습으로 나타나다니.

"아주 들어온 거 맞는데?"

"뭐라고?"

"공부가 안 맞았어. 대신 난 거기서 내 인생을 바꿨……."

"한유라!!"

미선의 목소리가 높아졌다.

인생을 바꾸고 왔다고? 하라는 공부는 때려치우고, 외모를 갈아치웠다고? 살면서 이렇게 기가 막힌 적은 없었다.

당장 숨통을 죄고 있던 사채 빚을 모조리 갚느냐, 유라가 그토록 사무치게 원했던 유학을 보내주느냐 미치도록 갈등하고 또 갈등했다.

하지만 유라는 이 돈이 아니면 안 된다고, 자신이 꼭 성공해서 돌아오겠다고 울며불며 매달렸다.

거기다 그동안 혼자 몰래 끌어다 쓴 사채 빚도 갚아야 한다는 청천벽력 같은 소리마저 했다.

우선 그 빚을 갚고 남은 돈으로 미국에서 열심히 공부해 디자이너로서 성공하면, 그때 집안 빚을 청산하면 되지 않겠느냐고 자신을 설득했다.

아주 조금만 시간을 달라는 뜻이었다. 아주 잠시만 이 돈을 수현에게 빌리는 거라고 생각하자고 했다.

훗날 성공해서 번 돈으로 집안의 빚을 갚아주고, 거기다 한몫 더 얹어주면 그걸로 수현에 대한 죄책감도 덜 수 있다고 유라는 제게 빌었다.

공부뿐만 아니라 늘 모든 것에 완벽했던 수현과 비교당했던 딸이었지만, 미선은 딸의 재능만큼은 철석같이 믿었다.

그녀는 결국 스스로를 시궁창에 던지는 선택을 해가며 유라를 보냈다.

유라가 성공하면 곧바로 성수와 이혼하고 지옥 같은 이 집에서 벗어나리라고 마음을 먹었다.

"돈은? 그 돈은 다 어쨌어!?"

"다 떨어졌어."

짝—!

매섭게 날아든 손에 유라의 낯이 사선으로 틀어졌다.

자리에서 일어난 미선의 얼굴이 흥분으로 붉게 물들었다.

가쁜 호흡으로 어깨를 들썩이던 미선은 허탈한 웃음을 내비치며 고개를 저었다.

"네가 미쳤구나. 정말 미쳤어."

그 돈이 어떤 돈인데.

"나도 정말 잘해 보려고 했어. 근데 내 뜻대로 안 되는 걸 어떡해?"

수현에 대한 죄책감은 잠깐이었다. 부푼 가슴을 안고 늘 밑바닥만 치던 현실을 벗어나 꿈을 이룰 수 있는 기회를 잘 이용해 보고 싶었다.

하지만, 막상 뜻대로 되는 일이 없었고 더 넓은 세상에서 자신과 비슷한 수준의 재능을 가진 사람들은 넘쳤다.

결국 경쟁에서 밀려난 유라는 다른 것에 눈을 돌리게 됐고, 술과 유흥에 빠졌다.

남은 돈으로 외모에 엄청난 돈과 노력을 들이며 호화로운 생활을 즐겼다.

그 사실을 미선에게 곧이곧대로 얘기할 생각은 없었다. 긁어 부스럼을 만들 필요는 없을 테니까.

"차라리 그 여자한테 다시 찾아가자, 엄마. 그날 사고에 대한 거 터트리겠다고 하면 별수 있겠어?"

"그 여자한테 다시 찾아가자고? 수현이 앞에 그 남자가 나타났어. 그 여자가 경고했던 남자 말이야!"

미선의 목소리에는 분노가 가득했지만, 최대한 소리를 낮춘 상태였다.

"뭐라고?!"

좀처럼 느긋했던 유라의 표정이 단번에 딱딱하게 굳었다.

미선은 외모만 탈바꿈한 채 빈털터리가 돼 나타난 딸의 모습에 보이지 않게 가슴을 쳤다.

더 이상 희망을 걸 데도 없고, 계획했던 것들도 한여름 밤의 꿈처럼 물거품이 돼버린 처지가 우스워서 조소가 터져 나왔다.

그러나 당장은 유라와 자신이 저지른 일을 숨기는 일이 드러날 수도 있다는 게 더 위급했다.

끝내 미선은 이 모든 좌절감과 절망감을 삼킬 수밖에 없었다.

그녀는 차갑게 식은 얼굴로, 유라에게 경고했다.

"일단 넌 절대로 수현이 앞에 나타나지 마. 네 아빠 앞에도, 절대로."

"그럼 난 어디서 살아?"

가만히 고개를 끄덕이던 유라는 한쪽 눈썹을 구기며 물었다.

미선은 당장이라도 유라의 머리채를 잡아 내동댕이치고 싶은 걸 겨우 참아 내며 소리쳤다.

"나가서 얼어 죽든, 개집에 들어가 살든 그건 네가 알아서 해!"

* * *

내내 알 수 없는 허탈감이 수현의 가슴을 꽉 채웠다.

가족들도 자신에게 일어난 사고에 대해 모르고 있다.

그 사고의 당사자가 정말 자신이 맞다면, 기억을 잃기 전 가족들에게 그 사실을 숨기지 않고서야 그들이 모를 리가 없었다.

아니면 처음부터 한수현과 그 사고는 전혀 상관이 없는 일이었다거나.

그러나 정하균, 그의 자극에 기다렸다는 듯이 나타난 반응들은 무시할 수 없는 사실이었다. 눈앞의 잔상이든, 꿈이든 '뭔가'를 보았고, 그 뭔가는 모두 사고에 관련한 것들이었다는 것도 깨닫게 됐다.

문제는 가족들조차도 모를 수 있다는 게 가능한 일인 걸까?

기억을 잃었다는 사실이 착각인지, 진실인지 알 수 없는 경계선에서 헤매고 있는 기분이 수현을 괴롭게 했다.

카페를 퇴근하고 버스에서 내려 오피스텔로 걸어 들어가던 수현은 깊은 생각에 잠긴 얼굴로 걷다가,

"지호야!!!"

찢어지는 비명 소리에 정신이 확 들었다.

그 사이, 차를 몰아 오피스텔로 가던 중 무심결에 옮긴 하균의 시선이 인도 위에 있던 수현을 포착했다.

급정거를 할 수는 없어서 일단은 수현을 지나친 하균은 곧바로 한쪽 길가에 차를 대고 내렸다.

수현의 눈앞에서 어린 남자아이가 굴러가는 공을 향해 뛰어가고 있었다.

공이 굴러가는 방향은 차들이 빠른 속도로 달리고 있는 차도였다.

상황을 파악한 수현은 곧바로 아이에게로 달려가, 차도로 발을 내디디려던 아이를 간발의 차로 뒤에서 안았다.

"아이고!!! 지호야!"

다리가 불편한 것처럼 보이는 할머니가 아이를 향해 오고 있었다.

수현에게 다가와 아이가 무사한 것을 확인한 할머니는 눈물을 흘리면서 수현의 손을 꽉 붙잡았다.

"정말 고마워요. 정말 고마워요, 아가씨……."

"아니에요. 많이 놀라셨죠. 정말 위험했어요."

수현은 멀뚱멀뚱 할머니를 바라보고 있는 아이를 할머니에게 보내며 말했다. 그녀도 덴가슴을 조용히 가라앉히는 중이었다.

"정말 아가씨가 아니었으면…… 내가 다리가 불편해서 이 녀석을 붙잡지를 못 했어요. 이놈아, 할머니 죽는 꼴 보고 싶어서 그랬어!"

할머니는 아이를 꽉 안으면서 한 손으로 눈물을 닦아 냈다.

"어떻게든 사례를 하고 싶은데. 아가씨 연락처 좀 줄래요?"

"네? 아니에요. 아이가 무사한 것만으로도 다행인데요. 그럼 전…… 이만 가 볼게요."

수현은 할머니에게 인사를 하고는, 아이에게도 손을 흔들었다.

아이는 손에서 놓친 작은 공이 아쉽다는 듯 입술을 내밀고 있었다.

두 사람과 헤어져 다시 가던 길을 걸으며 그녀는 그제야 안도의 한숨을 쉬었다.

수현 역시 적지 않게 놀랐다. 아이를 붙잡아서 다행이지, 정말 큰일이 날 뻔했다.

"한수현."

수현의 걸음이 멈춰졌다.

난데없이 익숙한 음성이 들릴 리 없다고 생각했을 즈음, 너무도 잘 아는 사람이 앞에 서 있었다.

수현은 천천히 고개를 들어 그의 얼굴을 빤히 바라봤다.

"……당신이 여긴 어떻게."

하균은 그녀에게로 성큼성큼 다가와서, 턱밑을 잡고 이리저리 얼굴을 확인했다.

"뭐하는 거예요?"

만약 아이를 구하려다 잘못 발을 디뎠다가는, 수현마저 위험해질 수 있는 상황이었다. 특히 요즘은 바닥 군데군데 살짝 얼어있는 부분들이 많아서 더더욱 그러했다.

의도치 않게 상황을 지켜본 하균은 위험천만했던 순간 심장이 쿵 내려앉는 것 같았다.

다친 곳은 없어 보인다. 그의 입술 새로 보이지 않는 한숨이 짧게 새어 나왔다.

자신도 모르게 확인하고 있었다. 아이가 무사한 것도 중요하지만…… 한수현은.

한수현은 괜찮은 건지.

"무작정 나섰다가 자칫 잘못되기라도 했으면 어쩔 뻔했어."

이유 모를 노기를 담은 눈동자가 그녀를 질책하고 있었다.

"그럼 눈앞에 있는 아이를 보고만 있어요?"

"그건……."

"당신 지금, 나 걱정한 거예요?"

수현의 물음에 하균의 눈동자 위로 아차 하는 빛이 스쳤다.

의아함이 어린 그녀의 눈이 그의 대답을 기다리고 있었다. 하지만 긍정적인 대답 같은 건 기대하지 않았다는 듯, 대수롭지 않은 얼굴로 수현은 말을 이었다.

"아님 말고요."

그녀를 바라보는 하균의 심장이 일정한 간격으로 쿵. 쿵. 뛰고 있었다.

1년 전, 위험에 처한 여자를 위해 차도로 뛰어들었던 하성을 두고, 수현은 떠나려했다.

지금처럼 사고를 목격했던 그에게는 아직도 그날이 눈에 선했다.

그가 봤던 건, 피를 흘리며 정신을 잃어가는 사람을 둔 채 사고현장을 떠나려는 파렴치한 여자였다.

공허하고 차가운 두 눈에 담긴 싸늘함과 입술에 머금은 비소였다.

그리고 1년 후 다시 만난 여자는…….

아무리 다시 봐도 그녀와 겹쳐 보이지가 않는다.

시간이 지날수록, 눈앞의 한수현은 그럴 리가 없는 여자라는 걸, 자꾸만 느끼게 된다.

"정하균 씨. 이제 그만 들어……."

불현듯.

여전히 침묵으로 일관하는 그에게 들어가자 말하려던 수현의 눈동자가 커졌다.

하균의 두 손이 그녀의 뺨을 감싸고, 고개를 비스듬히 기울였다.

"……알아들었으면."

나른한 눈이 그녀의 도톰한 입술을 응시하며, 천천히 거리를 좁혔다.

다가오는 그의 입술에 수현의 숨결이 잦아들고, 그대로 모든 것이 멈춰 버렸다.

누구의 것인지 알 수 없는 심장이 쿵쾅쿵쾅 뛴다.

수현의 눈빛이 흔들리고 서로의 입술이 닿기 직전.

그가 말했다.

"걱정할 짓, 하지 마."

* * *

당신은, 정말 나쁜 사람이야.

연주는 하성의 앞에서 단 한 번도 울지 못했다.

눈물을 떨어뜨리는 순간, 이대로 무너져 버릴 것만 같아서. 지금도 겨우 버티고 있는데, 눈물을 한 방울이라도 흘렸다간, 버석 부서져 버릴 것 같아서.

남편은 장차 가온그룹을 이어받을 사람이었다. 그녀는 그런 하성의 옆을 든든히 지켜줄 동반자였다.

작년 겨울의 사고로 모든 게 뒤바뀌었다.

하성이 혼수상태가 되면서 그가 그렇게 지키려 애썼던 후계자로서의 기반이 흔들리고, 이젠 그의 위치가 뿌리째 뽑힐지도 모르는 위기까지 와버렸다.

연주는 남편의 자리를 지켜 주고 싶었다. 언젠가 그가 일어나게 되면 잘 보존해 둔 자리를 그대로 돌려주고 싶었다.

남편은 누워 있지만, 아직 안사람은 건재하다는 것을 보여주기 위해 이를 악물고 더욱 완벽한 모습으로, 백화점 사업에 몰두했다.

아직 가온그룹의 안주인은 자신이고, 만약에 대비해 하성의 역할을 대신할 수 있는 사람이라는 것까지 인정받아, 차기 가온의 주인이 누구인지 공고히 해두기 위함이었다.

연주는 하균이 형을 사랑하는 마음이 진심이길 바랐다. 다른 이들이 하균을 탐탁지 않게 여긴다는 것을 알면서도 두고 보았다.

그동안 보고 들은 형제애에 대해, 하균이 의심이 들 만한 행동을 한 적은 한 번도 없었으니까.

하지만 자신이 아무리 이를 악물고 견뎌내도, 하성이 없으면 아무것도 소용이 없었다.

이대로 영영 깨어나지 않는다면…….

"당신…… 날 언제까지 혼자 둘 거야."

떨리는 손길이 하성의 메마른 얼굴을 만졌다.

"어서 일어나 줘, 제발……."

연주는 혹 누군가 자신의 약한 모습이라도 보게 될까, 아주 작은 속마음도 그의 귓가에 속삭일 수밖에 없었다.

"나 너무 힘들어…… 여보."

조금만 더 머물렀다간, 그동안 참고 참아냈던 눈물을 떨어뜨릴까 봐 연주는 넘어가지 않는 침을 삼켜냈다.

"……또 올게."

숙였던 상체를 일으켜 세운 그녀는 핸드백을 들고 그에게서 돌아섰다. 또각거리는 구두소리가 침묵 속에 또렷하게 울려 퍼졌다.

가습기가 안개처럼 퍼지고, 고요한 숨소리만이 가득한 방 안.

1년 동안 눈을 감은 채 미동조차 하지 않았던 남자의 손가락이, 움직였다.

* * *

"이대로 서 있을 거 아니면 같이 들어가든가."

몇 미터 떨어진 곳에 차를 세워두었다.

"……."

찬바람에 수현의 머리카락이 뺨을 스치며 흩날렸다.

여전히 멍한 눈으로 그를 바라보는 그녀는 그의 말에도 움직이지 않았다.

"좋을 대로." 라고 덧붙인 하균은 그녀에게서 돌아섰다.

"거기 서요."

등을 보이는 그를, 수현이 불러 세웠다.

우뚝. 그녀의 목소리에 하균이 그 자리에 멈춰 섰다.

돌아선 그는 그녀를 바라봤다.

그녀를 보는 그의 눈동자에 수많은 생각이 얽혀든다.

이 여자가 무슨 말을 하려고 날 붙잡은 걸까. 방금 한 행동에 대해 물으려고? 아니면, 뺨이라도 때리려고?

처음으로 공연한 긴장감이 들었다. 말아 쥔 주먹에 땀이 배었다.

'걱정할 짓 하지 마.'

그런 말은 생각에서 그쳤어야했다.

입술이 맞닿기 직전에 멈출 거였으면 애초에 가까이 다가서지도, 부드러운 뺨에 손을 얹지도 말았어야 했다.

"당신."

수현은 그에게로 가까이 다가가, 그와 눈을 마주쳤다.

굳게 닫혀있던 도톰한 입술이 떨어졌다.

"방금 날 걱정했다고 인정한 거잖아."

갑자기 성큼 다가온 그녀의 눈동자에 하균의 시선이 흔들렸다.

"그거 무슨 뜻이에요?"

수현은 그가 자신을 걱정해줄만한 사람이 아니라는 걸 너무도 잘 알고 있었다. 그래서 더욱 알고 싶었다.

방금 당신이 한 행동의 의미를. 당신이 입 밖으로 꺼낸 한마디의 의미를.

"당신은…… 나한테 그럴 사람 아니잖아."

수현은 이번만큼은 그에게 묻고, 대답을 듣고 싶었다.

오늘만큼은 묻고 싶은 말을 삼켜내고 싶지 않았다.

하균도 그녀가 묻고자하는 말이 뭘 뜻하는지 알고 있었다.

수현이 다시 붙잡지 않았다면 일어나지 않을 일이었다. 하균은, 더 이상 제 한계를 붙잡고 버티지 않았다.

"네가 신경 쓰여."

수현의 가슴에서 뭔가가 쿵, 떨어졌다.

"네가 신경 쓰여서 미치겠어."

"……!"

"그래서 널, 어떻게 해야 할지 모르겠다고."

이 눈동자에서 그동안 스쳐갔을 수많은 갈등들이 느껴진다.

언제부턴가 매일처럼 보이는 얼굴. 두렵고, 가까이하고 싶지 않다가도 안보이면 문득 문득 생각나는 사람.

다른 사람 신경 쓸 여유도 없을 만큼 힘들게 살아왔으면서, 정신이 해이해졌다고 스스로를 질책해도 어느 순간부터는 이 남자에 대한 경계가 풀려갔다.

일절 관심 없었던 그의 속마음이 궁금해지고, 표정이 어두워 보이면 무슨 일이 있었는지도 알고 싶어지곤 했다.

이 남자가 웃으면 어떤 얼굴일까? 그런 생각도 해본 적이 있었다.

그리고 늦게 알아차렸다. 뭐든 차갑고, 나쁘게 말해도 그의 행동들은 어느새 이유와 뜻이 있었다는 걸.

그를 겪으면 겪을수록 그가 지독히도 나쁜 사람이라는 스스로의 평가도 흐릿해졌다.

그렇게 힘들고 괴롭기만 했던 정하균이란 존재는, 매일 다른 모습과 감정으로 바뀌어 다가왔다.

그러나 그와 자신 사이에는 허물 수 없는 벽이 있었다. 서로가 닿을 수 없도록 아주 넓고 깊은 강물이 흐르고 있었다.

그에 대한 경계심을 더욱 바짝 세우고, 그에 대한 크고 작은 감정의 변화를 묻어버리듯 덮어뒀다.

그런데 그가 먼저 다가와 버렸다.

"설명이 됐으면, 이만 가지."

이윽고 하균은 다시 그녀에게서 돌아섰다.

요동치는 심장을 애써 누른 채 걷는 그에게 휴대폰이 울렸다.

차로 향하며 전화를 받은 하균의 얼굴이 천천히 굳어졌다. 불현듯 휴대폰을 들고 있던 손이 아래로 떨어지고, 그 자리에서 발을 묶어버린 그의 눈빛이 세차게 흔들렸다.

방금 무슨 일이 있었던 건지 잠시 잊을 정도로 하균의 표정이 심각하게 굳어있어서, 멀리서 그를 보던 수현은 어딘가 불길했다.

"무슨 일이에요."

그에게로 다가간 수현이 물었다.

"형이……, 깨어났다는군."

그가 깨어났다는 말을 들은 것뿐인데, 미약했던 불길함이 기름을 부은 것처럼 무섭도록 거세게 일었다.

왜지? 당신 형이 깨어났다면, 기뻐해야할 텐데.

어째서 난 이렇게 불안한 걸까.

수현은 차마 그에게 말하지 못했다.

하균은 차키를 꺼내며 그녀를 두고 빠른 걸음으로 앞서 걸어갔다.

"넌 먼저 들어가 있어."

수현이 그를 붙잡았다.

"나도 같이 가야겠어요."

다시 그를 봐야만 할 것 같다.

한 번만 다시.

* * *

하성이 깨어났다는 소식은 아직 입막음을 해둔 상태였다.

윤 회장은 언론이 들썩이기 전에 조금이라도 조용히 하성과 마주하고 싶었다.

"하성아, 날 알아보겠니?"

윤 회장이 눈물을 뚝뚝 흘리며 그의 손을 잡아 주었다.

일 년을 혼수상태에 있었기에 자유롭게 움직일 수 없었다. 깨어난 것도 기적이지만, 이제부터 본인의 노력과 함께 꾸준한 재활치료를 하면 회복할 수 있다고 했다.

"회장님……."

하성은 아주 오랫동안 잠긴 목소리를 열어, 윤 회장을 불러보았다. 목소리가 제대로 나오지 않았지만, 어떻게든 쥐어짜낸 것이었다.

"여보!!!"

병실 문이 벌컥 열리고, 연주가 왔다.

눈을 뜬 그를 보고 무너지듯 주저앉은 연주는 그제야 뜨거운 눈물을 흘렸다. 좀 전에 다녀왔을 때만 해도, 하성에게 차도는 없어보였다.

그런데 깨어날 기미가 보이지 않았던 남편이 자신을 보고 있었다.

수현과 함께 하성이 있는 VVIP병실로 향하는 하균은 지금의 심정을 어떤 말로도 표현할 수 없었다.

혹시 꿈일까봐, 현실이 맞는지 확인해보기조차 두려웠다.

병실이 있는 층으로 올라가는 엘리베이터 안에서, 하균은 극도로 긴장하고 있었다.

조용히 눈길을 돌려 그를 바라보던 수현은 그의 손을 잡아주고 싶었지만, 이윽고 엘리베이터 문이 열렸다.

하균이 먼저 문밖으로 걸어 나가고 수현은 손가락을 하나둘 말아 쥔 채 그 뒤를 따랐다.

하성이 깨어나기만 한다면, 모든 진실에 대해서는 아주 조금 천천히 물어보고 싶었다.

그저, 형이 깨어났다는 것만.

그가 살아있고, 그가 이제 일어날 수 있다는 것만 두 눈으로 생경하게 확인하고 싶었다.

복도를 걸어간 하균은 떨리는 손으로 병실 문을 열었다.

수현은 느린 발걸음으로 그를 따라 안으로 들어갔다.

윤 회장과, 형수인 강 사장이 먼저 와있었지만, 하균의 눈에 두 사람은 보이지 않았다.

"……정하성."

연기처럼 피어오르는 가습기 옆에서, 늘 눈을 감은 채 일 년 내내 그대로였던 하성의 눈동자가 낯익은 목소리가 있는 쪽으로 움직였다.

느릿하게, 누운 상태에서 고개를 옆으로 움직인 그는 의식이 있는 눈동자로, 하나뿐인 동생을 보며 힘겨운 미소를 지었다.

그러나 그것도 잠시.

하균의 옆으로 다가와 선 수현을 본 하성의 눈동자에 거센 물결이 일었다.

"수현아……."

수현을 본 윤 회장과 연주의 눈동자 역시 귀신이라도 본 것처럼 거세게 요동치기 시작했다.

"수현아."

그의 목소리를 들은 순간.

수현의 이성이 금이 간 유리처럼 쩍— 갈라졌다. 강한 두통이 머릿속에서 일며 엄청난 통증을 동반했다.

지직— 지지직—

훼손된 것만 같던 기억의 장면들이 하나둘씩 또렷해지기 시작했다.

수현은 자신도 모르게 하성에게서 주춤 물러났다. 한걸음씩 뒷걸음질을 치며, 한 손으로 입을 막았다.

"한수현, 이리 와."

칠흑같이 어두운 공간.

눈앞에 멀쩡히 서있는 하성의 모습이 나타나고, 그가 웃으며 뒷걸음질치고 있는 그녀의 앞으로 다가오고 있었다.

그가 손을 뻗고 서서히 손으로 목을 죄어들려 한다.

그녀에게 더욱 가까이, 거리를 좁혀오는 그의 표정이 섬뜩하다. 소름이 돋고, 식은땀이 흘러내린다.

'도망가. 한수현.'

어서 도망쳐야 돼.

여기서 도망가야 돼.

겁에 질린 눈동자가 갈피를 잡지 못한 채 이리저리 흔들렸다.

처음 그를 봤을 때보다 더한 공포와 압박감이 그녀를 집어삼키기 직전이었다. 수현은 그 자리에서 급히 돌아 밖으로 뛰쳐나갔다.

"한수현!"

하성을 흔들리는 눈으로 바라보던 하균은 곧바로 그녀를 뒤쫓아나갔다.

왜 도망쳐야하는 지, 어디로 가야하는 지도 알 수 없다.

'어디든 가야돼. 여길 벗어나야 돼.'

병원 회전문을 밀고 나온 수현의 입술이 퍼렇게 질려있었다.

밀려들어오는 찬바람에 그녀의 머리카락이 엉키며 휘날렸다. 눈물에 머리카락이 뒤섞여 뺨을 에워쌌다.

"한수현!"

수현을 빠르게 뒤쫓아 나와 멀리서 그녀의 뒷모습을 발견한 하균은 그녀가 있는 곳으로 향했다.

병원을 빠져나가, 수현은 거리의 차도가 있는 곳까지 뛰어갔다.

신호등을 보지 않은 채 무작정 큰 도로 위에 놓여있는 횡단보도를 건너려던 그녀의 옆으로,

거대한 차가 강렬한 헤드라이트를 비추며 부딪치기 직전이었

다.

"네가 나한테서 벗어날 수 있을 것 같아?"

목덜미를 죄어오는 손과 함께 씩 웃고 있는 남자의 얼굴이 이제야 보인다.

"한수현. 넌 나한테서 못 벗어나."

창백한 얼굴로 침대 위에 누워있던 남자.

"넌 영원히 내 거야."

정하성, 그였다.

모든 기억이 제자리를 찾았다.

그를 처음 만났던 순간부터, 사고가 났던 순간까지 모든 것들이 정리되어갔다. 삭제 된지 조차 모르고 살았던 기억들이 하나도 빠짐없이 되살아나고 있었다.

눈물이 주르륵 언 뺨에 자국을 만들며 떨어졌다.

일 년 전 그날.

그날도 나는, 이렇게 도망쳤어.

어디로든 도망을 치려다 사고가 난 거였어.

눈앞이 하얗게 번지며 모든 것을 떠올렸을 때.

빵—

수현을 발견한 차가 굉음을 내며 멈춰 섰다.

불과 한 뼘의 거리에서 멈춰선 차를 멍하니 보고 있던 그녀의 손을, 하균이 낚아채듯 잡아 빠르게 횡단보도를 빠져나왔다.

"한수현!!!"

그녀의 양 어깨를 붙들고, 하균이 수현을 일깨웠다.

수현은 그의 부름을 듣지 못했다. 넋이 나간 얼굴로 그를 보고 있는 눈동자에는 그가 없었다.

"왜 그래? 대체 무슨 일이냐고!"

그녀의 어깨를 붙잡고 묻는 그의 목소리에 떨림이 묻어났다. 퍼레진 입술과 쉴 새 없이 떨어지는 눈물에 숨이 콱 막히고, 심장이 저릿저릿해졌다.

이윽고 그녀가 그와 눈을 마주쳤다.

모든 것을 잃은 듯한 공허한 눈동자.

초점 없이 회색빛으로 물든 그녀의 눈동자를 본 하균의 동공이 얼어붙었다.

일 년 전의 그녀의 눈동자였다.

수현은 그제야 하균을 바라봤다.

일 년 전 당신은 꼭 이렇게 나를 붙잡고 물었었지.

"당신은 대체 왜…… 그런 얼굴이야?"

"대체 왜 그렇게 보고만 서있는 거냐고!"

"……당신은 아무것도 몰랐겠죠."

울컥거리는 목소리에 감당할 수 없는 아픔, 그리고 두려움이 서려있었다.

이윽고, 수현의 눈앞이 아득해졌다.

* * *

수현이 누워있는 침대 옆에 앉은 하균의 입술이 바짝 마르고, 심장은 타들어갔다.

일 년 만에 깨어난 하성이 단번에 그녀를 알아봤다.

두 사람 사이에 무언가 있으리라 짐작했었지만, 하성은 수현을 보자마자 슬픈 눈으로 이름을 불렀다.

그 순간, 수현이 감당할 수 없는 것을 본 것처럼 그에게서 돌아서 뛰쳐나갔다.

처음에 병실에 데려왔을 때도 비슷한 증상을 보였으나 이번엔 달랐다.

그녀도 하성을 알아봤다.

그리고 그 자리에서 도망쳤다.

누군가에게 쫓기는 것처럼 눈물을 흘리며 달리는 그녀의 모습을 본 순간.

그녀가 말했던 꿈이 떠올랐다.

계속해서 둔기로 심장을 얻어맞는 것처럼 가슴이 아파온다. 군데군데 멍이 들고, 피가 터지는 고통이 느껴지고 있다.

이윽고 수현이 눈을 떴다.

깊게 마른 침을 넘기던 하균이 깨어난 그녀를 보고, 고개를 들었다.

"한수……"

"미안해요."

수현은 곧바로 침대에서 내려왔다.

차가운 얼굴로 방을 떠나려는 그녀를, 하균이 붙잡았다.

"한수현."

"놔요."

"왜 이래."

"이거 놓으라고……"

또다시 그의 손을 뿌리치던 그녀를 사로잡고, 그가 그녀의 호흡을 막았다.

"……!"

다시 두 뺨에 따뜻한 손이 얹어진 채 작은 입술에 그의 입술이 온전히 닿았다.

그의 향이, 그의 온도가 스며든다.

그를 밀어내려고 하지만, 그에게 이끌려 눈이 감긴다.

서로의 숨결이 뜨겁게 섞이며, 호흡할 틈조차 만들지 않았다.

더욱 더 깊숙이, 아릿하고 다디단 향을 취해가면서 겨우 버텨내던 이성을 완연히 무너뜨렸다.

이러면 안 된다는 걸, 알고 있었다.

서로에게 냈던 상처는 눈을 감는다고 사라지는 것이 아니었다.

하지만 어찌해야 할까. 하균은 점점 더 커지는 심장소리를 들으며 깨달았다.

한수현 널 보면.

화가 나는데 아프다는 걸.

보기 싫은데, 보고 싶어진다는 걸.

그렇게 자꾸만…….

널 원망하고, 미워하며 증오했던 감정이 녹아내리는 것도 모자라 심장이 뛰고 있다.

그래서 하균은 겁이 나기 시작했다.

처음 만났던 날, 수현은 아무것도 기억하지 못했다.

사고도, 형도, 자신도.

"……당신은 아무것도 몰랐겠죠."

모조리 지우지 않고서는 견딜 수 없는 정신적 충격을 가했던 고통스러운 기억.

만약 그녀가 기억을 지워야만 했던 이유가 사고 자체의 충격 때문이 아니라.

자신이 생각하고 있는 그 이유라면.

그토록 부정하고 있는 그 이유라면.

그는 견딜 자신이 없었다.

막혔던 입술이 천천히 떨어지자, 수현은 그의 가슴을 밀어냈다. 뒤늦게 밀어낸 자신이, 아직까지 뛰고 있는 심장이 밉다.

조금만 늦게 알았으면 좋았을걸.

당신이 누구의 동생인지, 당신 형이 나에게 어떤 짓을 했는지 조금만 늦게 기억해냈으면 좋았을걸.

모든 것을 기억해내라고 다그치는 당신의 강요에 나 역시 그러길 바란다 외쳤던 게, 난 너무도 후회가 돼.

"한수현. 네가 이러는 거."

하균이 성큼 다가가 그녀의 어깨를 확 붙들었다.

"정하성 때문이야?"

그녀의 어깨를 쥔 그의 손에 힘이 들어갔다.

아니라고 말해.

젖은 그의 두 눈이 고개를 저으며 그녀에게 애원했다.

그녀의 입술에서, 아니라는 말이 떨어지길 기다리고 있었다.

하균을 바라보는 수현의 두 눈에 그렁그렁 눈물이 맺혔다.

그의 입술이 닿았던 부근이 아직도 뜨겁다.

아직도 심장이 떨리고 있다.

'안 돼.'

"당신은 알 필요 없어요."

수현은 거칠게 그에게서 빠져나왔다.

문을 향해 가는 그녀보다 먼저 성큼성큼 앞서 간 하균은 수현이 연 문을 반대쪽 손으로 쾅 밀었다.

"……!"

조금 열렸던 문이 꽉 닫혀버렸다.

"제대로 말할 때까지, 너 여기서 안 내보내."

"정하균 씨!"

"갑자기 왜 이러는 건지 말이라도 해야 할 거 아니야! 뭐 때문에 그러는 건지, 아까 병실에서는 왜 그렇게 도망쳤는지!"

"저번처럼 당신 형만 보면, 머리가 아파오고 구역질이 나서 견딜 수가 없었어요."

"거짓말하지 마."

그때와는 달랐잖아. 한수현, 너. 지금 뭔가 알고 있는 눈이잖아.

하균은 차도 위 횡단보도 앞에서 자신을 바라보던 그녀의 눈빛이 잊혀지지가 않았다. 잊을 수가 없었다.

그때의 넌, 지금까지와 다른 눈을 하고 있었어.

'그만해요.'

수현은 그가 더 이상 묻지 않기를 바랐다.

그가 그 사람의 동생이라는 게 미치도록 화가 나고 이루 말할 수 없는 배신감이 밀려들지만, 수현은 가까스로 버티고 있었다. 그를 미워하지 않기 위해서.

아무것도 모르고 내 어깨를 잡고 흔들었던 그날의 당신을 원망하지 않기 위해서.

'당신이 유일한 가족에 대한 믿음을 깨버리지 않게 하기 위해 아주 열심히 노력하는 중이야, 나.'

그러니까.

당신은 그냥 끝까지 모르고 있어. 그게, 내가 할 수 있는 마지막 배려니까.

"……당신 형이 날 알아보던데. 그 사람한테 가서 물어봐요."

수현은 그를 올려다보며, 힘주어 입술을 끌어올렸다.

"나에 대해."

* * *

「속보입니다. 작년 겨울, 불의의 사고로 혼수상태에 있던 가온전자의 정하성 전 대표가 일 년 만에 깨어났습니다.」

이튿날, 어떻게 새어 나갔는지 모를 일이었지만 언론들은 앞다투어 그가 깨어난 소식을 전했다.

좋은 일을 하려다 불의의 사고를 당한 재벌 3세가 기적의 주인공이 되는 일은 당연하다는 반응이었다.

"말도 안 돼……."

뉴스를 보고 있던 미선이 빳빳하게 굳은 얼굴로 경악을 금치 못했다.

거의 죽은 거나 다름없던 사람이 깨어났다니. 그것도 일 년 만에. 만약 수현이가 저 남자를 알아보기라도 한다면…….

그때, 미선의 휴대폰이 탁자 위에서 진동했다.

저장 되어 있지 않은 번호였지만, 미선은 그 번호를 단번에 알아봤다.

["홍미선 씨 맞습니까?"]

"네, 네. 저예요."

["지금 좀 보시죠. 댁 앞으로 차를 보내드리겠습니다."]

TV 화면을 바라보고 있는 수현의 손이 바들바들 떨렸다.

사회가 주목하는 재벌 3세의 의협심? 위험에 처한 여성을 구하려다 사고를 당했던 남자가 깨어난 건, 하늘이 감복해서 도운 일이라고?

모두들 그가 만든 가면에 놀아나고 있다.

어떻게 해도 깨지지 않는 가면 안에 숨겨진 얼굴을 보지 못하고 있다.

정오가 넘어가도 수현은 카페를 나가지 않았다. 아예 집 밖을 나서지 않았다.

줄곧 일하던 카페를 떠올릴수록 온몸의 피가 거꾸로 솟는 것만 같다.

죽지 않으면 도망칠 수 없었던 그 남자의 회사에 제 발로 들어가, 좋은 조건의 일터라며 즐겁게 일을 해 왔다는 사실이 너무나도 역겨워서 견딜 수가 없었다.

수현은 무릎에 얼굴을 묻은 채 양손으로 머리카락을 쥐고 나오지 않는 비명을 내질렀다.

난 이제 어떻게 해야 하는 걸까?

난 이제 어떻게 살아야하지?

툭, 툭. 떨어지는 눈물이 그녀의 괴로움을 덜어주진 못했다.

미선을 태운 차는 인적이 드문 장소에 스르륵 멈춰 섰다.

미선은 숨을 참는 것과 같은 갑갑함을 느끼며, 옆 좌석에 앉아 있는 여자를 바라봤다.

여자는 줄곧 얼음장 같은 표정으로 앉아만 있다가, 차가 멈춰 서자 그제야 입을 열었다.

"오랜만이에요."

"예? 아, 네. 그러네요."

잔뜩 긴장한 표는 지울 수 없었다.

"우리 인연이 참 진득해요. 그렇죠?"

여자가 피식 웃으며 보일 듯 말듯한 미소를 지었다.

미소 끝에 풍기는 서늘함에 미선은 등줄기에 소름이 돋았다.

"그게, 그 남자가 우리 수현일 어떻게 찾았는지 모르겠지만…… 정말 저흰 그날에 대해 단 한 번도 입 밖에 꺼낸 적이 없어요. 믿어 줘요, 정말."

"네. 설마 그러진 않았으리라 믿어요. 서로 주고받은 게 있는데."

미선은 침을 꿀꺽 삼켰다.

"한수현 씨는 그 남자와 어떤 관계죠?"

"그러니까…… 앞집에 산다고 했어요."

"뭐라고요?"

미선은 수현이가 시작한 아르바이트에 대한 것과, 아르바이트를 하게 된 집의 맞은편에 하균이 산다는 것을 설명했다.

"그저 이웃관계일 뿐이라."

여자가 재미있다는 듯 다소 크게 웃었다.

어떻게 이런 재미있는 사실을, 그동안 모르고 있던 걸까.

"그럴 리가."

시원하게 웃은 여자는 이내 나직이 혼잣말을 내보냈다.

그럴 리가 없었다. 정하균이 어떤 사람인데.

그동안 한수현을 열심히 찾고 있었다더니, 어느새 제집 앞에까지 데려다 놨다?

'그래서 병원까지 함께 찾아왔나보군.'

이제야 조금씩 막혔던 것들이 풀려 가는데, 누구든 제 앞길에 방해를 하는 사람은 가만둘 생각이 없었다.

여자의 미간에 살짝 주름이 갔다.

"나머진 내가 알아서 할 테니까, 홍미선 씬 앞으로도 그날 일이 대해 절대로. 입을 열어선 안 될 겁니다."

*　　*　　*

하균은 회사 집무실 안에 앉아 있어도 아무것도 하지 못했다.

아무리 집의 초인종을 눌러도, 아무리 문을 두드려도 수현은 대답하지 않았다. 문조차 열어줄 기색이 보이지 않았다.

"이사님."

"……."

"정하균."

하균은 그제야 유한쪽으로 고개를 들었다.

오늘 그를 처음 봤을 때부터 지금까지 하균의 표정이 심상치가 않았다.

유한도 하성이 깨어났다는 소식을 들었다. 병원에 함께 가자 할 줄 알았는데, 하균은 이미 다녀왔다고 했다.

사고의 시작이었던 수현에 대한 것과, 얼마 전 정호진이 흘리고 간 하성과 연관된 것처럼 보이는 사건.

모든 의문의 중점에 서 있는 당사자가 깨어났으니, 풀어야 할 것들에 대한 해답은 어쩌면 쉽게 풀릴 수도 있는 일이었다.

하지만, 하균은 아직까지 별다른 움직임을 보이지 않고 있었다.

"뭐야."

하균이 유한을 보며 용건을 물었다.

"홍미선 씨. 아무래도 수상해."

유한은 붙여뒀던 사람에게서 건네받은 사진파일들을 하균의 앞에 내려놨다.

미선이 낯선 차에 타고 있는 모습들이 연속 촬영으로 찍혀 있었다. 그리고 차의 운전자는 어딘가 낯이 익다.

"차 운전자. 누군지 알아보겠어?"

낯이 익긴 하지만 하균은 정확히 누구인지는 가늠하지 못했다.

이윽고 유한은 조용히 그의 정체에 대해 밝혔다.

"네가 아주 잘 아는 사람의 비서."

* * *

해가 사라질 때까지, 수현은 무릎을 모은 채 웅크리고 있었다. 건드리면 부서질 것 같은 그녀의 몸은 한참을 그렇게 움직이지 않았다.

이윽고, 수현은 몸을 일으켰다.

그날에 대한 기억이 생생히 자리 잡게 되었을 때.

이 모든 걸 알고 있는 사람이 한 사람 더 있다는 걸 뒤늦게 깨달았다.

수현은 곧바로 옷을 챙겨 들고, 집 밖을 나섰다.

참을 수 없는 고통이 뱃속을 뒤집고 온갖 구역질을 끌어낼 때, 기다렸다는 듯 그 뒤를 잇는 환멸에 가까운 배신감.

수현은 기억이 사라졌던 이유를 알 것 같았다.

그날의 한수현은, 더는 그 사실을 기억하고 싶지 않았을 테니까. 그 일을 잊지 않고서는 살아갈 수 없었을 테니까.

현관문을 열고 복도를 걸어 엘리베이터 앞에 섰을 때.

15층에 멈춰 선 엘리베이터의 문이 열렸다.

"한수현."

처음 만났던 그날처럼, 문을 사이에 두고 두 사람은 눈을 마주쳤다.

수현은 다른 엘리베이터를 타려 했지만, 하균의 손에 이끌려 수현은 엘리베이터 안으로 들어왔다.

그녀를 보고 있던 하균은 성큼성큼 다가가, 그녀를 단숨에 꽉 끌어안았다. 엘리베이터의 문이 닫혔다.

수현은 그에게 놓으라고 그의 등을 쳤다. 그에게서 벗어나려 안간힘을 쓰고, 그를 밀어내려 했지만 하균은 놔주지 않았다.

"제발."

"……."

"부탁이야."

하균은 그녀를 끌어안은 채 나직이 말했다.

"네가 무슨 말을 하든, 믿을게."

"……."

"네가 무슨 말을 하든, 감당할게. 그러니까 제발."

가슴에 전해지는 심장의 울림.

숨이 막히는 순간, 늘 다가오는 당신의 구원에 익숙해질 까 봐 겁이 난다.

죽고 싶을 만큼 힘이 드는 순간. 또다시 당신을 찾게 될까 봐 겁이 나.

눈물이 확 고여 들었다. 누구도 찾을 수 없는 도피처에 몸을 숨긴 것처럼 말할 수 없는 안정감이 밀려들어서, 수현은 이 품을 벗어나고 싶지가 않았다.

당신과 나는 비극으로 끝나야만 하는 게 맞는 건데도, 난 당신 형만큼이나 당신을 미워해야 하는 게 맞는 건데도.

어째서…… 모든 것을 잊고 싶어지는 걸까?

이러면 내 자신에게 너무도 이기적인 선택이라는 걸 아는데, 누구보다도 내 자신이 미워질 거라는 걸 아는 데.

"……당신이 원했던 기억."

나는 당신이 내민 손을,

잡고 싶어.

"말해 줄게요."

가늘게 떨리는 목소리가, 그의 심장에 말뚝이 되어 박혔다.

이윽고 수현은 흐린 눈으로 덧붙였다.

"……그전에. 가야할 곳이 있어요."

*　　*　　*

"아까부터 왜 그래?"

성수가 밥을 먹다 말고 미선을 보며 눈살을 찌푸렸다. 밥에는 손도 대지 않고, 국은 숟가락으로 떴다가 말다가 하는 미선의 행동이 이상했다. 꼭 정신이 다른 곳에 있는 것처럼 보였다.

"아무것도 아니에요."

"당신 요즘 이상해."

성수는 혀를 끌끌 차다가, 다시 숟가락을 들었다.

"유라는, 아직 연락 없어?"

멈칫. 성수가 유라의 안부를 묻자, 미선은 가슴이 덜컥 내려앉았다.

"갑자기 유, 유라는 왜요?"

"벌써 그 녀석이 나가서 연락 끊은 지 일 년이야. 어디서 뭘 하고 사는지……."

유라는 집을 나가기 직전까지 틈만 나면 성수와 다퉜다. 아버지가 창피하다는 것부터 시작해, 이런 거지같은 집구석은 이골이 난다는 둥, 온갖 가슴에 못 박는 말들만 하는 딸이었다.

그런 놈 집 나가서 얼마나 잘 사는지 두고 보겠다고 했지만, 그대로 이렇게나 오래도록 돌아오지 않을 줄은 몰랐다.

혹여 집을 나가서 잘못되기라도 했을까 실종신고를 하고 찾아도 나서볼까 했었다. 그러나 얼마 지나지 않아 미선과 통화를 하는 것을 들었다.

성수는 그나마 어디서든 탈 없이 살고 있는 것이리라 생각하며 그 사실에 대해 눈감아주고 있었다.

"당신 지금 우리 유라 걱정하는 거예요?"

"걱정은 무슨! 제 발로 집 나간 녀석을 내가 무슨 걱정을 해."

성수는 먹먹해졌던 가슴을 감추고 도리어 화를 냈다.

그러던 중,

띵동—

누군가 초인종을 누르는 소리가 들렸다.

"내가 나가 볼게요."

미선은 현관문을 열고 나가 좁은 마당을 가로질러 다시 대문을 열었다.

"누구……."

찾아온 이를 확인하던 미선의 눈이 커졌다.

혹여나 성수가 볼세라 미선은 급히 대문 밖으로 나와 문을 닫았다.

"너 내가 여기 절대 찾아오지 말라고 했잖아!"

유라가 일부러 그녀의 시선을 피하며 서 있었다.

"생각해 보니까 돈이 한 푼도 없잖아. 내가 어떻게 밖에서 자. 전화해도 받질 않고. 돈만 주면 얼른 갈 테니까……."

"한유라……?"

누군가 유라를 알아본 기척에 미선과 유라가 그대로 굳었다. 느릿하게 고개를 돌린 곳에는.

차디찬 얼굴의 수현이 있었다.

"너……."

두 사람에게로 다가오던 수현은, 차마 다음 말을 잇지 못했다.

그녀의 뒤에는 검은색 고급차가 있었고, 그 차에서 한 남자가 내렸다. 그는 곧 그녀에게로 다가와 옆에 섰다.

미선이 그를 알아보고 비틀거렸다.

"말도 안 돼."

유라는 수현과 하균을 번갈아 바라보며 주춤 뒤로 물러났다. 믿을 수가 없었다. 한수현이, 어떻게 정하성의 동생과 함께 있을 수가 있어?

이건 있어선 안 되는 일이잖아.

설마 한수현의 기억이……

돌아오기라도 한 거야?

"어떻게 나한테……."

수현이 한걸음씩 미선에게 가까이 다가섰다.

"수현아……? 갑자기 왜 이러는……."

수현의 눈빛이 예전과 다르다. 미선은 걷잡을 수 없이 커지는 불안감에 저도 모르게 목소리를 떨었다.

"어떻게 저한테 그러실 수가 있어요."

"그게 무슨 소리야. 난 네가 무슨 말을 하는지……."

"새엄마!!!"

수현이 그녀를 확 붙잡고 눈물을 툭 떨어트렸다.

"그 사람이 날 죽이려 했던 거."

그녀의 입에서 떨어진 한마디에.

"돈을 받고, 덮었잖아."

하균의 심장이 낡은 파편이 되어 부서졌다.

* * *

사고가 있던 날은 눈이 많이 내렸다.

성수는 집에 없었고, 집에는 유라와 미선, 둘뿐이었다.

수현은 밤이 늦도록 들어오지 않았다. 24시 카페에서 일을 하던 때라, 때때로 시간대를 바꿔 새벽 타임에도 일하는 경우가 있어서 늘 그랬듯 그러려니 했다.

자잘한 부업부터, 남의 살림까지 도와주면서 한참 빚을 갚아대느라 수현 못지않게 피곤한 나날의 연속이었다. 여느 때와 다름없이 잠이 쏟아질 줄 알았는데 그날은 이상하게도 계속해서 잠을 설쳤다.

그러던 새벽.

"엄마!!! 엄마!!!"

숨을 헐떡이는 다급한 목소리와 함께, 누군가 쾅쾅 거세게 문을 두드렸다. 너무나 급작스럽게 들려와서 꿈인가 싶었다.

"엄마!!!"

연이어 들려오는 비명에 미선은 화들짝 놀라 눈을 뜨고, 몸을 일으켰다.

불을 켤 새도 없이 곧바로 현관으로 달려갔다.

벌컥 연 문 앞에 온몸이 식은땀으로 뒤덮인 채, 수현이 창백한 얼굴로 쓰러질 듯 서 있었다.

긴 머리는 잔뜩 헝클어져 있었고, 넋을 잃은 얼굴에는 땀방울이 뚝뚝 떨어져 내렸다. 젖은 두 눈에는 초점이 없었다.

"왜 그래, 수현아? 무슨 일이야, 응?!"

"저 좀 도와주세요. 그 남자가 저를…… 저를……."

입에 거품을 문 것처럼 공포에 질린 눈동자를 떨던 수현은, 그 자리에서 기절했다.

"수현아!!"

무슨 일인지 알 수 없는 상태에서 수현이 기절까지 하자, 미선은 순간 얼어붙었다.

"수현아? 수현아!"

다시금 정신을 차리고 덜덜 떨리는 손으로 쓰러진 수현을 붙잡고 흔들었다.

"무슨 일이야?"

잠에서 깬 유라가 짜증 섞인 얼굴로 방에서 나왔다.

"한수현?!"

그제야 상황을 파악한 유라도 놀라서 수현에게 달려갔다.

수현이 축 늘어진 채 문 앞에 쓰러져 있었다.

미선은 정신이 혼미한 상태에서 급히 휴대폰을 찾았다.

"119. 119에 신고해야겠어."

"빨리!"

유라도 다급하게 고개를 끄덕였다.

"이제 어떡해야 하지?"

"뭘 어떻게 해! 일단 방으로 옮기자."

유라는 일단 미선과 함께 수현을 일으켜 방으로 옮겼다. 급히 이불을 펴서 수현을 누인 두 사람은 가쁜 숨을 몰아쉬었다.

"대체 뭐가 어떻게 된 거야?"

유라가 한껏 미간을 좁힌 채, 미선을 바라봤다. 그러나 미선도 지금의 사태에 대해 아는 것이 없었다.

놀라 두근거림을 멈추지 않는 심장에 손을 얹은 채 구급차가 오기만을 기다리던 때.

띵동— 띵동—

또다시 누군가 초인종을 눌렀다.

문을 열고 보니, 정장을 말끔히 차려입은 한 남자가 과묵한 얼굴로 서 있었다.

"여기가 한수현 씨 집이 맞습니까."

"네, 맞긴 한데…… 누구시죠?"

미선이 이상한 눈으로 바라보자, 남자의 뒤에서 한 여자가 미선의 앞에 여유롭게 걸어왔다.

"시간이 없으니, 간단히 말하죠."

그것이, 일 년 전 비극의 시작이었다.

그날 새벽, 수현이 집으로 돌아온 지 얼마 안 돼서 찾아온 남자. 그리고 뒤에는 젊은 여자가 선글라스를 쓴 채 서 있었다.

그녀를 마주한 미선의 곁에 유라도 다가왔다.

"누구시죠?"

유라가 정체를 물었지만, 여자는 턱짓으로 남자가 들고 있던 검은 사각 가방을 가리켰다.

"이 일, 그냥 덮으면 그 보상금으로 10억 드리죠."

"네……? 그게 무슨……."

미선이 눈을 깜박이며 되물었다.

"한수현 씨만 입 다물면, 모두가 편해질 수 있는 길이에요. 이 돈이면 그 집에 있는 빚도 모두 갚기에 충분할 테고."

"우리 집 빚을 어떻게…… 아니, 그쪽은 누구고 무슨 말인지 알아듣게 설명을 해 줘야죠."

가뜩이나 수현의 문제로 가슴이 안정되지 않고 있었는데, 웬 이상한 여자가 찾아와 헛소리를 늘어놓는 거라고 생각했다.

그러나 여자는 싸늘하게 대답했다.

"어젯밤, 한수현 씨가 신고를 했더군요. 나한테 아주 중요한 사람을 말이죠."

"신고라니요. 대체 뭘 신고했다는 거죠?"

"갑자기 본인 목을 조르려고 했다던데 물론 사실인지 아닌지는 따져봐야 아는 거겠지만, 난 일이 복잡해지는 걸 원치 않아요. 그래서 이렇게 찾아온 거고요."

여자는 너무도 태연했다. 신고 죄목이 살인 미수라는데. 도리어 이 상황이 피곤하고 짜증 난다는 기색이 가득해 보였다.

"지금…… 뭐라고 했어요?"

넋을 잃은 송장처럼 서 있던 수현의 모습이 미선의 눈앞을 스쳤다.

"일단 경찰 쪽은 내가 막아뒀어요. 119에도 신고하셨더군요. 도착하면 적당히 둘러대서 돌려보내세요."

또다시 태연히 이어지는 한마디에, 미선은 눈이 뒤집혔다.

"경찰에 신고한 걸 막았다고요? 당신이…… 당신이 뭔데 그걸 막아?"

이건 아니야.

같은 사람이라면 이럴 순 없었다. 어떻게 사람을 죽이려 했던 사실을 돈으로…….

정신을 되찾고 당장이라도 이 미친 여자에게 소금을 뿌리려 돌아서던 순간이었다.

"엄마."

유라가 그녀를 탁 붙잡았다.

"이 돈 받자. 우리, 받아야 돼."

자그마치 10억이었다. 평생 죽어라 일해도 만져볼 수 없는 돈. 이 돈이면, 모든 것을 끝낼 수 있었다. 사채업자들에게 쫓기고, 납작 엎드리며 빚에 허덕이던 삶에서 벗어나 사람답게 살 수 있었다.

"한유라! 너 지금 무슨 생각을……."

"지금 한수현이 문제야? 우리가 당장 다 죽게 생겼잖아! 주세요, 그 돈. 한수현 입단속 철저히 시키고 다 덮을 테니까."

"유라야!!!"

"따님이 아주 현실적이시군요. 지금 내 제안을 거절하고 한수현 씨가 또다시 경찰에 신고를 하거나, 쓸데없이 입을 놀리면 서로 아주 피곤해질 거예요. 뭐, 그 결과도 장담 못 할 거고요. 차비서."

여자는 옆에 있던 남자를 향해 간단히 손짓했다.

남자가 가슴 안쪽에서 명함이 든 지갑을 꺼내, 미선에게 건넸다.

명함에 박힌 이름과, 직함을 확인한 미선의 눈앞이 흐릿해졌다.

경찰을 휘두를 수 있는 힘을 가졌고, 10억을 현금으로 들고와 거래를 제안할 수 있는 사람은 감히 뭣 모르고 고집 피울 상대가 아니었다.

양손으로 명함을 꽉 붙든 채 덜덜 떨고 있는 미선의 갈등에 유라가 기름을 부었다.

"엄마, 현실을 봐. 한수현이 신고한다고 뭐가 달라져? 한수현도 빚 때문에 죽을 만큼 고생하면서 살아왔잖아! 분명 깨어나면 다 이해할 거야. 그러니까 우리 이 돈 받자."

그때, 흔들리지 말았어야 했다.

막상 10억이란 돈을 눈앞에서 보니, 머릿속이 아득해지며 심장이 빠르게 뛰박질하기 시작했다.

이 돈만 있으면…….

이것만 있으면…….

그렇게 미선은 눈을 감고 말았다.

"각서."

그럴 줄 알았다는 듯 여자는 다시금 비서에게 턱짓했다. 비서는 각서를 꺼내고, 돈 가방을 열어 유라에게 대강의 액수를 확인시켜주고는 다시 닫았다.

이윽고 모녀에게서 돌아선 여자는 어깨에 두르고 있던 숄을 여미며 지시했다.

"지금 대기 시켜놓은 차에 타세요. 내가 따로 마련해 둔 곳에서 지내고 있으면 짐들은 모두 그쪽으로 옮겨주죠."

"지금 당장이요?"

유라가 눈썹을 구기며 물었다.

"당분간 숨죽이고 살란 뜻이에요. 지금 언론이니 뭐니 한수현 씨한테 관심 있는 사람들이 아주 많으니까."

이내 여자는 비서를 통해 한 남자의 사진을 보여 주며 경고했다.

"아주 만약…… 누군가 그 사고에 대해 묻는다면, 입단속을 아주 잘하셔야 할 겁니다. 특히 이 남자. 이 남자에겐 절대로 사고에 대해 입도 뻥긋해선 안 돼요."

"……뭐하는 거야?"

유라와 미선이 급히 옷가지를 챙기던 사이, 정신이 든 수현은 흔들리는 눈으로 두 사람을 바라봤다.

두 사람 지금 뭘 하는 거냐고, 경찰은 왜 오지 않느냐고 물으려던 순간.

뭔가를 보며 눈을 빛내고 있는 유라.

그 품 안에 보이는 가방 안 빼곡한 돈다발들.

정하성이 어떤 남자인지 알고 있었기에, 그 사람이 저지른 파렴치한 죄를 돈으로 무마하려 했다는 것을 알아채는 건.

"그 돈…… 어디서 났어?"

이성을 산산조각내는 일이었다.

"……아니라고 해. 저 돈으로 그놈이 나한테 한 짓 입 다물고 있기로 한 거 아니라고 해. 제발."

"한수현. 이 돈이면 우리 빚 다 갚고 전처럼 다시 출발할 수 있어. 행복하게 살 수 있어. 그러니까 눈 딱 감고 이 돈 받자. 우리 이 돈 필요하잖아."

가방을 꼭 안은 채 핏발 선 눈으로 입술을 깨물던 유라.

피 한 방울 섞이지 않았어도 소중한 가족이라고 생각했던 사람들이었다.

사랑하는 엄마였고, 미운 구석이 많지만 그래도 하나뿐인 자매였다.

내가 당신의 친딸이고, 유라 너의 친자매였다면…….

그때도.

그때도 내 목숨값이나 다름없는 이 돈을, 당신들은 받았을까?

해일처럼 밀려든 충격에 숨조차 쉬어지지 않았다. 가슴을 쾅, 쾅 치면서 어떻게든 숨을 내쉬어 보려고 했지만, 헉헉거리며 동공이 위로 젖혀지고 발작이 일어났다.

그리고 그 이튿날.

낯선 집에서 눈을 떴다.

기억이, 사라진 채로.

* * *

"그게…… 무슨 소리야."

한참을 기다려도 미선이 돌아오지 않아, 밖으로 나와 본 성수의 얼굴에서 핏기가 사라졌다.

이제 성수마저 모든 것을 알아 버렸다.

절망감에 휩싸인 미선의 눈앞이 캄캄해지며, 얼굴 근육에 마비를 일으켰다.

"수, 수현아. 나, 나는……."

사건 직후 수현은 기억을 잃었고, 무덤에 들어가는 순간까지 그날의 일은 철저히 묻어 두기로 했다.

수현의 머릿속에서 끔찍한 악몽 같은 기억이 삭제된 건 수현을 위해서도 잘된 일이라 되뇌며, 그렇게 일 년이란 시간을 노심초사하며 버텼다.

그런데, 결코 일어나지 않을 것만 같았던 일이. 거짓말처럼 일어났다.

'수현이 네가 어떻게…… 기억을 찾은 거야?'

"새엄마, 당신은."

또렷하게 뜬 눈에서 굵은 눈물들이 방울방울 떨어져 내렸다. 변명조차 하지 못하는 미선의 표정에 가슴이 무너지고, 또 무너진다.

"정하성 그 남자가 나한테 무슨 짓을 하려 했는지 알면서도 그 돈을 받았어. 그리고 내가!"

파르르 떨리는 입술이 겨우 떼어졌다.

"……그 이튿날 아무것도 기억하지 못해서, 얼씨구나 했겠지."

이윽고 수현은 유라를 바라봤다.

외모가 바뀌었어도 새엄마와 대화하던 특유의 목소리가 낯이 익었다. 설마 하면서도 가까이 다가서자마자 자신을 알아보는 눈동자는, 집을 나간 후 오랫동안 소식이 끊겼던 유라가 맞았다.

집을 나갔던 것도, 아직까지 돌아오지 않았던 것도.

너 역시 이 삶이 힘들고 지쳐서 그런 거겠지, 그렇게 이해하며 살아왔다. 비록 혼자서 아등바등 대며 빚을 갚아야 했을 때도, 원망 한 번 한 적 없었다.

그런데 새엄마도 너도…….

"날 팔아넘긴 돈으로…… 그동안 뭘 하고 살았어?"

툭. 투둑―.

수현의 가슴이 낙엽처럼 바스라졌다.

진실을 외면하고 받은 거액의 돈과.

지우지 않고는 견딜 수 없었던 기억을 아무 일도 없었던 것처럼 숨긴 채.

이 모든 걸 다른 사람의 일인 듯 덮어 버린 두 사람을 용서할 수가 없었다.

쉴 새 없이 떨어지는 수현의 눈물을 바라보는 하균의 심장에 피멍이 번졌다.

"그거 아는지 모르겠네."

"보고 싶은 것만 보는 사람이, 과연 나뿐일까?"

호진의 한마디가 뇌리를 스치며 하성에 대한 믿음이 박살 나는 순간.

사고가 있던 날 수현이 싸늘한 얼굴을 하고 돌아섰던 이유도.

그날 이후로 흔적도 없이 사라졌던 이유도. 모두 제 오해였고,

착각이었다는 것을 깨닫게 된 순간.

이루 말할 수 없는 죄책감이 그를 무너뜨렸다.

"……하균 씨."

그때, 불현듯 들려온 수현의 음성.

"이제…… 내가 죽어 가는 당신의 형을 비웃고."

그의 눈동자가 촛불처럼 흔들렸다.

"사고 현장에 버려둔 채 떠나려 했던 이유에 대해, 말해 줘야겠죠."

지워야만 살아갈 수 있었던 고통스러웠던 기억을, 수현은 천천히 되짚었다.

둘 중 누군가 죽지 않고서는 그 끔찍한 순간에서 벗어날 수 없다고 생각했던 그 날 밤.

가까스로 그의 손아귀에서 벗어나 도망쳤지만, 그는 곧바로 그 뒤를 추격해 왔다.

그동안 그에 관련된 모든 것들을 마주할 때마다 반사적으로 나타났던 반응들의 원인을, 이제 알 것 같았다.

"……정하성, 그 사람은."

그를 떠올리자마자 온몸에 벌레가 기어 다니는 듯한 감각이 되살아난다.

서서히 붉어지는 수현의 눈시울에, 하균은 그녀의 기억을 원했던 제 자신을.

"내 스토커였어요."

용서하지 못할 것 같았다.

*　*　*

그날을 떠올리는 게 너무나도 힘겹다.

아직도 뼈마디에 찬바람이 든 것처럼 덜덜 떨리고, 서 있는 것조차 버거울 만큼 괴롭다.

"정하균 씨. 당신 형은…… 제정신이 아니야."

수현은 입안을 그득 깨물고, 딱딱하게 굳은 입술을 끌어올렸다.

돌변한 그의 눈빛과 함께 시작된, 지독하고도 추악한 사슬. 목을 파고드는 사슬을 풀어내려 아무리 발버둥을 쳐도 소용없었다.

"……당신 형은 미쳤어. 사이코였다고."

"……!"

수현의 말들이 하균의 시간을 정지시켰다.

하성은, 늘 누구에게나 따뜻하고 정이 많은 사람이었다. 강한 척하지만, 슬플 땐 눈물을 흘릴 줄 아는 사람이었다.

어두운 방에 갇혀 있던 아이에게 손을 내밀어 주고, 홀로서기를 할 수 있도록 도와준 구원자이자.

"당신 형은 날 자기 오피스텔까지 끌고 가서, 강간을 하려던 것도 모자라 죽이려고까지 했어."

유일하게 존경했던 어른이었고, 떠올리는 것만으로도 든든했던 형제였다.

믿는다는 말조차 실은 믿지 않는다는 것처럼 들릴까 봐 하지 못했던 나의 소중한 사람이……

'너에게…….'

그녀를 보는 하균의 눈동자가 점점 붉어져갔다.

투명한 눈동자가 벌겋게 물이 들면서, 제 앞의 울고 있는 여자를 향해 되물었다.

'무슨 짓을…… 했다고?'

그녀가 지웠던 기억.

그 속에 존재했던 감당하지 못할 흑막.

그토록 찾아 헤맸던 진실이 가진 무게는, 그의 심장을 무참히 짓밟았다.

곱씹을수록 실소가 터져 나오면서도 눈물이 떨어져 내렸다. 이대로 웃어야 할지, 울어야 할지 갈피를 정하지 못하는 입술 끝이 파르르 떨렸다.

"……그날 있었던 사고는."

차오른 눈물이 수현의 눈동자에 맺혀 떨어질 듯 흔들렸다.

내가 무슨 말을 하든 믿고, 감당하겠다는 말.

당신은 이제 그 말을 후회할 거야.

"그 사람에게 쫓기다가 났던 거였는데…… 웃기게도 그 사람이 날 구해 냈어."

당신은 오로지 그것만. 그거 하나만 봤고.

그렇게 나를 원망했겠지.

"날 죽이려던 그 남자가!"

하균의 눈에도, 서서히 눈물이 고이기 시작했다.

"……날 살린 거였다고."

* * *

막 겨울에 접어들었을 무렵, 수현은 그날도 카페에 출근하기 위해 바삐 나섰다. 오전 중으로 비가 온다기에 우산도 챙겼다.

카페 앞 버스에서 내리자, 기다렸다는 듯이 빗방울이 떨어지기 시작했다.

우산을 펼쳐 들고, 카페에 거의 도착했을 때 즈음.

한 남자가 출입문 앞에서 빗속으로 나오기를 머뭇거리고 있었다. 우산이 없는 모양이었다.

사람들은 하나둘 우산을 꺼내 쓰며 그의 앞을 지나쳐 걸어갔다.

체구가 왜소했지만, 반듯하고 온화한 인상을 가진 남자였다. 슈트 차림의 남자는 그칠 기미가 보이지 않는 비를 어찌해야 할까, 고민하고 있는 것 같았다.

그는 살짝 미간을 찌푸렸다가도, 옅은 한숨을 내쉬며 빗줄기에 손바닥을 내밀었다.

카페 쪽으로 다가오던 수현은, 그의 옆에 서서 우산을 접었다.

"손님, 이거 쓰세요."

"……?"

"다음에 카페에 오실 때 돌려주세요."

작게 미소 짓는 수현을 보는 남자의 눈동자가 미세하게 반응했다.

"……그쪽은 어쩌고요?"

"아, 전 여기서 일하거든요. 이따 오후에는 그친다고 했으니까 오늘은 더 이상 필요 없어서요. 빌려 가셔도 괜찮아요."

수현은 남자에게 우산을 건넸다.

그녀를 빤히 바라보던 그가 환히 웃었다.

"고마워요."

"그럼, 안녕히 가세요."

수현은 그에게 인사를 한 뒤, 카페 안으로 들어갔다.

우산을 든 채 물끄러미 그녀를 바라보던 그에게, 비서가 다가왔다.

"이사님, 우산…… 어? 그 우산 어디서 나셨어요?"

비서는 그의 손에 들려 있던 우산을 보고는 눈을 끔벅였다.

걸어서 이동하던 중, 갑자기 비가 내렸다. 고귀한 이사님이 비에 젖을까, 여기서 잠시 피해 계시라 말해 둔 후 급히 우산을 들고 온 것이었다.

"이 카페 직원이 빌려주던데."

하성은 입가에 미소를 띠며 우산을 펼쳤다.

그대로 우산을 쓴 채, 몇 걸음 앞으로 걸어 나가더니 뒤를 돌아 카페의 이름을 확인했다.

서지현 이후로 마음에 드는 여자가 없던 차였다.

그런데 그 여자가 가슴을 쿵, 쿵, 뛰게 만들고 있다.

……갖고 싶다.

그 해사한 미소를, 곁에 두고 영원히 보고 싶다.

새로운 타깃이 하성의 두 눈에 담겨 꿈틀댔다.

* * *

"좋아해요, 수현 씨."

그는 가온전자의 대표이사라고 했다.

드라마에서만 보던 재벌이, 그였다. 이런 대단한 남자가 카페 아르바이트생일 뿐인 제게 고백을 해 왔다.

오랫동안 지켜봐 왔다는 갑작스러운 고백에 수현은 당황스러웠지만, 정중히 거절했다.

그에게서 돌아선 순간, 부드러운 미소를 머금고 있던 그의 표정에 싸늘함이 번졌다.

"한수현."

사람의 표정이 한순간에 바뀔 수 있다는 것을 처음 알았다.

평소 알고 있던 선한 인상의 그는 더 이상 존재하지 않았다.

"이제와…… 내가 싫다고?"

그가 넥타이를 느슨하게 풀며 고개를 양옆으로 젖혔다. 이내 턱을 그러쥐고 눈을 깊게 들여다보면서, 나직이 말했다.

"네가 먼저…… 나한테 관심 있는 것처럼 굴었던 거 잊었어?"

카페에서 그에게 우산을 빌려준 일로 안면이 있었지만 그게 전부였다. 그 이후로 그가 아주 가끔 카페를 찾아왔을 때도, 그를 여느 손님과 다를 바 없이 대했다.

설마 우산을 빌려줬던 걸 관심이라고 착각하는 건, 아니겠지? 무슨 그런 말도 안 되는 억지를…….

그에게 우산을 빌려주게 된 건 단순한 선의에서 비롯된 일이었다. 맹세코 그에게 사적인 관심을 드러낸 적은 단 한 번도 없었다.

"하성 씨. 뭔가 오해가 있으셨나 본데, 난 당신에게 개인적인 감정 같은 거 없어요."

그러나 그에게 해명 따윈 중요하지 않았다.

"뭐…… 상관없어."

나른한 눈 속 본색을 드러낸 눈동자는,

"난 네가 마음에 들었으니까."

벗어날 수 없는 집착을 예고했다.

* * *

"난 네가 마음에 들었으니까."

미친 사람을 만난 거라고, 더 이상 그와 상종을 하지 않으면 될 거라고 생각했다.

그건 수현의 착각이고, 오산이었다.

그는 어느새 그녀에 관해 모르는 것이 없는 것처럼 굴었고, 어디선가 느껴지는 짙은 시선에 고개를 돌리면 차창을 통해 지켜보는 그가 있었다.

당장 카페를 비롯한 일하던 곳을 모두 그만두거나 바꿨다. 휴대폰 번호도 바꿨다.

그러나 그는 원하는 모든 것을 제멋대로 움직일 수 있는 능력을 가졌고, 필요한 정보를 알아내는 것 역시 그에겐 너무나 손쉬운 일이었다.

끔찍하고, 괴로웠다.

불현듯 나타나 어떤 생각을 품고 있는지 알 수 없는 눈으로 씩 웃을 때면, 뱀의 혀가 온몸을 핥는 것만 같은 느낌에 살갗이 오그라들었다.

두려움에 떨며 했던 신고도 무용지물이었다. 그의 대외 이미지는 아주 청렴하고 성실한 국내 최고 기업의 CEO였고, 그 가면 뒤에서 모든 신고는 소리 소문 없이 깔끔하게 처리되었다.

제정신이 아닐 정도로 울분을 토하며 화도 내보고, 제발 그만

해 달라고 매달려 사정을 해도 그는 그저 비웃듯 즐겼다.

그러던 작년 겨울, 굵은 눈발이 날리던 밤.

퇴근하던 카페 앞에 그가 차를 대고 우두커니 나타났다.

내일이 제 생일인데, 그날은 업무가 많아 오늘 함께 저녁을 먹으러 가자고 했다.

다정하게 웃으며 손을 내미는 그의 행동은, 다른 이들의 눈에 여자 친구를 데리러온 남자처럼 보였다.

그는 결코 그녀의 친구도, 연인도 아니었다.

수현은 그 자리에서 뒷걸음질을 치며, 도움을 요청하려 했다.

그러나 하성은 팔을 붙잡고, 상체를 숙여 귓가에 속삭였다.

"수현아. 이번 부탁만 들어주면…… 더 이상 네 앞에 나타나지 않을게."

그때 그 말을 믿지 말았어야 했다. 그가 처음이자 마지막으로 내어놓은 기회를 붙잡지 않을 수가 없어서, 그의 제안을 받아들이고 말았다.

딱 한 번만. 지금 이순간만 참고 버티면 끝날 줄 알았다.

덜덜 떨리는 입술을 꽉 다문 채, 어디론가 향하며 운전을 하는 그의 옆에서 침착하려 안간힘을 썼다.

도착한 곳은 어딘가에 위치한 그의 오피스텔이었다.

이건 약속과 달랐다.

차가 멈춰 선 직후 차문을 열어 도망을 치려했지만, 둔탁한 소리와 함께 수현은 그대로 기절했다.

눈을 뜬 곳은 어두컴컴한 방, 침대 위.

끈적한 핏물이 엉긴 뺨을 닦아 내고 숨을 참아가며, 그녀는 빠져나갈 곳을 찾았다.

그 순간.

"어딜 가려고?"

거칠게 그의 손에 이끌려 벽으로 내동댕이치듯 던져졌다.

"꺄악!"

"왜 이래, 수현아."

"제발……."

"네가 나한테서 벗어날 수 있을 것 같아?"

"제발…… 제발 그만해요. 제발……."

넘어져 벽에 기댄 상태로 울며 애원했다.

"읍!"

그는 갑자기 입술을 부딪쳐왔고, 몸 구석구석을 손으로 훑었다. 그 더러운 느낌을 참을 수가 없어서, 그의 입술을 피가 나도록 깨물고 입술이 떨어지자마자 뺨을 때렸다.

그 순간. 벌게진 얼굴로 눈동자를 한 바퀴 굴리던 그가, 단숨에 두 손을 뻗어 목덜미를 콱 죄어왔다.

"한수현, 넌 나한테서 못 벗어나."

광기 어린 눈동자에는 아무것도 비쳐지지 않았다.

"넌 영원히 내거야."

엄청난 힘으로 목을 조르는 압박감에 그를 저지하려 발버둥을 쳤지만 점점 눈앞이 흐려지기 시작했다.

두려움 가득한 눈물이 관자놀이를 타고 옆으로 흘러내렸다.

이윽고 의식을 잃은 것처럼 그녀의 두 눈이 감겼다.

"수현아……?"

수현이 축 늘어지자, 당황한 하성의 눈동자가 제자리를 찾으며 그녀를 흔들었다.

"안 돼 수현아…… 설마 너도 지현이처럼 내 곁을 떠나는 건 아니지……?"

수현의 목에서 손을 놓은 그의 동공이 이리저리 흔들리던 때.

사력을 다해 거칠게 그를 밀쳐 낸 수현은 곧바로 도망쳤다.

"한수현!!!"

분노 섞인 욕설을 내뱉은 그가 뒤를 쫓아 바짝 추격해 왔다.

그와의 거리가 점점 좁혀지는 것이 느껴졌다. 어디든 그가 쫓아올 수 없는 곳으로 달려야만 했다.

턱 끝까지 숨이 차올라 헐떡거리면서도 수현은 죽을힘을 다해 뛰었다.

오피스텔 입구를 벗어나자마자 보이는 큰길.

수현이 그 도로 위를 건너려 했을 때만 해도, 지나는 차는 없었다.

망설임 없이 발을 내디딘 순간.

빠앙—!!

과속을 하며 달려오던 차가 그녀의 눈앞에 빛을 번쩍이며 빠른 속도로 다가왔다.

속도를 줄이지 못한 채 돌진해 오는 차를 본 수현의 눈동자가 그대로 얼어붙으며…… 세상이 멈췄다.

"안 돼!!!"

찢어지는 듯한 음성과 함께, 강한 힘이 수현의 몸을 멀리 밀쳐냈다. 그때. 그렇게 두 사람의 삶과 죽음이 갈렸다.

쾅—!

굉음과 함께 하성의 전신이 차체에 부딪쳐 굴렀다. 그의 몸이 떨어진 횡단보도 위 흰 선들에 피가 퍼져 나가기 시작했다.

파르르 떨리는 눈꺼풀을 애써 뜬 그는, 의식을 잃어가는 와중에도.

"수현아……."

넘어져 있는 수현을 향해.

"사랑해……."

섬뜩한 미소를 지어 보였다.

* * *

사고 이튿날이 하성의 생일이라 그를 깜짝 놀라게 해 줄 생각으로 비밀리에 입국했던 한국.

그룹 사람들이 알면 말들이 많을 게 뻔해서, 아주 잠깐만 머물다갈 예정이었다.

비록 스무 살이 되자마자 영국으로 떠났지만, 다른 사람은 몰라도 하성과는 여느 형제처럼 연락을 주고받아왔었다.

하성이 가끔 영국에 들를 때마다 만난 적은 있었어도 그동안 너무 오랫동안 떨어져 지냈다.

형이 보고 싶기도 했고, 이번 생일만큼은 직접 와서 축하해 주고 싶은 마음에 하균은 다신 돌아오지 않을 것 같았던 한국을 찾았다.

쉴 틈 없이 바빠진 업무에 하성은 본가가 아닌, 회사 근처의 오피스텔에서 잠시 혼자 지내고 있다고 했다.

그 오피스텔은 하균이 영국으로 떠나기 전까지 집에서 따로 나와 지내던 곳이었다. 출국 전 정리하려 했지만, 하성이 가끔 쓰겠다며 놔두라 했었기에 그대로 둔 상태였다.

장시간 비행에 피곤하기도 했고, 그가 일을 마치고 돌아올 때까지 그곳에서 눈 좀 붙이며 기다릴 생각으로 그의 오피스텔로 향하던 길이었다.

몇 미터 앞에 사고가 난 듯, 구급차와 경찰이 바쁘게 뛰어다니고 있었다. 그때까지만 해도 은연중 드는 안타까움 외에는 별다른 생각을 하지 않았다.

그러나 사고 현장을 피해 차를 움직이며 지나치려던 순간.

그는 환자이송용 들것에 실려 있는 사람의 얼굴을 보고 말았다.

피를 흘리며 죽어 가는 사람은.

다름 아닌 그의 형.

하성이었다.

하균은 비틀거리며, 사고 현장으로 걸어갔다. 피가 범벅 돼 누워 있는 하성을 보고도 믿을 수가 없어서, 나쁜 꿈을 꾸고 있는 거라고 되뇌었다.

가까이 다가가 그의 얼굴을 두 눈을 확인하고 나서야 그는 그대로 무너졌다.

제게 남은 유일한 사람이 죽어 가고 있었다.

그를 붙잡고 고통의 비명을 지르며 오열하는 것 말고, 꺼져 가는 의식 속에서 숨을 쉬려 가슴을 들썩이는 그를 위해 해 줄 수 있는 것은 없었다.

그 속에서 하성을 바라보고 있는 한 여자가 들어왔다.

이 사고의 원인이 저 여자라는데.

여자는 하성이 구급차에 실리는 것을 보고는 한 걸음씩, 비틀거리며 사고현장을 떠나려 하고 있었다.

"지금 어딜 가는 거야."

성큼 성큼 그녀에게 다가가 팔목을 잡고 돌려세웠다.

어깨를 꽉 붙들고 두 눈을 마주쳤다.

공허한 눈 속엔 아무것도 없었다. 슬픔도, 미안함도, 죄책감도 보이지 않았다.

"당신 눈엔…… 당신 때문에 죽어 가는 저 사람이 안 보여?"

목숨을 걸고 당신을 구해 준 사람을 그런 눈으로 볼 수는 없어.

"대체 왜 그렇게 보고만 서 있는 거냐고!"

"이거 봐요."

싸늘한 목소리는 무서울 만큼 차분하고 담담했다.

텅 빈 눈과 감정 없는 표정에, 하균은 순간 할 말을 잃었다.

누구 때문에 정하성이 저렇게 됐는데. 누구 때문에…… 정하성이 죽어 가고 있는데.

"당신은 대체 왜…… 그런 얼굴이야?"

"……."

"대체 왜!!"

이성을 잃은 것처럼 여자의 어깨를 흔들었지만, 돌아오는 건.

"그럼 나더러 어쩌라고요. 고맙다고, 엎드려 절이라도 해야 할까요? 아니, 눈물이라도 펑펑 흘려야 하나?"

비웃음 섞인 대답과.

"……아무것도 모르면. 꺼져."

경멸의 눈빛뿐.

그것이, 1년 전 하균과 수현의 첫 만남이었다.

〈다음 권에 계속〉